U0028395

最後的航班
The Last Flight

Two women. Two flights.
One last chance to disappear.

A NOVEL

JULIE CLARK
茱莉·克拉克 著
聞若婷 譯

獻給所有勇於將自己的故事說出來的女性。無論是在螢光幕上的直播現場對著國會評估小組侃侃而談，或是獨自在沒有窗戶的人事單位辦公室裡——我們都聽到妳們的聲音了。我們相信妳們。

跟我說說絕望，你的絕望，我就跟你說我的絕望。
與此同時，世界仍持續運轉。

——美國詩人瑪麗·奧利弗〈野雁〉

楔子

約翰．甘迺迪國際機場，紐約州
二月二十二日，星期二
墜機當天

第四航廈人潮洶湧，濕毛衣和飛機燃料的氣味濃郁地瀰漫四周。我緊靠著玻璃自動門的內側等她，每當門滑開，嚴酷的冬季寒風就撲面襲來，我強迫自己把它想成是波多黎各的宜人和風，風中摻著木槿和海鹽的氣息。口音很重的西班牙語在我周圍輕柔地響起，像是一盆熱水澡，它抹去曾經是我的那個人。

一架架飛機升上天空，外頭的空氣隆隆作響，裡頭的擴音器則張揚著含混不清的公告事項。我身後某處有個年長婦人在說著聽來強勢而一字一頓的義大利語。但我沒有轉移望著人行道邊石的視線，我的目光鎖定航廈外頭人來人往的人行道，搜尋她，將我的信念——以及整個未來——都投注在她會來的事實上。

對她，我只知道三件事：她的名字、她的長相，以及她的班機是今天早晨出發。我的優勢在於——她對我一無所知。一股驚慌油然而生，我擔心自己不知怎的錯過了她，我擔心她或許已經走了，而我從這個人生偷偷溜進新的人生的希望，也隨著她消失。我將這股驚慌硬是壓下去。

每天都有人消失。在星巴克排隊的男人，買了最後一杯咖啡，然後坐上車駛向新生活，拋下永遠猜不透發生什麼事的妻小。或是坐在灰狗巴士最後一排的女人，她盯著窗外，風將她的髮絲颳到臉上，抹去沉重到沒辦法負荷的過去。你身邊或許就是一個正度過原始身分最後時光的人，而你完全不知道。

不過很少人真的會停下來想一想，要真正消失是多麼困難。即使再微小的足跡都得抹消，需要講究細節到什麼程度。因為總是會有個什麼蛛絲馬跡。一小段線頭，一顆真相的種子，一個失誤。只要細節上有一個針孔大小的漏洞，就足以讓整個布局都散掉。在啟程那一刻打來的電話；在開上高速公路匝道前三個街區發生擦撞事故；班機取消。

最後關頭臨時變更行程。

透過被凝結的水汽蒙上白霧的玻璃窗板，我看到一輛黑色禮車滑向人行道邊石，即使在車門打開、她跨出來之前，我就知道是她了。她下車以後並沒有向和她一起坐在後座的人道別，而是快步穿過人行道、進入自動門，距離近到她的桃紅色喀什米爾毛衣擦過我的手臂，柔軟而誘人。她聳著肩，彷彿在等待下一拳，下一次攻擊。這個女人很了解一塊要價五萬美元的小地毯能多麼輕易地刮破她臉頰的皮膚。我讓她經過我身邊，作了個深呼吸，吁出我的緊張。她來了。我可以開始了。

我拎起包包背帶掛上肩膀，然後跟上去，閃身站到安檢隊伍中，就排在她前一個。我知道逃亡的人只會看後面，從來不注意前面。我豎起耳朵，等待時機。

她還不知道，不過她很快就會成為消失的人之一。而我會像一縷輕煙在空中變淡，然後不見。

克萊兒

二月二十一日，星期一

墜機前一天

「丹妮兒，」我邊說邊走進與我們的客廳相鄰的小辦公室，「請告訴庫克先生我要去健身房。」

正在用電腦的她抬起頭，我看到她的目光被我喉嚨底部的瘀青勾住，我用了薄薄一層化妝品來遮蓋它。我下意識地調整絲巾去擋住瘀青，心裡很清楚她不會提起的。她從來不提。

「我們四點要在中央街文教院開會，」她說，「妳又會遲到的。」丹妮兒一手掌握我的行事曆和犯過的錯，我判定當我開會遲到，或是取消我丈夫羅里認為重要的預約時，最有可能打小報告的人就是她。如果我要競選參議員，我們可沒有犯錯的本錢，克萊兒。

「謝謝妳，丹妮兒，我跟妳一樣可以看懂行事曆。請把上一次開會的摘要上傳備用。我跟妳在那裡會合。」我走出房間時，聽到她拿起話筒，我的腳步有點遲疑，知道這麼做可能在我禁不起一點失誤的時刻引來注意。

人們總是好奇嫁進庫克家族這個僅次於甘迺迪家族的政治世家是什麼感覺。我用我們基金會的資訊來轉移話題，我被訓練成專注在工作而非謠言上。我只關心我們第三世界的識字率和水資源行動、內城區❶的教學計畫，以及癌症研究。

我有口難言的是，嫁進庫克家表示永遠都在為隱私奮戰。即使在我們家，也全天候都有人在。助理；為我們煮飯打掃的家事人員。我拚了命地爭取屬於我自己的任何一分鐘餘暇、任何一平方公分的空間。沒有地方是安全的，可以免受羅里的心腹窺探。他們全都是忠心耿耿的庫克家員工。即使結婚十年，我仍然是個闖入者，是需要人盯著的外人。

我學會確保自己不怕被人看。

健身房是丹妮兒不會拿著清單和行事曆緊跟著我的少數地方之一。我在健身房和佩特拉見面，她是我遇見羅里之前的人生中剩下的唯一一個朋友，羅里沒有強迫我捨棄的唯一一個朋友。因為就羅里所知，我的生活中並沒有佩特拉這號人物。

❖

我到健身房時，佩特拉已經在等我了。我在更衣室換了衣服，爬上樓梯走向一排排跑步機時，她就在樓梯平台處，正從整疊乾淨毛巾拿起一條。我們眼光交會一下，接著她移開目光，我拿了條毛巾。

「妳會緊張嗎？」她小聲說。

「嚇死了。」我說，轉身走開。

我跑了一小時，眼睛盯著時鐘，兩點三十分我裹著毛巾踏入蒸氣室時，疲累的肌肉痠痛不已。空氣中瀰漫熱氣，我朝佩特拉微笑，她一個人坐在最上面那一排，臉頰被蒸得紅通通的。

「妳還記得莫里斯老師嗎？」我在她旁邊坐下時她問道。

我莞爾，很慶幸能想想比較單純的年代所發生的事。莫里斯老師是我們十二年級時的公民老師，佩特拉的公民課差點被當掉。

「連續一個月，妳每天下午都陪我念書。」她繼續說，「由於我們爸爸的緣故，其他同學都不肯靠近我或尼可，而妳卻挺身而出，硬是讓我畢了業。」

我在木椅上轉身面向她。「妳說得好像妳和尼可是印度賤民似的，你們還是有朋友啊。」

佩特拉搖頭。「別人因為你爸爸是俄國版的艾爾．卡彭❷而對你好，並不等於他們是你朋友。」我們當年上的是賓州一所貴族學校，那些富二代富三代把佩特拉和她弟弟尼可視為某種新奇的玩意兒，像是在比膽量般偷偷靠近他們，看看能靠多近，卻始終未真心接納姊弟任一人。

因此我們就組成了「邊緣三人組」。佩特拉和尼可確保沒人敢嘲笑我的二手制服或是我媽以前開來接我的破爛本田車，它總是咔啦咔啦地開到邊石旁，屁股後頭還吐著廢氣。他們確保我不

❶ 內城區（inner city）是以委婉說法指稱市中心的貧民區。
❷ 艾爾．卡彭（Al Capone, 1899-1947）是美國黑幫分子。

必一個人吃飯，拖著我參加本來想裝死不去的學校活動。他們擋在我和其他同學之間，尤其是那些講話刻薄又惡毒的，那些人說我只是個領獎學金的走讀生，太窮又太平凡，沒辦法真正跟他們平起平坐。在我沒有任何朋友的時候，佩特拉和尼可對我伸出了友誼之手。

❖

兩年前我走進健身房，看到佩特拉——來自過去的幻影，感覺簡直像命運的安排。但我已不是佩特拉記憶中的那個高中同學了，人事已非，關於我的人生，關於我這一路走來失去了什麼，我有太多事要解釋。因此我刻意迴避著目光，而佩特拉的瞪視在我身上鑽洞，用意念命令我抬頭看。要我跟她相認。

我運動完以後，朝更衣室走去，希望躲在蒸氣室等佩特拉離開。可是我一走進蒸氣室，就發現她在那裡，好像這本來就是我們的計畫。

「克萊兒．泰勒。」她說。

聽她喊我以前的名字，讓我不由自主地微笑。回憶如潮水湧入，因為佩特拉講話的語氣和抑揚頓挫，仍帶著一絲她在家裡講的俄語腔調。在一瞬間，我感覺像回到以前的自己，而不是身為羅里的妻子這些年來我所培養出的角色，光鮮亮麗、高深莫測，所有祕密都埋在堅硬的表層底下。

我們慢慢起了頭，先是東拉西扯一番，然後話題迅速轉向比較私密的方向，更新打從彼此上一次見面後都發生什麼事。佩特拉一直沒結婚。她只是在人生中遊蕩，生活由她那現已接手家中事業的弟弟支應。

「而妳呢，」她朝我左手比了一下，「妳結婚了？」

我隔著蒸氣仔細看她，很訝異她竟然不知道。「我嫁給羅里．庫克。」

「真了不起。」佩特拉說。

我別開視線，等著她問出大家總是會問的問題──瑪姬．莫瑞提到底出了什麼事？這個名字永遠都會跟我丈夫的名字連在一起，這女孩由沒沒無聞被拋入聲名狼藉的處境，純粹是因為很久很久以前，她愛過羅里。

但佩特拉只是在長椅上向後靠，說：「我看到他在CNN頻道接受凱特．連恩訪談，他靠基金會完成的事真的很不得了。」

「羅里很熱血。」這回答很中肯，如果有人願意追根究柢就會知道。

「妳媽和妳妹都好吧？薇樂現在應該大學畢業了。」

我一直提心吊膽在等這問題。即使過了這麼多年，失去她們的痛仍然椎心刺骨。「十四年前，她們在一場車禍中身亡。當時薇樂剛過完十一歲生日。」我刻意簡短地解釋。某個下著雨的星期五晚上。對方喝醉了，在路口沒理會「停車再開」的標誌。母女倆都在撞擊瞬間失去生命。

「噢，克萊兒。」佩特拉當時說。她沒有講一些客套話，或是逼我把整件事重新回味一遍。

她只是陪我坐著，讓靜默承接住我的悲傷，知道不管說任何話都無法讓我少痛一點。

❖

我們養成習慣，每天運動完就在蒸氣室裡相聚。佩特拉明白，由於她的家族背景，我們不能被人看見公然來往。早在我們知道我最終要做什麼事之前，我們就已小心翼翼，鮮少通電話，更從不寄電子郵件。但是在蒸氣室裡，我們的友情復活了，我們重新建立以前那種信任，想起幫助我們兩人撐過高中歲月的同盟關係。

沒過多久，佩特拉也看出我在隱瞞什麼事。「妳知道嗎，妳得離開他。」有天下午她說，那時我們已經重逢好幾個月了。她正看著我左手臂上端的一塊瘀青，那是我跟羅里兩天前的晚上爭吵後留下的紀念品。雖然我努力掩飾證據——把毛巾在胸前拉高、掛在脖子上，或是披在肩膀上——佩特拉仍默默地把一切看在眼裡，看著羅里的憤怒在我的皮膚上換位置。「那不是我第一次在妳身上看到瘀青。」

我用毛巾遮住瘀青，不想要她的憐憫。「我試過，試過一次。大概五年前。」我曾經以為離開我的婚姻是一件可能成真的事。我作好拚鬥的心理準備，知道過程勢必混亂又昂貴，但我會用他的施暴當作籌碼。成全我的心願，我就不聲張你是哪種男人。

可是結果事情完全不如我的預期。「妳猜怎麼著，我投靠的那個女人、想幫助我的那個女人，她丈夫跟羅里是同一個兄弟會的老朋友。當羅里上門來，她丈夫開門讓他進屋，跟羅里稱兄道弟、用他們特殊的方式握手什麼的。羅里跟他們說我有憂鬱症，正在接受精神科治療，或許該是讓我住院的時候了。」

「他要把妳送去住精神病房？」

「他是在讓我知道，狀況還可以惡劣到什麼地步。」我沒告訴佩特拉剩下的部分。例如後來我們回家後，他把我用力推向廚房裡的大理石檯面，使我兩根肋骨裂了。我真不敢相信妳這麼自私。妳竟然不惜毀掉我辛苦建立的一切——我母親的遺緒——就因為我們吵架。哪對夫妻不吵架，克萊兒？當時他朝周圍的房間一比，涵括進高級廚具、昂貴的檯面，然後說：看看四周，妳還有什麼不滿足的？沒有人會同情妳，根本沒有人會相信妳。

這倒是真的。大家希望羅里是他們心目中的那個人——思想前衛、受人愛戴的瑪喬莉・庫克參議員那個充滿個人魅力的兒子。我永遠都不能告訴任何人他對我做了什麼，因為不管我說什麼，或我說得多麼聲嘶力竭，我的話語都會被大家對瑪喬莉・庫克的獨生子的愛所掩埋。

「大家絕對看不到我所看見的事。」我終於說。

「妳真的這麼認為？」

「妳覺得要是卡洛琳・貝塞特出來控訴小約翰・甘迺迪家暴她，美國人民會馬上站在她那一邊嗎？」

佩特拉瞪大眼睛。「妳在開玩笑嗎？這可是#MeToo的時代耶，我覺得大家不相信她才奇怪吧。他們可能還會在Fox和CNN台開新的節目，專門講這件事。」

我乾笑了一聲。「在理想世界裡，我會要羅里負責。可是我實在沒這個心力去打這樣一場仗。這場仗會持續好幾年，會滲透到我生活的每個角落，玷汙所有可能帶來的好結果。我只想擺脫這一切，擺脫他。」

公然對抗羅里，就像是一腳跨入深谷，卻深信他人的寬容與仁慈會把我接住。況且這些年來，我已看過太多人樂於坐視我像自由落體般下墜，只要那代表他們能接近羅里。在這個世界上，財富與權力能讓人百毒不侵。

我深吸一口氣，感覺蒸氣延伸到我體內最深的角落。「如果我離開他，我得用他絕對找不到我的方式。看看瑪姬．莫瑞提落得什麼下場。」

隔著我們之間騰湧的蒸氣，佩特拉臉龐的輪廓顯得模糊，但我看得出她的眼神變得銳利。「妳認為那和他有關？」

「我已經不知道該怎麼想了。」我回答。

❖

佩特拉和我用接下來一年的時間拼湊出一個計畫，精心編排我該如何消失，編排得比芭蕾舞步還要細膩複雜。一連串的事件必須按照精確的時間執行，以致於不容許任何失誤的空間，於是現在在行動開始前幾小時，我便坐在這裡。嘶嘶的蒸氣籠罩我們身邊的空氣，佩特拉只是我隔壁雪松木長椅上一個淡淡的人影。「妳今天早上把東西都寄出去了嗎？」我問她。

「聯邦快遞，收件人是妳，標記『私人郵件』。明天一早應該就會送到飯店了。」

我不能冒險把我蒐集到的那些東西藏在家裡，因為任何人都可能發現，例如說幫傭，或更糟——丹妮兒。所以東西都由佩特拉保管，包括羅里財產中的四萬美元，以及多虧尼可才有的嶄新證件。

「政府使用的新科技讓偽造證件變得困難許多。」我開車出去見他的那天下午他這麼說。他在長島有一棟大房子，我們坐在他家飯廳的餐桌邊。他現在已是個英俊的男人，有太太和三個孩子。還有保鑣——車道柵門處有兩個，房屋前門外還有兩個。我突然察覺，羅里和尼可其實頗有相似之處。兩人都是家族中受到欽點的兒子，被推著負責帶家族走入二十一世紀，並設下新的規矩和限制。兩人都被期待要做得比上一輩更多——或最起碼，不能敗光家產。

尼可把一只厚實的信封推給我，我打開它，取出一張簇新的密西根州駕照以及一本護照，證件上有我的照片，姓名則是「亞曼達．伯恩斯」。我快速翻看剩下的東西——一張社會安全卡，一張出生證明，一張信用卡。

「妳要拿這些證件做任何事都沒問題。」尼可說，他拾起那張駕照，對著光微微傾斜，讓我能看見刻在表面的防偽標籤。「投票、繳稅、填寫報稅用的工資單。這可是高級品，我的人是一流的。只有另外一個人能製作這麼棒的全套配備，但他住在邁阿密。」尼可將信用卡遞給我，是花旗銀行的帳戶，上頭用的也是我的新名字。「這帳戶是佩特拉上星期開的，對帳單會寄到她的住址。妳安頓好之後，可以改地址，或乾脆把這張卡扔了，再開一個新戶頭。只是要當心啊，妳可不希望有人盜用妳的身分吧。」

他被自己的笑話逗樂，我看出小時候的他在那張臉上閃現，那個他曾在午餐時與佩特拉和我坐在一起，一邊吃三明治一邊寫數學作業，家裡對他的期許已經開始壓在他肩上。

「謝了，尼可。」我把裝有一萬美元的信封遞給他，這是我從六個月前開始設法偷偷摸走並存起來的一筆錢中的一小部分。這裡摸走一百美元、那裡摸走兩百美元的。只要有機會就盡量使用現金找零[3]，每天把錢塞進佩特拉的置物櫃，讓她能替我保管到我準備好為止。

他的表情轉為嚴肅。「我得向妳聲明，要是出了什麼狀況，我是沒辦法幫妳的。佩特拉也不能幫妳。妳丈夫擁有的資源，足以把我、我的生計——還有佩特拉的生活——都置於險境。」

「我明白，」我告訴他，「你已經做得夠多了，我很感激。」

「我是說真的。只要有一條小小的線，把妳的新人生和舊人生串在一起，一切都完了。」他的黑眼睛鎖定我的眼睛，牢牢盯住。「妳絕對不能回去。一次都不行。不管以任何方式，都絕對禁止。」

❖

「羅里安排的飛機大約十點起飛。」我現在對佩特拉說，「妳記得把我的信附在裡面吧？我可不想出發前十分鐘，才匆匆忙忙地用飯店的紙筆重寫一封信。」

她點頭。「跟其他東西在一起，寫好地址、貼好郵票，準備好從底特律寄出了。妳寫了什麼？」

我回想我花的無數小時，我用碎紙機銷毀了許多版本的草稿，我想寫出一封徹底斬斷羅里念頭，不讓他來追蹤我的信。「我跟他說我要走了，這次他絕對找不到我。我說他應該公開宣告我們分開的事，告訴大家我們是好聚好散，而我不會發表任何公開聲明，也不會接受媒體訪問。」

「就在他宣布參選參議員的一星期前。」

我朝她歪嘴笑了一下。「我應該等到他宣布參選之後嗎？」

一等我存夠錢展開新人生，我就開始留意離開的完美時機。我研究我們的Google行事曆上即將到來的行程，搜尋我會單獨進行的旅程，尤其是前往加拿大或墨西哥邊境附近的城市的行程。我鎖定底特律之旅為目標。按照規劃，我要參訪「世界公民」，那是庫克家族基金會贊助的一所社會正義特許學校。下午要參觀校園，晚上則與贊助人餐敘。

我靠向身後的長椅，盯著被一層蒸氣遮住的天花板，在腦中跑一遍接下來的計畫。「我們大

❸ 在美國等地，跨行提款的手續費很高，如果需要小額現金，便可選擇在購物時刷卡刷超過所購物品的金額，再讓店家用現金找差額給你，稱為現金找零（cash back）。不過通常這個方案只限於簽帳金融卡，且會有找零金額的上限。

約中午落地。學校活動兩點開始，所以我會確保我們先去飯店，讓我領取包裹，收到安全的地方去。」

「我打給租車公司了，他們在等一位亞曼達·伯恩斯小姐明天午夜左右去牽一輛小車。妳有辦法叫計程車嗎？」

「我住的飯店那條路上還有一間希爾頓酒店，我在那裡搭計程車好了。」

「我擔心有人會看到妳半夜拖著行李箱離開，然後跟著妳，並通知羅里。」

「我沒有要拿行李箱。我買了個背包，大到可以裝兩套換洗衣物還有我的錢。其他東西我都要留下——包括我的手提包和皮夾。」

佩特拉點頭。「如果妳需要的話，我用那張信用卡在多倫多的W飯店訂了一個房間，他們在等妳。」

我閉上眼睛，熱氣讓我頭暈。也可能是必須把所有細節完全弄對的壓力導致的。這件事連一丁點出錯的空間都沒有。

我感覺時間一分一秒地過去，推著我靠近關鍵的一刻，屆時我將跨出一連串步伐中的第一步，而再也沒有回頭路。一部分的我想忘了所有事。就去底特律，去參觀學校，然後回家。再過一段在蒸氣室裡跟佩特拉聊天的日子。但這是我終於能逃出生天的機會。一旦羅里宣布參選參議員，我現在有的任何一絲機會都會縮減為零。

「該走了。」佩特拉的嗓音很輕柔，我再次睜開眼睛。

「我不知道該怎麼謝妳才好。」我對她說。

「多年前，妳是我唯一的朋友。妳不用謝我，這是我在報恩。」她說，「該輪到妳快樂起來了。」她把身上的毛巾裹緊，我隔著蒸氣看到她閃現笑容。

我不敢相信這會是我們最後一次坐在這裡。我們最後一次交談。這房間一直感覺像個避難所，陰暗又安靜，只有我們的耳語聲，研擬著我的逃亡計畫。明天誰會陪她坐在這裡？後天呢？

我感覺我的離去已成定局，感覺那個結局確切無疑，我懷疑到底值不值得。到底會不會比較好。不久後，克萊兒・庫克將不再存在，她光鮮亮麗的門面龜裂作廢。我完全不知道我在那底下會找到什麼。

再過三十三小時，我將消失。

克萊兒

二月二十一日，星期一

墜機前一天

我在中央街文教院的辦公室外跟丹妮兒會合，到的時候已經遲到十五分鐘。「什麼都別說。」我警告她，雖然我知道她大概已經傳了三封簡訊給羅里。

她跟著我進門，走到用來進行閱讀推廣活動和作文班的大型公用空間。這個時間這房間熱鬧得很，滿是學生和老師。我想像換作羅里要穿過這裡會有多困難，興奮的低喃聲如浪濤襲來，從前排開始，隨著他走進房間而朝後方擴散。但沒人多看我一眼。少了羅里，我只是另一張面孔，來了又走了。毫不起眼。很快地，這將成為我的優勢。

我穿過大房間，爬上樓梯到了二樓，那裡是中央街的行政辦公室，我走進小會議室，人都到齊了。

「很高興見到妳，庫克太太。」院長帶著親切的笑容說。

「我也很高興見到妳，安妮塔。我們開始吧？」我坐下來，丹妮兒坐在我後頭。會議一開始，我們討論八個月後要舉辦的年度募款活動。我幾乎無法勉強自己對一場在我消失許久之後才要登場的活動，裝出任何的熱忱。我自得其樂地想像下一場會議將是什麼光景。壓低音量談論我離開羅里的事，說我從未洩露任何失和的跡象，說我面帶笑容開完這場會，然後就消失了。她去哪裡了？人不會就這樣走出自己的人生消失無蹤。為什麼沒人找得到她？他們誰會先提起瑪姬．莫瑞提？誰會小聲說出每個人都有的疑問，哪怕只在瞬間閃過腦海：你覺得她是真的離開他了，還是她出了什麼事？

❖

羅里在我們第三次約會時，告訴我瑪姬．莫瑞提的事。

「每個人都必定會問我發生什麼事，」當時他說，他靠向椅背，蹺起二郎腿，「那從頭到尾就是場悲劇，我想我到現在還沒有完全走出來。」他拿起葡萄酒在杯子裡輕晃一番，然後啜了一口。「我們不停地爭執，所以瑪姬想要我們離家去過一個安靜的週末，去找回兩人的共鳴，真心交流，隔絕城市裡讓人分心的事物。可是到了那裡，一切都沒什麼改變；我們只是把舊話題拿出來重新吵一遍，只不過換了個地點。」他的嗓音變得很輕，餐廳裡的聲響都退得遠遠的。他說話的方式——他語氣中包含的情感——感覺赤裸而真實。我當時根本沒想到他可能在說謊。「最後我終於受不了而離開。我坐進車子開回曼哈頓，幾小時後，我們在郊區的鄰居報警，說我們的房子著火了。他們發現她倒臥在樓梯底部。直到隔天早上警方聯絡我，我才知道發生什麼事。有件事當時的報紙上沒寫，那就是法醫發現她肺裡有煙，這表示火燒起來的時候她還活著。我永遠不會原諒自己那時候一走了之，我原本能救她的。」

「他們為什麼認為你涉案？」

他聳肩。「這故事比較聳動吧。我能理解，我也不怪媒體，不過我父親始終沒原諒《紐約時報》。上帝保佑，我母親已經不在了，沒有看到這一切，不用擔心這對她的民調數字會造成什麼影響。」他的嘲諷令我詫異，不過他很快就掩飾過去。「真正糟糕的是這玷汙了瑪姬留下的名聲。因為我的關係，全世界都基於錯誤的理由而知道她的名字了——基於她的死因，而不是她本人。」他從我們身旁的窗戶望出去，陷入憾恨中。窗外的紐約街道在綿綿細雨中閃閃發亮，黑暗中的燈光像珠寶一樣閃爍。然後他把自己拉回來，喝乾杯中的酒。「我不怨警方盡他們的職責，我理解他們做了他們覺得必須做的事。我很幸運，正義勝出了，這未必總會發生。但這件事讓我餘悸猶存。」

侍應生靠近，顯然一直在等待對話空檔，好把夾著帳單的黑套子滑到羅里面前，而羅里露出那種暖心又有魅力的笑容，我的心裂成兩半，我此刻最想要的莫過於他能為我動心，就像他曾經為瑪姬．莫瑞提動心。

❖

「庫克太太，妳今年願意再次主持無聲拍賣會[4]嗎？」中央街文教院院長安妮塔・雷諾斯隔著長桌望著我。

「當然好，」我說，「我們星期五開個會，想一想可以開始找誰捐款。我要去一趟底特律，不過到時候已經回來了。約兩點？」她點頭，我將行程輸入共享的Google行事曆，知道它會出現在我後方丹妮兒的iPad上，也會出現在家裡羅里的電腦上。這些都是我得記住的細節——安排行程、訂花、為我不會生活在其中的未來作各種規劃。這些細節能掩蓋我的足跡，讓所有人相信我是個忠誠的妻子，一心一意奉獻給庫克家族基金會擁護的許多重要理念。

還剩三十一小時。

❖

我回到家後上樓換衣服，發現丹妮兒趁我在健身房的時候重新打包過我的行李。我喜歡的那些時髦服裝不見了，替換成羅里喜歡我穿的、比較保守的套裝和三吋高跟鞋。

我鎖上臥室門，走進落地衣櫥，伸手從一雙高筒靴後頭拉出尼龍背包，那是我上星期在一間

[4] 無聲拍賣會（silent auction）有別於傳統拍賣會，拍賣物品直接一次同時陳列出來，買家們將出價寫在紙上，最後時間到時再由主持人宣布最高價者為得主。因為不像傳統拍賣會有喊價的步驟，故稱為無聲。

體育用品店付現金買的。我把背包壓平，塞到行李箱附拉鍊的內襯袋中。我一次一件地，把我計畫帶走的衣物從藏匿處取出來打包。一件合身的羽絨外套、幾件長袖T恤、一頂紐約大學棒球帽，有一天我買了這頂帽子，好在通過飯店大廳時遮住臉不被監視器拍到。我從架上取下我最心愛的牛仔褲，然後把所有東西塞到丹妮兒為這活動準備的衣物底下。只夠我接下來一、兩天換洗用，不足以令任何人察覺我抽屜或衣櫃有少了東西。我把行李箱拉上，放在門邊，然後坐在床上，享受著在上鎖房間中獨處的滋味。

我仍然對自己處於這個境地感到驚奇莫名。遠離家鄉，遠離我曾經以為自己會成為的身分。我以最優異的成績從瓦薩學院❺畢業，取得藝術史學位。我在佳士得覓得一份人人垂涎的夢幻工作。

但那幾年過得很辛苦又寂寞。我有如行屍走肉，打從我母親和薇樂去世後，我就很吃力地維持著正常生活，而與羅里談戀愛感覺像從那種狀態中清醒。他了解我失去了什麼，因為他也背負著自己的悲傷。他能體會回憶會偷襲你，然後擠壓到你喘不過氣。說不出話。而你唯一能做的就是等著疼痛像潮水一樣退去，容許你恢復行動能力。

❖

在我上鎖的臥室門外，我聽到走廊上有人，他們喃喃的交談聲低到我聽不清楚。我繃緊神經，等著看他們會不會試著進來，我作好準備再被訓斥不該鎖門。克萊兒，如果妳堅持把自己鎖在每個房間裡，妳叫底下的人怎麼做事？樓下，前門關上，羅里的嗓音往上飄向我。我撫順頭髮，默數到十，試著抹去臉上的焦慮和緊張。我還剩一夜，我必須完美扮演我的角色。

「克萊兒！」他從走廊呼喚，「妳在家嗎？」

我深吸一口氣，打開臥室門。「在。」我喊道。

還剩二十八小時。

❖

「約書亞這學期的狀況還好嗎？」羅里問我們的廚子諾瑪，我們正在吃晚餐，她在替我們倒葡萄酒。

諾瑪微笑，將酒瓶放在羅里手邊的桌面上。「很好，不過他聯絡我的頻率我不是很滿意。」

羅里笑了，喝了一小口酒，點頭表示讚許。「恐怕這很正常。跟他說我希望這學期他還是能擠進院長嘉許名單❻。」

---

❺ 瓦薩學院（Vassar College）是位於紐約州波啟浦夕市的私立文理大學（liberal arts college）。

❻ 院長嘉許名單（dean's list）是大學裡的一種榮譽制度，被列入等於是優等生。

「我會的，先生，謝謝您。我們真的很感恩。」

羅里揮揮手要她別說了。「我很樂意做這件事。」

很多年前，羅里決定為家裡每個幫傭的孩子或孫子支付大學學費，結果就是他們對他死心塌地、忠心不二。當我們的爭執變大聲，或他們聽到我躲在浴室裡哭，他們會裝聾作啞。

「克萊兒，喝喝看這酒，味道美妙極了。」

我現在知道最好別忤逆他了。在我們剛結婚時，有一次我這麼回答他：「我覺得喝起來就像發酵的葡萄汁。」

當時羅里的表情沒什麼變化，好像我說的話無傷大雅。但他從桌上拿起我的酒杯，伸長手臂，然後鬆手讓它墜地，杯子碎了，紅酒蓄積在硬木地板上，並漫向桌子底下那塊昂貴的小地毯。聽到打破玻璃的聲音，諾瑪從廚房趕過來。

「克萊兒實在是笨手笨腳的，」當時他說，伸手越過桌面用力握了一下我的手，「這是我愛她的其中一點。」

蹲在地上清理殘局的諾瑪抬頭看看我，不懂我的酒杯怎麼會掉在離桌子將近一公尺遠的距離。當時的我啞口無言，說不出任何話，而羅里則平靜地開始吃晚餐。

諾瑪將濕答答的抹布拿進廚房，回來時為我取了另一個酒杯，再替我倒了一些酒。她離開之後，羅里放下叉子，說：「這瓶酒要四百美元，妳要識相一點。」

現在羅里盯著我在等待，我拿起酒杯抿了一小口，試著體會羅里說得頭頭是道的橡木基調或香草香氣，但什麼也嚐不出來。「真美味。」我說。

明天過後，老娘只喝啤酒。

❖

吃完晚餐，我們去羅里的辦公室，討論明天晚宴我致詞時要講的幾項重點。我們隔著他的辦公桌對坐，我的筆電擱在腿上，講稿的檔案點開在畫面上，存成Google共用文件。羅里喜歡用Google這個平台，無論什麼功能都用Google的，因為它讓他隨時可以存取我們正在進行的任何計畫。有時候我正在編輯檔案，突然就會看到他的頭像在我的螢幕上冒出來，於是我就知道他正在監視我。

他和他已雇用多年的個人助理布魯斯也是藉著Google共用文件交談，而不留下任何文字紀錄。在共用文件裡，他們可以暢談任何不想寫進電子郵件或簡訊，或是在電話裡講的內容。這麼多年來，我只看過和聽過隻字片語。我在文件裡留了訊息給你。或是：去看一下文件，我更新了內容，你會想看看的。他們將在共用文件中討論我消失的事，提出我去了哪裡的假設，或許還有研擬追蹤我下落的計畫。那裡就像一間只有羅里和布魯斯進得去的密室，他們能放心地談論絕不能讓第三者知道的事。

我把注意力拉回來，針對我要致詞的那群人提出幾個問題，將精力集中在把活動辦成功上頭。布魯斯窩在辦公室裡屬於他的角落，用他的筆電作筆記，在我們說話的同時將我們的意見加入講稿，我在自己的螢幕上看著他，他化身為一個附有他名稱的游標，文字像變魔術般憑空出現。他忙著打字的同時，我不禁好奇他對羅里對我做的事知道多少。布魯斯保管羅里的所有祕密，我無法想像他會不知道這個祕密。

我們告一段落後，羅里對我說：「他們會問妳下星期的記者會的事，別回答任何問題，只要微笑把話題帶回基金會上頭就好。」

羅里宣布參選前的醞釀階段實在太折磨人了。每隔幾天就放出一些假消息，大批媒體都在揣測羅里會接下母親的棒子繼續在政治路上衝刺。

瑪喬莉．庫克的名氣源自兩黨都讚不絕口的談判技巧，她有本事說動最頑固、最保守的那批參議員，使他們朝比較溫和的政策靠攏。早在希拉蕊或甚至潔若丁．費拉蘿[7]之前，就有人默默在提瑪喬莉選總統的可能。但就在羅里大一那年，瑪喬莉死於結腸癌，永久留下一個母親形狀的空洞，那個洞裡裝滿缺乏安全感以及怨恨混合後的濃烈物質，而且經常會沸騰溢出，誰膽敢在談論羅里的政治展望時把他母親擺在醒目位置，誰就等著被那種物質灼傷。

「你們沒有告訴我任何記者會的細節，我無從洩露。」我告訴他們，看著布魯斯收拾桌面準備回家睡覺，用眼角餘光留意他的一舉一動。筆放進最上面的抽屜，筆電收進筆電包，然後放進他的包包帶回家。

布魯斯走後，羅里靠向椅背，蹺起二郎腿。「妳今天過得如何？」

「很好啊。」我的左腳微微搖動，這是我很緊張的唯一跡象。羅里的目光落在我的腳上，揚起眉毛，我把鞋跟用力壓向地毯，命令自己不要動。

「妳今天是去中央街文教院對吧？」他將雙手指尖貼在一起，領帶鬆鬆地掛在脖子上。我彷彿隔著很遠的距離在看他，看著這個我愛過的男人。他眼周的紋路證明他會笑，證明我們共享過幸福。但憤怒也會加深同樣那些紋路，那陰鬱的暴力抹黑了我曾在他身上看見的所有美好。

「對，八個月後他們要舉辦年度募款活動。丹妮兒應該正在整理筆記，明天會給你過目。這次我還是負責主持無聲拍賣會。」

「還有什麼嗎？」他問。他的語氣淡淡的，但他肩膀的緊繃程度引起我的注意。經過多年對羅里察言觀色，我的本能已被鍛鍊得敏銳不已，而它現在尖聲叫我小心。

「我想不到還有什麼了。」

「這樣啊，」他說，然後他沉思般深吸一口氣，彷彿試著集中精神，「可以請妳把門關上嗎？」

我站起來，慢吞吞走向門口，感覺兩腿發軟，驚恐地擔心他不知怎的發現我要做的事了。我不慌不忙，調整步伐，試著先不要自亂陣腳。我坐回去後，已經抹去恐懼的表情，換上微微好奇的神態。看他沒有馬上開口，我忍不住催他。「沒出什麼事吧？」

---

❼ 潔若丁・費拉蘿（Geraldine Ferraro, 1935-2011）為美國民主黨籍政治人物，是美國史上首位主流政黨的女性副總統候選人。

他的目光冰冷。「妳一定認為我很笨。」

我無法說話，甚至無法眨眼。我未戰已敗。我的思緒飛馳，試著找到立足點，試著穩住自己，為他發現的事情自圓其說——那些衣物，我偷藏的錢，我跟佩特拉的會面。我壓抑著奪門而逃、放棄一切的衝動。我望向暗色玻璃窗，那上頭清楚地倒映出整間辦公室，我勉強說道：「你在說什麼呀？」

「聽說妳今天又遲到了，我可以問原因嗎？」

我緩緩吐出一口氣，緊繃的神經都鬆開了。「我去健身房了。」

「健身房離中央街的辦公室不到八百公尺。」羅里摘下眼鏡，靠向辦公椅。他的臉從檯燈投射的光圈滑入黑暗。「妳在瞞著我什麼事？」

我在語氣中灌滿實際上並不存在的溫情，急於安撫他的恐懼，以免他被恐懼沖昏頭。「沒有啊，」我堅持，「我臨時決定留下來上一堂飛輪課，那堂課兩點半才開始。」

「跟誰？」

「你的意思是？老師的名字嗎？」

「少給我裝蒜，」他嚴厲地說，「妳隨時都正要去健身房，不然就是剛從健身房回來，現在已經是天天報到了。對方是妳的個人教練嗎？那還真是可悲又老套。」

「我沒有個人教練，」我告訴他，我的口腔突然又乾又黏，「我舉重、跑跑步機還有踩飛輪，運動後全身痠痛，所以會花點時間作蒸氣浴，結果沒注意時間，就只是這樣。」我極力維持面無表情，但我的雙手背叛我，它們緊緊抓住椅子扶手，像是繃緊神經等著挨揍。羅里的目光停在我手上，我逼自己放鬆。他站起來，繞過辦公桌，坐進我旁邊的椅子。

「克萊兒，我們接下來還有很多辛苦的工作要做，」他說完再抿了一口威士忌，「下星期開始，所有人都會盯緊我們，我們不能爆出任何醜聞。」

我得用很大的力氣才能很有說服力地、最後一次說出我的台詞。「你不用擔心。」

羅里湊過來輕輕吻了一下我的唇，低聲說：「聽妳這麼說我就放心了。」

❖

十一點左右，羅里終於上床就寢，我假裝睡著了，聽著他的呼吸變穩、變慢，等待著。時鐘顯示一點時，我輕輕溜下床，一心要在離去前拿到我需要的最後一樣東西，我從羅里那一側床邊桌上的充電線拔出他的手機，然後悄悄進到昏暗的走廊。我不能容許他的手機可能收到來電或簡訊而振動，把他吵醒。

我們的排屋式別墅瀰漫著舊時代的銅臭味。我的赤腳下是深色木地板和奢華的厚地毯。深夜的遊蕩於我而言並不陌生，唯有在這個時刻，我們的家感覺才像是我的家。沒有人看到我穿過一個個房間，當我進行最後一趟深夜漫步時，感到一股悲哀襲上心頭。我不是捨不得這棟別墅，它對我而言只是個華麗的監獄；我是為自己難過。

這種悲傷很複雜，不光是為了失去我的姓名和身分，也失去了我曾經希望能擁有的人生。任何夢想的死亡都值得受到哀悼，它所有精緻的刻面都該再被碰觸最後一次。

客廳裡的大窗戶俯瞰著第五大道，我經過客廳，瞥了一眼丹妮兒辦公室的門，好奇等我走了以後她會怎麼想。不知道她會不會受到責怪，因為她沒能看住我。或是她會不會自責當她有機會的時候，沒有多做點什麼來幫我一把。

我沿著窄窄的走廊走向我的辦公室，那是個小房間，最醒目的家具就是一張沉重的桃花心木辦公桌以及一張土耳其地毯，那地毯大概比我母親在賓州的房子還要貴。我很期待能打造一個家，而家具不是要價六位數。我想要牆上有各種色彩，想要有我得記得澆水的花花草草。我想要不成套的盤子，還有就算不小心打破玻璃杯，也不必走一套複雜的流程重新訂購一樣的。

我回頭瞥一眼，好像以為有人會三更半夜在我自己的辦公室裡把我逮個正著，還能看穿我的想法，知道我打算做什麼。我用力聽，寂靜在我耳裡是嘈雜的隆隆聲，我努力聽兩層樓上方有沒有任何腳步聲。但門口空無一人，唯一的聲響是我擂鼓般的心跳。

我從辦公桌最上層的抽屜拿出一個小隨身碟，那是在羅里堅持所有人都要使用共用文件之前，我常使用的工具。我的目光被一張掛在牆上的照片勾住，照片中是我母親和我妹妹薇樂。那是我去上大學之前拍的，當時我還沒認識羅里，我的人生軌跡還沒改變。

「我們要去野餐。」某個星期六下午，我母親站在廚房門口宣布。當時薇樂和我躺在沙發上看電視，我們倆都不想去，我們正在瘋狂追劇，沉迷在《陰陽魔界》中。但我母親很堅持。「克萊兒離家之前，已經沒剩幾個週末了。」她說。薇樂狠狠瞪我，她還是很氣我選擇去瓦薩學院，而不是本地的州立學校。「我想跟我的兩個寶貝女兒出去走一走。」

三年後，她們就不在了。

事發前不到一小時，我才跟我母親通過電話。我們只簡單聊了幾句，但我彷彿仍然能聽到她在電話裡的嗓音，跟我說她不能聊太久，說她和薇樂要出去吃披薩，等她們回來她再打給我。事發後至今，我經常想，要是我在電話中多拖住她一會兒，她們是不是就還活著。或者，要是我根本沒打這通電話，那個酒駕犯衝過路口時，她們可能已經開遠了。

在我的夢中，我發現自己與她們同在車裡，雨刷發出「咚、咚」的聲音，她們兩人在車上一起笑著什麼事，我母親跟著廣播唱歌，薇樂求她停止。然後突然傳來輪胎磨擦的尖嘯，玻璃破碎的聲音，金屬相撞的重響，嘶嘶的蒸氣聲。然後，一片死寂。

❖

現在我的目光停留在薇樂的照片上，她笑得很開心，我母親只是背景中一個模糊的人影，我心痛地想把照片從牆上取下來，將它塞進行李箱的衣物之間帶走，就像是護身符。但我不能。被迫把它留下，幾乎擊垮我的決心。

我妹妹那張微笑的臉孔永遠停留在八歲，接下來她也只剩幾年的壽命；我好不容易將視線由她臉上扯開，往羅里寬敞的辦公室走去。這個房間鑲著木板，其上釘有書架，巨大的辦公桌是房間的主角。桌上擱著他的電腦，黑暗而安靜，我經過電腦走向後方的一區書架。我抽出關鍵位置的那本紅書放在一旁，伸手探入那個空間，摸找藏在那裡的小按鈕並壓下去。書架下方的牆壁鑲板發出輕輕的咔嗒一聲彈開了。

丹妮兒不是唯一在作筆記的人。

我拉開鑲板，從藏物處取出羅里的第二部筆電。羅里不保存任何東西的紙本，像是收據、個人筆記，甚至沒有照片。紙本太難追蹤管理了，太難掌控了，他曾向我解釋。這台機器藏著所有祕密。我不確定它裡頭到底有什麼，但我不需要知道。誰會沒事藏著一部祕密筆電？除非他有重大的隱私要藏匿。或許裡頭有財務紀錄，概述了未竄改過的基金會帳目，或是他偷偷搜括又存到國外的黑錢。如果我能複製硬碟，要是之後羅里追得太近，我就有制衡他的籌碼。

因為儘管我在信裡給了羅里明確的指示，我卻毫不懷疑，他仍然會無所不用其極地想找到我。佩特拉和我討論過我是否可能詐死，製造一場無法找到屍體的意外。但尼可嚴詞勸我們打消念頭。「那會鬧得滿城風雨，讓妳更難達到目的。最好還是塑造成妳離開他的形象。妳會登上一些八卦小報的版面，但很快就會退燒的。」

不出所料，我打開筆電時，它要求輸入密碼。羅里握有我全部的密碼，我卻不知道他任何一組密碼。不過我知道羅里不可能為管理密碼這種枝微末節操心，這是布魯斯的工作，而他將密碼都寫在辦公桌裡的小筆記本上。

我從好幾星期前就一直在偷偷觀察布魯斯，看到他在羅里需要時迅速翻開那本綠色筆記本，然後輸入密碼。我在羅里辦公室外整理花瓶裡的花，或是在門口假裝翻找包包裡的東西，其實都是在了解布魯斯白天將筆記本收在哪裡、晚上又收在哪裡。

我穿過房間來到布魯斯的辦公桌旁，沿著遠端的邊緣摸過去，拉開控制桿讓一個小抽屜彈出來，筆記本就塞在抽屜裡。我快速翻閱，略過各種服務的帳號和密碼，像是Netflix、HBO、亞馬遜，我的手指在發抖，知道每分鐘、每秒鐘都很珍貴。

最後，我在靠近封底處找到目標。MacBook。我在筆電裡輸入那一串數字和字母，成功登入。螢幕頂端的時間顯示為一點三十分，我將隨身碟插入USB插槽，開始將資料夾往裡拖，圖示顯示有數千個檔案，正緩慢倒數完成複製的進度。我再瞥了門口一眼，想像我所有的計畫在羅里的辦公室裡戛然而止，因為我穿著睡衣在備分他的祕密硬碟……我努力不去描繪他如果逮到我，會做出什麼事來。我會在他眼中看到怎樣的怒火，他會跨四大步來到能抓住我的距離，然後他會把我用推的或拖的帶離他的辦公室，回到樓上我們私密的臥室裡。我用力吞口水。

我上方某處傳來嘎吱一聲——腳步聲或地板沉陷——使我的心臟重重撞向胸口，額頭上瞬間迸發一層薄薄的汗水。我躡手躡腳地走到走廊，屏息聆聽，試著排除體內洶湧的慌亂所帶來的耳鳴。但什麼動靜也沒有。幾分鐘後我回到電腦前，盯著螢幕，在心裡催它快一點。

但這時我的視線再次落在布魯斯的筆記本上，那裡頭寫滿密碼，能讓我窺視羅里生活的每個角落。他的行事曆，他的電子郵件，那個共用文件。如果我能存取那檔案，我就能盯著他們，知道他們對我消失的事有什麼看法，知道他們是不是在找我，在哪裡找我。我能夠比他們占得先機。

再瞥一眼空蕩蕩的走廊，我把筆記本往回翻了幾頁，直到找到羅里的電子郵件密碼，然後從布魯斯桌上撕了張黃色便利貼，把密碼抄下來，這時候筆電的檔案剛好也複製完了。樓下的時鐘敲了兩響，我從插槽拔出隨身碟，將他的筆電放回藏物處。我把鑲板咔嗒一聲關起來，將紅書放回書架上，再把布魯斯的筆記本放回抽屜，然後檢查房間看有沒有留下任何痕跡。

都滿意以後，我回到我的辦公室。只剩一件事要做。

我滑進椅子，皮革貼在我小腿後側感覺涼涼的，我打開我的筆電，我的底特律講稿還在螢幕上。我關掉視窗，登出電子郵件帳號，知道我的頭像會從其他人的畫面頂端消失。我回到Gmail的首頁，我坐著等了一分鐘，讓房屋的寂靜和走廊時鐘微弱的滴答聲漫過我的心。我深吸一口氣再吐出來，再重複一遍，試著鎮定緊張情緒。試著全盤考慮所有偶發狀況，所有可能出錯的小事。我再瞥了一眼時間，提醒自己在凌晨兩點，沒人會醒著。布魯斯不會，丹妮兒不會，羅里更絕對不會。我第一百萬次希望我住的是小一點的房子，牆壁不要那麼厚，地毯不要那麼利於吸收腳步聲，而我還能用羅里輕微的鼾聲來讓自己安心。但他在我上方兩層樓處，而我需要做這件事。

我輸入他的電子郵件帳號，然後瞇眼細瞧便利貼，仔細輸入密碼。接著我按下確認鍵。放在我旁邊桌上的羅里的手機立刻振動了一下，一項通知使螢幕亮起。有新的裝置登入了你的帳戶。

我向左滑清除這則通知，再轉向我的筆電，眼前是羅里的收件匣。在一長串未讀信件的最頂端是那封系統通知，我刪除它，快速點進他的垃圾桶，然後把信永久刪除。

我先瀏覽他的文件首頁，看到有好幾個資料夾，然後點進那個共用文件檔案。他們把檔名取為「會議筆記」。我屏著氣打開檔案，好奇我會發現什麼，結果裡頭空無一物。等待著明天。我想像自己深夜躲在加拿大某處，默默地觀察羅里和布魯斯解構我消失的事，試圖釐清狀況。但更重要的是，我將知曉羅里和布魯斯互相說的所有事，他們以為私密的所有對話。

檔案頂端寫著「上次編輯：五小時前（布魯斯．寇克倫）」。我點進那行字，好奇編輯紀錄會揭露什麼，結果螢幕右側冒出一長串列表。3:53 羅里．庫克新增一筆評論。3:55 布魯斯．寇克倫新增一筆評論。但沒有詳細內容。我的目光沿著長長的列表往下滑到視窗底部，那裡有個「顯示變更」的方格沒有勾選。我將游標移到方格處，非常想勾選，但最後還是沒動它。我成功登入了，這樣就夠了。

我點進我自己的帳號設定，改掉我的密碼，確保只有我能登入。

完成之後，我關掉電腦上樓，回到我們的臥室，羅里仍在沉睡。把他的手機插回充電線上後，我拿出隨身碟和寫著他密碼的便利貼，走進主臥浴室。我從已經整理好的盥洗包裡取出裝在塑膠管裡的牙刷旅行組，把蓋子扭開，將廉價的牙刷丟進垃圾桶，然後將便利貼包在隨身碟外頭。接著我把這兩樣東西塞進塑膠管，蓋上蓋子，然後把管子埋在我的面霜和化妝品底下。拉上盥洗包拉鍊後，我望著鏡中的自己，周圍全是羅里的財富供予我的奢侈品。大理石檯面、深浴缸以及大小可比一輛小車的淋浴間。與我從小到大使用的迷你浴室天差地遠。以前薇樂和我會為了早上誰先用浴室吵個沒完，最後我母親乾脆把門鎖弄壞。「我們沒時間保有隱私。」她當時說。我曾經夢想有一天能夠鎖上浴室的門，想在裡頭待多久就待多久。而現在我卻願意付出任何代價來回到過去，我們三個人在狹窄的空間進進出出，挨著彼此擠過去，刷牙、化妝、吹頭髮。

這裡的一切，我是不會懷念的。

我關了燈，回到臥室，最後一次爬上床躺在我丈夫身邊。

還剩二十二小時。

克萊兒

二月二十二日，星期二

墜機當天

我一定睡著了，因為接下來我就被鬧鐘驚醒。我眨著眼去除睡意，環視周遭的房間。太陽已升起，羅里那一側的床空著。時鐘顯示七點三十分。

我坐起來，讓緊張情緒緩和，由興奮取而代之，然後到浴室裡，打開蓮蓬頭，蒸氣遮住我在鏡子中的臉。我在洗手檯上再次檢查隨身碟，看到它似乎沒被動過，便放下心來。

然後我跨入淋浴間，讓熱水砸向我的背，喜悅的情緒在我內心湧上來。經過一年多的謹慎規劃，始終提心吊膽怕有一丁點的差錯導致我的計畫東窗事發，而現在實現心願的一刻終於到來了。我的行李已打包好，我需要的一切都已到手。羅里出門了——去辦公室，或是去開會，我不在乎。我只需要穿好衣服，最後一次走出家門。

我匆匆洗完，披上最喜歡的浴袍，心思已飄到數小時後。乖乖坐飛機到底特律，參觀校園，然後出席晚宴，忙完這些事後，所有人也都睡了。這些是我能一個一個打勾剔除的項目，然後我就自由了。

但我回到臥室時猛然止步，因為我發現負責打掃樓上的幫傭康絲坦絲正把我的行李箱搬到床上並打開拉鍊。她動手將疊放在內衣褲頂端的厚重冬衣取出來。

我緊緊揪住浴袍的領口。「妳在做什麼？」我的目光像被行李箱黏住，盯著她取出衣物的雙手，繃緊神經等著她發現底下的東西——藏在內襯袋底下的尼龍背包；底特律行程根本穿不到的牛仔褲；幾件沒人見過的長袖上衣和一件羽絨外套。

但她只是把那幾件冬衣送回衣櫃，然後帶著較輕薄的衣物回來——亞麻質料的洋裝和休閒褲，並且將我桃紅色的喀什米爾毛衣放在床上，那一抹鮮豔色彩似乎很格格不入，而且就這個寒冷的二月早晨來說也太薄了。她回頭對我微笑，同時將這些衣物放入行李箱，說：「寇克倫先生有事想和妳說。」

他肯定就埋伏在走廊，因為一提到他的名字，布魯斯馬上走到門口，然後他頓住，顯然因為發現我才剛沖完澡而有點尷尬。「計畫有變，」他說，「庫克先生要親自出席底特律行程，他要妳改去波多黎各，那裡有個組織——從事颶風災後救濟工作的人道團體——他認為這是基金會可以經營的一條線。」

我感覺我的整個世界都偏離了軸心，重力把我用力扯向地心。「你說什麼？」

「庫克先生要去底特律，他和丹妮兒今天一早就出發了。」他重複，「他不想吵醒妳。」

康絲坦絲把我的行李箱重新拉上，閃身溜過布魯斯身旁，消失在走廊。

「妳的班機十一點從甘迺迪機場起飛。」

「甘迺迪機場？」我小聲說，無法進入狀況。

「庫克先生搭私人飛機走了，所以我們不得不幫妳訂維思達航空的機票。加勒比海上空的天氣狀況不太穩定，那是最後一班飛機，接下來的航班都取消了。我們能把妳弄上去純屬僥倖。」他瞥一眼手錶。「我在外面等妳換衣服，妳要在九點前到機場報到。」

他關上門，我重重地坐在床上，思緒整個都傾覆了。我所有的計畫，就在我睡著的幾小時之間煙消雲散。我蒐集的所有東西，那四萬美元，尼可給我的假證件，我的信，以及佩特拉幫我的所有忙。都在底特律等待，而羅里會在那裡打開包裹，知曉一切。

❖

我在恍惚狀態下穿好了衣服，不久後我們就坐進附司機的禮車，朝機場出發。布魯斯講解整趟旅行計畫，比起羅里在場時，他的語氣少了點畢恭畢敬，不過我幾乎充耳不聞，而是試圖抓住什麼來力挽狂瀾。

我的手機振動了一下，羅里傳了封簡訊給我。

抱歉臨時改變計畫。我們再五分鐘就到飯店了。妳到了以後打個電話給我，好好享受暖和的天氣吧，這裡才不到攝氏二度。

看來他還不知道，也許還有時間補救。我把手機緊緊捏在手裡，在心裡催車子開快一點，快把我帶到機場，我才能想清楚下一步該怎麼辦。

「妳要住在聖胡安市，」布魯斯說，他在唸手機上的一份文件內容，「我們幫妳在加勒比希爾頓酒店訂了兩晚，但丹妮兒說加訂一晚也可以，那她就幫妳取消星期五的會議。」

他抬頭看我，所以我點點頭，我沒把握開口回應。我每一個細胞都急著想打給佩特拉，想搞清楚該怎麼挽回這件事，但我得等抵達機場，等到可能聽到我說話的人只有陌生人的時候。

❖

他們讓我在人行道旁下車，布魯斯給了我最後的指示。「維思達航空，四七七號班機。」我下車時他對我說。「登機證在妳的手機裡，到了以後有人會接機。如果妳有任何疑問，就打給丹妮兒。」

我走向自動門，進入廣大的出境大廳尋找維思達航空，感覺到那輛禮車還停在人行道旁怠速。*繼續走*，我命令自己。*表現得正常一點*。我排進安檢隊伍，人龍彎彎曲曲地繞了好幾排旅客，然後我把手機解鎖，瀏覽電子郵件，尋找丹妮兒上次寄給我的底特律旅行計畫，並撥電話到那裡的飯店。

「您好，這裡是怡東酒店。」電話另一端的女人說。

「早安，」我說，努力維持冷靜與和善的語氣，「我原本安排今晚要入住貴飯店，不過臨時改變計畫。然而，今天早上應該有我的包裹要寄到，希望你們能幫我轉寄。」

「沒問題，」女人說，「您的大名是？」

我胸中的結鬆開了，我深吸一口氣。我能修正這件事，讓她把包裹寄到加勒比希爾頓酒店，我再從波多黎各離開。「克萊兒・庫克。」

「噢，沒錯，庫克太太！是的，包裹今天早上送到了。不到十分鐘前，我把包裹交給您的丈夫了。」她輕快地說，顯然仍沉浸在見到名人的亢奮中。

我握緊手機，視線中冒出許多光點，我很費力才沒有倒下來。我想像羅里像一陣旋風似的抵達，直奔飯店客房，在那裡讀電子郵件、打電話、預習講稿。在某個時間點，他會想起那個聯邦快遞包裹。收件人是我並不重要。我能看到他拆開包裹，看著裡頭綑得緊緊的幾疊現金。伸手進去抽出毫無特色的信封，裡頭裝著我的新駕照、護照、信用卡，以及其他偽造文件。他的目光掃視那個姓名——亞曼達・伯恩斯——然後落在我的照片上。還有一封信，貼好郵票，寫好紐約地址，寄給他說明一切。

「庫克太太？」那女人的嗓音把我拉回現實，「還有什麼需要為您服務的嗎？」

「沒有了，」我說，我的聲音輕如耳語，「就這樣吧。」我掛掉電話，讓我的思緒檢視其他可能。我可以去別的地方，只要走到櫃檯，買一張機票去邁阿密或納許維爾。但那會留下電子足跡。我原本打算用來掩蓋足跡的所有現金都在底特律，在羅里手上。

我滑著聯絡人名單直到找到目標：公園大道上的妮娜美甲沙龍，底下存的是佩特拉的號碼。響第三聲時她接聽。

「是我，克萊兒。」我突然意識到周圍都是人，便壓低音量解釋發生了什麼事。「羅里改變計畫了，他派我去波多黎各。還有，佩特拉，」我幾乎說不出口，「他在底特律。」我迫切地企圖控制住愈來愈洶湧的歇斯底里，卻快要失控了。

「我的天啊。」佩特拉倒抽一口氣。

「我打去底特律的飯店，他們已經把包裹交給羅里了。」我用力吞口水。「我該怎麼辦？」

安檢隊伍龜速前進，我跟著移動。電話另一頭的佩特拉默默思考。「回到機場外面，搭計程車來找我。妳可以先住我這裡，我們再慢慢想辦法。」

再幾個人就輪到我了，每過一分鐘，我的選項就變得更少。一旦羅里發現我在打什麼主意，他會鎖住我們所有帳戶，直到把我逮回家。我的思緒飛回從前，飛到我上一次試圖離開的時候。我想像我們兩人在家裡，我打算做的事的證據攤在我面前，以及接下來勢必會發生什麼狀況。搞不好他真的會遵循我在信裡給他的指示，發表一篇聲明宣告我們分開的事，並要求世人尊重我的隱私，用我自己的計畫倒打我一耙。搞不好我那封信成了我的親筆遺書。

「太近了，」我告訴她，「有人會看到我，向他通風報信。」

「我住在他媽的達科塔公寓[8]，沒有我的許可，誰也上不來。」

「羅里至少有三個朋友也住那棟公寓，」我提醒她，「他會把我整個生活拆開來仔細研究，我的提款卡、信用卡，還有手機通話紀錄，現在就會直接帶他找到妳了，找到尼可。還有找到我，如果我想躲在那裡的話。」我掃視正引導旅客向左或向右走向X光機、穿著制服的運輸安全管理局人員。排在我前面的人只剩三個。「我覺得我在波多黎各成功消失的機會還比較大，」我說，「風災過後，還有很多方面都沒有接上正常軌道。那裡的人應該更願意收現金，不會問太多問題。」但我沒說出口的是，手上幾乎沒錢，又要待在一個出口有限的島上，處境會有多艱難。若是缺乏某種幫助，我辦不到。我知道我答應過不會這麼做，但我不得不問。「那裡有尼可認識的人嗎？」

佩特拉用力呼出一口氣，思考著。「應該有吧，」她終於說，「我知道得不多。尼可讓我跟他生意往來的那些人保持安全距離。可是他們絕非善類，克萊兒。妳一旦落入他們手裡，尼可或許沒辦法馬上把妳弄出來。妳確定妳要這麼做？」

冰冷的恐懼像把刀插進我肋骨底下，我想像一輛黑車，一張沒有名字的臉孔。或許還有一個冰冷的房間，裡頭滿是被繩子或鍊子綁住的女人。混凝土地板上有東一塊西一塊的床墊，凹凸不平、布滿汙漬。然後我想到羅里發怒時的表情，想到他又讓我落單時會對我做什麼。想到差點發

---

❽ 達科塔公寓（The Dakota）是紐約市一棟高級公寓，於一九六九年被列為紐約市地標，曾有多位名人入住，包括一九八〇年在此被槍殺身亡的約翰·藍儂（John Lennon）。

生的事會讓他感受到多大程度的屈辱和憤慨。「打給他吧。」我說。

「妳要住在哪裡？」

我把細節告訴她，我聽到她在抽屜裡找筆。

「好，有人會在那裡聯絡妳，準備好一收到我們通知就出發。」

我因恐懼而微微顫抖，不知道尼可能不能幫我，或是我想不想要他幫我。

但佩特拉還在叮囑。「找台自動提款機，能提多少現金就提多少現金……以備不時之需。」

已經排到我了，別人正在等我掛掉電話，把行李放到輸送帶上。「我得掛電話了。」我告訴她。

「試著保持冷靜，」她說，「我會盡快聯絡妳。」

然後我掛掉電話，疑慮在我體內滾動，感覺我好像掉進一個噩夢——旋轉、翻滾，四面八方都是危機。

伊娃

約翰・甘迺迪國際機場，紐約州
二月二十二日，星期二
墜機當天

那女人的語氣帶著確切無疑的絕望。*是我，克萊兒。*她說話時嗓子啞了，好像竭力忍著淚水。伊娃像被釘在地上般站著，聽著一個處於危險中的女人歇斯底里地說明情況。那是個正在逃亡的女人，像她一樣的女人。

伊娃望向周圍的旅客，他們從四面八方推擠過來，想要通過安檢。有好幾個大行李箱的那家人勢必要在登機門托運行李了。她後方的那對男女壓低音量在爭執沒能準時出門前往機場的事。伊娃察看有沒有人在注意，有沒有人可能記得那個講電話的沮喪女人，以及排在她前面、默默聽著的陌生人。

克萊兒。她的名字，在英文中只是一個音節，似乎在伊娃腦中發出回音。伊娃悄悄靠近一點，假裝全神貫注地用手機（那是她不到二十四小時前在另一個機場買的預付卡手機），實際上卻仔細觀察所有細節。昂貴的柏金包；時髦的運動鞋搭配量身訂做的休閒褲，纖瘦的骨架上優雅

地披著一件桃紅色喀什米爾毛衣。黑色頭髮髮尾整齊地垂在肩頭。

「我覺得我在波多黎各成功消失的機會還比較大。」克萊兒說。伊娃湊近，不想漏掉任何一句。「還有很多方面都沒有接上正常軌道。那裡的人應該更願意收現金，不會問太多問題。」

聽到「沒有接上正常軌道」，伊娃感覺脈搏加速，因為那正是她需要的。波多黎各就是她的解答，而克萊兒是她到那裡的方法。

她們到達隊伍前端時，有個運輸安全管理局人員引導伊娃到左邊的X光機，然後又指示克萊兒去隔了幾排的右邊機器。伊娃想跟過去，但運輸安全管理局人員攔住她，不讓她亂插隊。她一直盯著克萊兒，看著克萊兒通過X光機、拿起受檢物品，然後消失在人群裡。

伊娃努力壓抑著硬闖安檢站的衝動。她等了一早上，可不是為了在這個節骨眼跟丟克萊兒。但她被堵在一個老頭後面，那老頭得通過金屬偵測門好幾遍。每次紅燈都閃了，伊娃感覺血壓愈來愈高，急於趕到另一邊。

終於，那老頭從口袋掏出一把零錢，仔細數了數才放進托盤，然後安全通過偵測。

伊娃把外套和鞋子放在托盤裡，將行李袋丟在輸送帶上，屏住呼吸過偵測門。到了另一頭之後，她匆忙穿回所有衣物，抓起手機和行李袋，在大廳搜尋桃紅色毛衣。但克萊兒已經消失了。

那股強烈的失落感，對伊娃來說就像被人猛踢一腳。她能試的其他方法，像是另外買一張機票、客運車票，或租車，都會被追蹤到。那會讓追蹤她的人直接找到她去了哪裡。

伊娃掃視人群，在每間餐廳門口放慢腳步，朝每個書報攤裡張望。前方有一排螢幕，她要查出飛往聖胡安的是哪一班飛機，然後去克萊兒的登機門找她。她不可能已經走遠了。

不過伊娃經過一座吧檯時，看到那件桃紅色毛衣了，它在後方的灰色窗戶映襯下十分醒目。克萊兒一個人坐著，面前有一杯酒，目光警覺地掃視人山人海的機場，就像動物巡視地平線提防掠食者。

伊娃讓自己視線滑過克萊兒身上，腳下未停留。克萊兒不會對一個開口求助的陌生人掏心掏肺。伊娃打算用旁敲側擊的方式做這件事。她走進一間書店抓起一本雜誌翻著，讓克萊兒有時間平靜下來。

她隔著走道看見克萊兒將酒杯湊到唇邊。

伊娃把雜誌放回去，走出書店，走向俯瞰跑道的大片玻璃窗，然後再左轉朝著克萊兒而去。她離得夠近的時候，便將無聲的手機貼在耳邊，裝出有一絲慌張和恐懼的語氣，一邊坐下一邊確保她的行李袋撞到克萊兒的高腳椅。

「他們為什麼要跟我談？」伊娃問，同時坐到克萊兒隔壁，克萊兒往旁邊挪，散發出強烈的不快。

「但我只是照他的要求做，」伊娃繼續說，「我們一得知已經末期了，就討論過這件事。」伊娃用手遮住眼睛，讓過去這六個月重重地襲向她。她冒了多大的險，她失去了多少。她現在需要那些情緒，好塑造她的故事並增添真實性。「他是我丈夫，我愛他。」她說，伸手越過吧檯拿了一張紙巾，趁克萊兒注意到根本沒有淚水前按在自己的眼睛上。「他在受苦，我做了任何人都會做的事。」伊娃稍作停頓，彷彿電話另一頭的人在說話，然後她終於說：「跟他們說我無可奉告。」她用力把手機扯離耳邊，狠狠戳了一下，切斷假通話，然後顫抖地作了個深呼吸。

伊娃向酒保比了個手勢，說：「伏特加通寧。」接著，她彷彿自言自語而不是在對克萊兒說話，說道：「我就知道這件事不會善了，只是沒想到這麼快。」她喝了一口酒保送到她面前的飲料，而她隔壁的克萊兒在高腳椅上挪移，離伊娃遠一點，她肩膀的僵硬姿態足以讓大部分人閉上嘴。但伊娃用力閉起眼睛，將歇斯底里調高一度，讓呼吸變得粗重而不穩定。她試著從恰好搆不到的紙巾架再拿一張紙巾，肩膀撞上克萊兒，迫使克萊兒幫她拿。

「謝謝，」伊娃說，「抱歉我哭哭啼啼的，闖進妳安靜的小角落。只是……」她欲言又止，彷彿在鼓起勇氣說出接下來的話。「我丈夫剛去世，是癌症。」

克萊兒仍然沒有看伊娃，猶豫了一下，終於說：「我很遺憾。」

「我們在一起十八年，從高中就開始交往。」伊娃擤鼻涕，呆呆地盯著飲料。「他叫大衛。」她再喝一口酒，順帶吞進一塊冰塊，將它抵在臉頰內側，希望心跳能慢下來，希望她說故事的節奏也能慢下來。講得太快，聽起來會顯得空洞而虛假。謊言需要謹慎地投放，就像一株幼苗，種到土裡後要澆水施肥，然後才能種下一個。「他在劇烈的疼痛中被消磨到不成人形，我實在是看不下去了。」她讓垂死男人的影像在克萊兒的想像中變得鮮明，然後才繼續說。「於是，我叫看護回家，說我來輪夜班。我的做法並不聰明，但是當你愛了一輩子的男人在受苦，你根本不可能理智思考。」伊娃茫然地望向機場另一端。「現在他們似乎要提出疑問了，或許會有些後果要承擔。」

伊娃需要的是一個有說服力的理由，能解釋她為什麼也想要消失，永遠不回家。除了真相之外的理由。

她感覺克萊兒的肢體語言有了變化：克萊兒微微轉向她，幅度不超過三公分，但已足夠。

「妳說的『他們』是誰？」克萊兒問。

伊娃聳肩。「法醫，警方。」她朝手機比了一下。「剛才是我丈夫的腫瘤科醫生打來的，他跟我說他們要求大家一星期內都要去市中心[9]回答問題。」她望向窗外的跑道。「市中心從來就沒有好事發生。」

「妳是紐約人嗎？」

伊娃回頭看她，搖搖頭。「我是加州人。」停頓，呼吸。「他才走了二十一天，我每天醒來，那段日子都會在我眼前重演。我想說來紐約散散心會有幫助，換換風景，這裡的一切都跟家鄉完全相反。」

「結果呢？」

「可以說有幫助，又可以說沒幫助。」她看著克萊兒露出苦笑。「會不會很矛盾？」

「我覺得不會。」

[9] 去市中心（go downtown）也有「被逮捕」的意思。

「我已經失去所有對我而言有意義的東西。我丈夫不在了，為了照顧他，我也辭掉工作。我們兩人相依為命——我們都沒有親人。」伊娃深吸一口氣，說出目前為止最誠實的一句話。「我在世界上孑然一身，我不想回去。我的飛機再過一小時要起飛，我卻不想搭上它。」

伊娃在手提包裡翻找，抽出她的登機證，放在她們面前的吧檯上。一個道具，一個誘惑，一個無聲的建議。「也許我該去別的地方，我有存款，我要新買一張機票，去一個沒去過的地方從頭開始。」伊娃在高腳椅上坐直一點，彷彿她剛才作的決定解除了她內心的某種重擔。「妳覺得我該去哪裡好？」

克萊兒的嗓音在她旁邊輕輕響起。「他們要不了多久就會找到妳，不管妳去哪裡，都會被追蹤到。」

伊娃聽了思考半晌，然後說：「妳覺得一個人有可能消失嗎？不留下任何痕跡？」

克萊兒沒有回答。她們兩人默默地坐著，看著人們走向登機門或行李轉盤。旅客行色匆匆，彼此保持安全距離，與周圍的人避免眼神接觸，一心只在意他們要去哪裡，而沒注意吧檯邊並肩而坐的兩個女人。

遠處有個孩子的啼哭聲愈來愈大聲，一名氣急敗壞的母親拖著哇哇大哭的女兒經過她們旁邊，說：「哈欽斯老師交辦的閱讀作業妳都沒做，我才不會讓妳看已經看過一百遍的《天生一對》。」

伊娃看到克萊兒的目光追著那對母女越過大廳，直到她們消失。然後她說：「知道新世代仍然懂得欣賞琳賽．蘿涵的電影，還滿值得欣慰的。」她啜了一口酒。「她拍的另外一部電影叫什麼來著？有對母女交換身體，以對方的身分度過一天。妳知道嗎？」

「《辣媽辣妹》，我妹妹很愛那部電影。」克萊兒低著頭盯著酒杯說。

伊娃在心裡數到十。她已來到這段對話的關鍵轉捩點。然後她說：「妳會跟誰交換？妳想變成誰？」

克萊兒慢慢轉頭朝向伊娃，她們四目相交，但克萊兒沒回答。

「《辣媽辣妹》現在絕對能幫上我的忙，」伊娃繼續說，語氣變得疏離，「溜進別人的皮囊，能夠過著截然不同的生活。我還是我，但沒人會知道。」

她身旁的克萊兒舉杯飲酒，伊娃注意到克萊兒微微顫抖。「我應該要去波多黎各。」她說。

伊娃感覺酒精終於進到她的血液，在她肚子裡的低處散發暖意，輕輕鬆開過去四十八小時以來漸漸變大的結。「這個季節那裡很舒服。」

克萊兒搖頭。「我願意做任何事來換取不要搭上那架飛機。」她說。

伊娃讓這句話懸在空中，等著看克萊兒會不會提供更多細節。因為伊娃打的算盤很冒險，她必須確定克萊兒夠走投無路。她晃動杯中的冰塊，伏特加與通寧水融化成透明液體，那一瓣萊姆的邊緣被擠壓且有點枯黃。「聽起來我們兩人都需要《辣媽辣妹》。」

伊娃知道兩件事。首先，克萊兒必須認為這是她自己的主意。第二，伊娃不想再說謊騙人了。這是最後一次。

克萊兒從吧檯桌面拾起伊娃的登機證，仔細研究。「奧克蘭是什麼樣子？」她問。

伊娃聳聳肩。「沒什麼特別的，」她說，「不過其實我住在奧克蘭隔壁的柏克萊市，那裡的人有點瘋瘋癲癲的。就算你邊吹小喇叭邊騎腳踏車通過電報街，也沒人會多看你一眼。那裡就是這種地方，很容易混入人群，因為每個人都比你更怪一點。」

就在此時，酒保靠過來說：「兩位小姐還需要什麼嗎？」

克萊兒首次露出了笑容。「應該不用了，謝謝。」然後她對伊娃說：「跟我來。」

❖

她們離開吧檯，並肩而行，迫使旁人必須繞著她們走；她們什麼都沒說，便到女廁跟著疲憊的旅客排隊。有幾間廁所空出來了，克萊兒讓後頭的人先進去，直到無障礙廁所裡的人出來。她拉著伊娃一起進去，然後鎖上門。

克萊兒壓低音量。「妳剛才在吧檯說的，問我覺得有沒有辦法消失，我覺得有個辦法。」

馬桶沖水聲，水龍頭的水在流，擴音器在宣告航班資訊，克萊兒則在手提包裡翻找出她的手機，點開她的電子機票然後遞給伊娃。「如果我們交換機票，班機資訊只會顯示我們各自登上我們的班機。」克萊兒說，「但是在波多黎各不會有我的足跡，奧克蘭也不會有妳的足跡。」

伊娃試著裝出懷疑的表情，要是她一口答應，計畫就不會成功了。「妳瘋了嗎？妳為什麼要為我做這種事？」

「妳也是幫我的忙，」克萊兒說，「我不能回家，而我如果自認為有本事在波多黎各消失無蹤，未免太愚蠢了。」

伊娃迅速看向克萊兒的臉。「妳這話什麼意思？」

克萊兒說：「妳不用擔心。」

伊娃搖搖頭。「如果我要做這件事，妳最起碼該告訴我我蹚進什麼混水。」

克萊兒望向隔間的門，說：「我原本計畫好要離開我丈夫，結果計畫出錯，被他發現了。我得消失，否則……」

「否則怎樣？他很危險嗎？」

「只對我有危險。」

伊娃仔細盯著克萊兒手機上的電子機票，好像在思考。「我們長得根本不像，要怎麼交換機票？」

「那不重要，我們已經通過安檢了。妳會拿著我的手機、我的登機證，沒人會質疑妳的。」

她盯著伊娃，眼神明亮而迫切。「拜託，」她小聲說，「這是我唯一的機會。」

伊娃知道幾乎要抓住某樣東西、卻又眼睜睜看著那樣東西被抽走的感覺。那會讓你被逼到牆角，被一股猛烈的飢渴蒙蔽雙眼，無視於所有出錯的可能。

❖

最後的計畫很單純。她們快速轉移行李袋裡的東西，克萊兒從她的行李中抽出紐約大學棒球帽，把頭髮塞進去。然後她脫下毛衣遞給伊娃。「我丈夫不會放過任何線索，今天的每一分鐘都會被拆開來放大檢視，包括機場的監視畫面。我們需要交換的不只是機票而已。」

伊娃脫下外套交給克萊兒，稍微遲疑了一下。這是她最喜歡的外套，是軍綠色的連帽外套，有很多拉鍊和隱藏式口袋，多年來都很實用。

克萊兒穿上外套，嘴巴仍沒停下來。「妳降落之後，用我的信用卡提領現金，或是買張去別的地方的機票，隨妳高興。總之要留下一條足跡讓我丈夫追蹤。」克萊兒把筆電塞進伊娃的行李袋，現在這行李袋放在克萊兒腳邊。接著她打開盥洗包，取出塑膠牙刷旅行組，塞進伊娃舊外套的口袋裡，伊娃看了覺得滿奇怪的。在這個節骨眼，口腔衛生是該優先考慮的事嗎？克萊兒從皮夾裡取出一疊現金塞進另一個口袋，然後把皮夾放回自己的手提包，將手提包遞給伊娃。「不過妳動作要快，慢了他會凍結所有帳戶。」她說，「我的PIN碼是三七一〇。」

伊娃接過手提包，不過她並不需要克萊兒的錢。然後她把自己的手提包交給克萊兒，甚至沒有費事察看，因為她很樂於擺脫那一切。她現在唯一需要的現金塞在一個緊貼著她皮膚的布包裡，其餘的則在很遠的地方等著她。

伊娃將雙臂伸入桃紅色喀什米爾毛衣，感覺出口愈來愈近，她希望克萊兒不要臨陣退縮。再過九十分鐘她就要升上天空，前往波多黎各。落地之後，伊娃知道上百種消失的方法。改變外貌，然後盡快離開那座島。包一艘船，包一架小飛機，她的錢夠讓她做任何事。她不在乎克萊兒最後怎麼樣了。

一星期前她和戴克斯的對話浮上心頭，那是在籃球賽場邊隨口進行的對話。弄到假證件的唯一方式，就是找到某個自願把證件給你用的人。伊娃差點笑出來，戴克斯的話竟然就在甘迺迪機場第四航廈的無障礙廁所中實現了。

克萊兒在對付她身上那件外套的一條拉鍊，伊娃則在想奧克蘭那邊的地面可能有誰在等她。他們看到克萊兒穿著伊娃那件令人眼熟的外套走出機場時，可能會有瞬間的遲疑，但她們兩人的相似之處就僅止於此。

「希望妳不介意，」伊娃邊說邊把她的預付卡手機按在胸前，「但是這裡頭有我所有的照片，還存了幾通我丈夫留下的語音留言……」她不能冒險讓克萊兒發現手機裡沒有任何聯絡人、沒有任何照片，通話紀錄中也只有一個號碼。她舉起克萊兒的手機。「不過我需要妳解除密碼，讓我能掃描電子機票。還是妳想把機票印出來，然後留著手機？」

「留著讓他追蹤我嗎？不了，謝謝。」克萊兒說，她滑著手機進入設定，解除密碼。「不過我確實需要先抄個號碼。」

伊娃看著克萊兒從她的手提包找出一枝筆，然後在舊收據背面草草寫了什麼。

這時，機場廣播叫到了飛往奧克蘭的班機，要開始登機了。她們看著對方，臉上的表情混雜著恐懼和興奮。

「我想就這樣了。」克萊兒說。

伊娃想像克萊兒登上往加州的班機，在另一頭下飛機。走向外頭耀眼的陽光，絲毫不知道自己可能遇上什麼事，而她試著不感到愧疚。但克萊兒看起來有股鬥志，又很聰明。她會想到辦法的。「謝謝妳幫我重新開始。」伊娃說。

克萊兒擁她入懷，輕聲說：「妳救了我，我不會忘記的。」

然後她就走了，離開隔間，再度消失在熙攘的機場裡，監視器錄下一個穿著綠外套、紐約大學棒球帽壓得低低的女人，走向不同的人生。

伊娃把門又鎖上，靠在涼涼的瓷磚牆壁上，讓整個早上都很高亢的腎上腺素退去，她因而四肢發軟、頭昏腦脹。她還沒有自由，但她離自由已經前所未有地近了。

❖

伊娃在上鎖的隔間裡盡可能待久一點，想像克萊兒飛向西方，與太陽賽跑，看誰先抵達自由。

「往波多黎各的四七七號班機已開放登機。」頭頂有個嗓音宣布，她走出隔間，大步經過正在排隊的人龍。她用眼角餘光看著鏡子裡的倒影，不禁佩服自己顯得如此平靜，因為其實她心裡好想跳舞。她捋起克萊兒的桃紅色喀什米爾毛衣衣袖，快速洗洗手，然後把新的手提包掛在肩上，回到機場大廳。

到了登機門，她在外圍等候，習慣性地掃視人群，同時懷疑自己可不可能有朝一日學著不要每到一個空間，就評估它的風險和危機。不過身邊的所有人似乎都沉浸在自己的思緒中，急著逃離酷寒的紐約氣溫，到溫暖一點的氣候裡。

有個看起來焦頭爛額的登機門服務員將麥克風拉到嘴邊，說：「我們今天早上的班機並沒有客滿，若有候補的旅客，請到櫃檯報到。」

作度假打扮的人在隊伍中搶位子，想成為他們那一組登機旅客中的第一人，不過由於只有一位登機門服務員在值班，場面有點混亂，沒能迅速動起來。伊娃刻意排在吵吵鬧鬧的一家六口旁邊。她手提包裡克萊兒的手機嗡嗡振動，她好奇地取出手機。

妳他媽的幹了什麼好事？

讓她呆住的不是文字本身，而是文字背後的尖酸刻薄，惡毒而熟悉。接著手機響了，她被嚇了一大跳，差點失手弄掉手機。她讓通話進入語音信箱。它又響了，之後又響了一次。她望向空橋，數算排在她前方的人數，在心裡催促隊伍移動得快一點。她急著登機並飛上天空，踏上她的旅程。

「為什麼堵在那裡？」她後方有個女人問。

「聽說艙門有點問題，打不開。」

「真是好極了。」那女人說。

輪到伊娃時，她把手機遞給空服員，空服員根本沒看名字就掃描了她的電子機票。她把手機還給伊娃，伊娃立刻關掉手機，放回克萊兒的手提包裡。隊伍龜速前進，伊娃正準備跨上空橋，空橋上站了長長一排不耐煩的旅客。有人的包包從後方頂了她一下，把她的手提包撞飛在地，克萊兒的物品散落出來。

她蹲下去撿拾，回頭瞥了一眼機場大廳。在她上方，隊伍將她包圍，為她阻隔登機門服務員的視線，她突然意識到要溜走有多麼容易。這班飛機並沒有客滿，他們或許不會注意到她的座位空著。她被掃描了，被視為已登機，而克萊兒已經去了奧克蘭。

伊娃只有一瞬間可以作決定。她能看出自己要怎麼執行。走到一旁，靠著牆，再次假裝打電話。她只會是另一名旅客，專注於自己的生活，正要去某個新地點。她可以離開機場，到布魯克林區，找一間願意替未預約的客人把頭髮染成棕色的美髮沙龍。然後用克萊兒的證件，付現金買一張晚些時候的機票。有兩個克萊兒・庫克，前往兩個截然不同的地點旅行，也是大有可能的事。一旦她落地並消失後，那筆資料將與她無關。

她也是。

克萊兒

二月二十二日，星期二

起飛一小時後，我的心才不再狂跳，多年以來，我第一次深呼吸。我看了看手錶。我應該要搭的那架飛機，現在正在大西洋上空某處，離我有幾千公里。我想像它降落在波多黎各，滑向航廈，讓度假的人下飛機，伊娃像個隱形人一樣從所有人身旁一閃而過。羅里現在應該已經發現聯邦快遞包裹裡裝著什麼了，當他開始找我時，他會搜尋克萊兒．庫克或亞曼達．伯恩斯。他壓根兒不知道伊娃．詹姆斯是何許人也。這幾乎太簡單了。

一段記憶浮現心頭，那是我十三歲的某個晚上，我和母親坐在門廊。當時我已經被一群高人氣女生當作目標好幾星期了，她們一直跟著我，小聲說著殘酷的話，等我在走廊或廁所落單，就用刻薄的言語攻擊我。我母親想插手管這件事，但我不讓她出面，我相信這只會使狀況更糟。「真希望我能消失。」當時我這麼嘟噥。我們一起看著三歲大的薇樂在小小的院子裡跑來跑去，玫瑰在傍晚的微風中擺動。

「克萊兒，如果妳專心，總會發現解決辦法的。但妳得夠勇敢才能看出來。」母親說，她從我腿上把我的手拉過去，用力捏了捏。

當時我不懂她的意思，但現在我明白她是給了我一項先記在心裡、日後受用無窮的建議。我原本被困在兩個可怕的選項之間——羅里的憤怒或是尼可或許會派來幫我的不良分子——然後伊娃出現了，將我拖出困境。

我想著伊娃，想著她失去了什麼，希望無論她最後去了哪裡，都能找到內心的平靜。我想像她逃到某處的偏遠村莊，覓得一棟靠海的小房子，她的金髮與曬黑的皮膚形成對比，陽光如同寬恕灑在她肩膀上。遠離一切。新的開始，就像我希望為自己創造的事物。

我們找到彼此真是不可思議。

喜悅像氣泡一樣在我體內滾動，我不禁笑出聲來，嚇了我鄰座的男人一跳。「抱歉。」我說，轉頭朝向窗戶，望著底下的陸地由城市轉變為大片的農田，我和羅里之間的距離每秒鐘都在拉遠。

❖

六小時後，飛機降落在奧克蘭。我們在舊金山上空繞了一圈，雖然機長指出諸如海灣大橋和泛美金字塔等地標，我在興奮中卻幾乎對它們視而不見。我排隊準備下飛機，周圍的人擠向我，我閉上眼睛，回想以前薇樂和我會玩的一種名為「妳寧可要……」的遊戲。我們會花好幾小時編造無厘頭又爆笑的選項：妳寧可要連續一年吃十隻蟑螂還是肝臟當晚餐？我不禁微笑，好奇薇樂和我現在可能想出什麼內容。妳寧可要嫁給一個會家暴但有錢的男人，還是沒錢、沒身分地到陌生地方從零開始？在我看來作這抉擇很容易。

終於，艙門開了，大家開始魚貫下飛機。我跟著隊伍走，將帽簷壓低，至少等我離開機場、遠離監視器再說。我要做的第一件事就是打給佩特拉，告訴她我在奧克蘭。然後找一間便宜又不會問東問西的汽車旅館。我皮夾裡只有四百美元，得放聰明點。

我們下飛機後，我繞過人群，找尋公用電話。可是我出了閘門後，便意識到氣氛不太尋常。在不同的吧檯和餐廳裡分別有一小群一小群人聚在電視前，默不作聲地盯著。

一定出了什麼事。

我悄悄靠向奇利斯美式餐廳外的一群人，越過他們肩膀張望。電視設定在某個有線新聞台頻道，不過音量調得很小。有個面色凝重的女人正在講話，螢幕上秀出她的名字——希拉蕊．史丹頓，國家運輸安全委員會高級通訊官。我看向螢幕底部為服務聽力障礙者所打上的隱藏式字幕。

我們還不知道墜機原因，現在談這個言之過早。

畫面切到一個新聞主播，我瞥見原本被黑底的隱藏式字幕遮住的新聞標題。

四七七號班機墜毀。

我再讀一遍，試著重組那幾個字，使它們產生不同意義。四七七號班機是我那班往波多黎各的飛機。

我往前湊近。更多字幕冒出來，這次是主播在說話。

有關當局目前尚不願對墜機原因多加揣測，不過他們表示，發現生還者的機率渺茫。四七七號班機的目的地是波多黎各，機上共有九十六名乘客。

畫面切換到海洋的現場空拍鏡頭，海面上漂著破碎的殘骸。

我腳下的地面彷彿在動，我搖搖晃晃地倒向站在我旁邊的男人。他扶住我的手肘，沒有馬上放手，想確保我不會倒下來。「妳沒事吧？」他問。

我甩開他，從人群間擠過去，難以協調我在電視畫面上所見以及我腦中仍鮮明的伊娃的印象——我仍然能聽見她的嗓音，仍然能看見我走出廁所隔間把門關上時，她那一抹微笑。

我低著頭穿過大廳，突然意識到這裡有多少電視螢幕，全都在播報這起事故。我嚥下從喉嚨後側微微漫上來的膽汁，瞧見廁所旁邊有個公用電話。

我用顫抖的手指抽出抄了佩特拉號碼的那張收據，然後撥號。有個嗓音指示我投入一元二十五分。我在伊娃的皮夾裡掏了半天，找出五個二十五分硬幣，一一送進投幣口，心臟狂跳不已。

但我聽到的不是電話鈴聲，而是三個單音，然後自動語音說：很抱歉，本號碼已經停用。

我急著聯絡上她，一定按錯號碼了，不小心連按了兩次一樣的數字，所以我作了個深呼吸，命令我的手別再抖了。我從退幣口取出硬幣，重新撥號，這次放慢速度。

我再次聽到這個號碼已經停用的訊息。

我把話筒放回去，感覺自己脫離了現實，像是靈魂出竅一般。我輕飄飄地走到一排空無一人的座位前，癱坐下去，眼神發直地望著大廳另一端。人群在我的視野中進進出出，拖著行李、趕著孩子、講著手機。

我一定是抄錯號碼了。我回想在廁所隔間裡，匆匆寫下佩特拉的號碼，腎上腺素使我的注意力漫射而分散。

而現在，我完全聯絡不到人了。

走道對面的電視螢幕又換了個畫面，將我的注意力拉回來。

乘客名單尚未公布，但國家運輸安全委員會官員說他們今天傍晚將召開記者會。

我意識到我即將變得多麼危險，這種事將發揮什麼作用，將如何抓住全國人民的心。首先是令人毛骨悚然的細節，並推測哪裡出了問題。然後是以人情味為切入點的報導，焦點轉向罹難者，他們的人生、他們的希望，他們微笑或大笑的臉孔，渾然不知一切將如何結束。有鑑於羅里的身分，我的故事會被放大，我保持低調的時間正以嚇人的速度在消逝。過不了多久，我的照片會布滿各種媒體，任何有在看的人都會認得我。我即將變得跟瑪姬・莫瑞提一樣惡名昭彰，成為羅里必須勇敢承受的又一樁悲劇。而我會被困住，身上只有一點點錢，沒有證件，也沒有地方可以躲藏。

我的目光落在伊娃的手提包上，我伸手進去掏出一串鑰匙和她的皮夾。我把鑰匙裝進口袋，打開皮夾，背下她駕照上的住址。*勒羅伊街五四三號。*我沒有猶豫。我走出機場，進到明亮的加州陽光中，招了輛計程車。

❖

我們沿著高速公路奔馳，海灣東側的工業建築之間，隱約可見舊金山的天際線，但我幾乎沒有注意到這件事。我正在回想伊娃與我待在廁所隔間裡的最後時刻，她下定決心要為自己爭取第二次機會，壓根兒沒想到她再也沒機會了。我把頭靠在車窗上，試著將注意力集中在抵著我皮膚的冷玻璃。*再撐一下就好。*我要等到置身關上的房門內，才能讓自己崩潰。

沒多久，我們下了交流道，開到滿是大學生的街道上，他們色彩繽紛又歡快。我試著想像羅里現在可能在幹嘛。他很可能已取消了底特律的行程，正趕回紐約。悄悄把那四萬美元存回銀行，其餘東西藏進他的祕密藏物處。

我們經過大學時，我盯著車窗外，學生很隨興地過馬路，只有大學生才會像這樣不知天高地厚。我們繞過校園東側外圍，進入北邊一個住宅區，這裡有山坡和彎彎曲曲的街道。透天厝、雙拼別墅和公寓並立在高聳的紅杉林之間，我好奇當我打開伊娃大門的門鎖時，會發現什麼。一個入侵者，踏入她與丈夫曾共同擁有的家，它永遠凍結在她離去時的狀態。這入侵者看他們的照片，使用他們的浴室，睡在他們的床上。我打了個冷顫，試著別想太遠。

司機把我留在一棟白色的兩層樓式雙拼別墅前，這棟別墅屋前有一條長門廊，門廊兩端各有一扇樣式相同的門。右側屋子窗簾垂落，阻隔外人窺探的目光。一棵很大的松樹將部分門廊籠罩在陰影中，松樹底下的泥土看起來黝黑而新鮮。左側屋子是空屋，窗戶光禿禿的，一望即知裡頭空蕩蕩的房間有冠頂飾條、紅色調的牆壁以及硬木地板。我很慶幸不必回答鄰居的問題，像是我是誰或伊娃去了哪裡。

我忙亂地擺弄了一陣子鑰匙，終於找到正確的一把，然後推開前門。我慢半拍地想到或許有警報器，頓時僵在原地。但四周靜悄悄的。空氣裡有密閉空間的滯悶，還有一股介於花香和化學藥劑之間的淡淡氣味——一下子就聞不到了。

我關上門並上鎖，小心翼翼地經過一雙看起來像幾分鐘前才有人踢掉的鞋子，拉長耳朵注意任何風吹草動，任何另一個人發出的聲響。然而雖然屋子裡亂七八糟，感覺卻是完全靜止的。

我把行李袋放在前門邊，以防需要快速離開，然後踮著腳尖走去廚房察看。空的，不過流理檯上有一罐打開的健怡可樂，水槽裡還有幾個盤子。一扇門通往後院，但上頭有一條門鍊把它鎖住。

我慢慢爬樓梯，用力聽聲音。只有三個房間——一間浴室，一間書房，一間臥室，床上和地上散落著衣物，像是有人匆匆離開。但屋子裡只有我一個人，我呼出一直憋著的氣。

我回到樓下，癱倒在沙發上，垂下頭埋在掌中，總算容許這一天以來的事件進到我腦中。我所感受到的驚慌，接著是從所有人身邊溜過去的興奮。

然後我想到伊娃身在大西洋底部的某處，想到飛機撞上海面時會不會痛，想到撞擊後的那段時間會不會很漫長，充斥著驚恐的尖叫和哭喊，還是因為缺氧而驀然聽不到聲音。我作了幾次深呼吸，試著冷靜下來。我很安全，我沒事。外頭有輛車穿過安靜的住宅區，遠處有鐘聲響起。

我抬起頭，打量牆上裱框的抽象畫以及沙發兩側柔軟的單人沙發。這房間小而舒適，家具品質很好，卻不致流於奢靡。正好是我剛拋下的那個家的相反。

對著電視的那張單人沙發上有個明顯磨損的凹陷，但其他家具看起來是簇新的，彷彿從未有人坐上去。這房間有某個點讓我覺得很在意，我試著鎖定問題出在哪裡。也許是因為它的狀態，像是有人才剛離開幾分鐘而已。我掃視整個空間，試著確認她丈夫的病床原本放在哪裡。安寧照護人員可能在哪裡數算藥丸、配藥、洗手。但所有證據都消失了，連地毯的毛流都沒有一絲紊亂。

遠端的牆邊有座書架，上頭的書塞得滿滿的，我晃過去，看到生物和化學類的書，最底層還有幾本教科書。為了照顧他，我也辭掉工作。也許她之前是柏克萊大學的教授，或她丈夫是。

廚房傳來嗡嗡聲，在寂靜的房屋中很響亮刺耳。我走到廚房門口，注意到流理檯上有支黑色手機，塞在兩個金屬罐之間。我困惑地拿起它，想起伊娃在紐約機場用的手機。這個推播通知來自某種類型的簡訊APP，這種簡訊經過一段預設時間後就會自動消失，這封簡訊是由一個叫D的聯絡人傳的。

妳為什麼沒來？出了什麼事嗎？

我手裡的手機收到另一封簡訊而再度振動，嚇得我差點跳起來。

馬上打給我。

我把手機丟回流理檯上，盯著它等待下一封簡訊，但它保持沉默，我希望不管D是誰，今晚都不會再問問題了。

我走向水槽，隔著小窗戶望向小小的後院。它被灌木叢圍繞，一條磚造走道將它分為兩半，那條走道通往後側圍籬的柵門。我想像伊娃站在這裡，看著暮色像現在一樣降臨，隨著天空變暗，影子被塗成深紫色和藍色，而她的丈夫則躺在床上漸漸死去。

手機又振動，那聲響在空曠的廚房裡迴蕩，有股不祥的預感籠罩我心。這棟空房子為我敞開大門，卻沒有吐露任何祕密。

伊娃

柏克萊市，加州
八月
墜機前六個月

伊娃在宿舍外面等他。這不是她許多年前住過的舊宿舍，這宿舍比較新，輪廓比較柔和，門窗鑲著深色木框，彷彿校方想讓學生有種住在義大利別墅、而不是學生宿舍的錯覺。她的目光往上飄，越過打開來迎入涼爽晨風的窗戶，以及她從未聽過的樂團的海報，貼的時候有照片的那一面朝外。校園中央知名的「鐘樓」整點報時，有早堂的學生從她身旁經過，她站在人行道上，倚著一輛不是她的車。沒人看伊娃一眼，一向如此。

他終於出來了，背包掛在一側肩膀，整張臉埋在手機裡。直到伊娃與他並肩走路，他才注意到她。

「嗨，布瑞特。」她說。

他嚇了一跳，抬起頭，看到對方是誰的時候，臉上閃過憂慮之色。不過他馬上擠出一個笑容，說：「伊娃，嘿。」

對街有兩個男人若無其事般從停著的車子下來，開始緩慢無聲地與他們往同方向走。跟在他們後面。

伊娃開口。「我相信你知道我的來意。」

他們過了馬路，經過咖啡店和書店，繞過校園南側。他們來到一條狹窄紅磚路的入口，這條路通往一間小藝廊的前門，藝廊要十一點才營業；伊娃跨到布瑞特面前擋住他。他們後方那兩個男人也停步，等待著。

「聽著，伊娃，」布瑞特說，「我真的很抱歉，但我還沒有錢給妳。」他邊說話邊搜尋般望向清晨街道上那少數幾人的臉孔，看有沒有他的朋友。尋找某個能拔刀相助的人。但伊娃並不擔心，就算有人在看，布瑞特也只是個學生，在人行道上跟某個女人聊天。

「你上次就這麼說，」伊娃說，「上上次也是。」

「都是我爸媽啦，」布瑞特解釋，「他們在鬧離婚，把我的零用錢砍半。我連啤酒都快買不起了。」

伊娃垂下頭表示同情，好像她能體會這種困擾。彷彿她在柏克萊大學短短三年的時光，不是被迫每天錙銖必較、勉強生存，從食堂多裝點額外的食物，捱過連假的日子。誰給她零用錢？在伊娃一長串的煩惱清單上，沒錢買啤酒從來不是其一。

她繼續施壓。「這故事很悲慘，可惜那不是我的問題。你欠我六百元，而我不想再等了。」

布瑞特把背包往肩膀高處挪了一下，看著一輛公車隆隆地沿街駛過，目光跟著它跑。「我會弄到錢，我發誓。只是……需要點時間。」

伊娃從口袋取出一片口香糖，仔細地剝掉包裝紙，塞進嘴裡，慢吞吞地嚼著，好像在考慮他說的話。跟在後頭的兩個男人看到伊娃的暗號，開始朝他們走來。

布瑞特幾乎立刻就注意到他們。看出他們帶有目的的步伐，看出他和伊娃是他們的目標。他後退一步，像是要逃，但兩個男人迅速拉近距離，把他圍住。

「我的天啊，」他小聲說，恐懼和慌亂使他眼神狂野，「伊娃，拜託，我發誓我會付妳錢，我發誓。」他開始往後退，但體型較魁梧的薩爾用手按住布瑞特的肩膀阻止他。伊娃看出他粗壯的手指用力捏，布瑞特哭了起來。

她悄悄往街上走，她那部分的工作已經完成了。但布瑞特的眼神使她停下，他默默懇求她改變心意，伊娃不禁遲疑。也許是晨曦斜斜照在他們身上的樣子，空氣裡有那麼一絲秋意，讓她想起有新課程、新東西可學的新學期。讓她想起她曾熱愛、尚未從她手中被奪走的生活。

也或許是年輕的布瑞特的樣子。他嗚嗚哀鳴，額頭上有顆紅通通的青春痘，臉上的毛髮仍然又軟又細。他只是個小鬼頭，她記得自己也經歷過這個階段。犯錯，懇求能有另一次機會。

沒人給她另一次機會。

她向後站，讓他們把布瑞特帶進紅磚路，遠離人行道。

後方有個嗓音把她嚇了一跳。「非這麼做不可。」

戴克斯。

他從一間未營業的商店陰暗的門口走出來，點了根菸，示意要她跟他一起走。他們後方傳來拳頭打在肉上的聲音，還有布瑞特的求救聲。然後是特別響亮的一擊——也許是踹肚子，或拿頭撞牆——總之布瑞特沒再發出聲音。

伊娃讓眼神保持穩定，知道戴克斯在觀察她。「你在這裡做什麼？」

他聳肩，吸了一口菸。「我知道妳不喜歡這部分，想說順道過來看看妳的狀況。」

謊言？實話？很難判斷戴克斯的話是真是假，不過這些年來伊娃已經學到，除非他們的老大小魚吩咐，戴克斯是不會這麼早起的。

「我很好。」她說。

他們一同緩步爬上山坡，走向體育場，經過另一間咖啡店，店前白色遮雨篷底下的露台上有幾張空桌，以及仍堆疊在角落的椅子。店內高朋滿座，全是準備在上班前喝杯咖啡的教授和大學職員。店外有個坐輪椅的乞丐正在吹口琴，伊娃給了他一張五元鈔票。

「上帝保佑妳。」男人說。

戴克斯翻了個白眼。「同情心氾濫。」

「是風水輪流轉。」伊娃糾正他。

他們爬到山坡頂端後停下來，站在柏克萊大學國際之家[10]外頭，戴克斯越過她望著海灣，像

[10] 國際之家（International House）是柏克萊大學附設的多元文化宿舍和中心。

是在欣賞風景，她順著他目光看過去。那兩個男人從紅磚路出來，朝西走向電報街。布瑞特不見人影，他們大概留他躺在地上流血。兩小時後藝廊主人會發現他並報警，或是布瑞特會設法爬起來，跌跌撞撞地回到宿舍。他今天的課是甭上了。

那兩個男人消失蹤影後，戴克斯轉朝伊娃，遞給她一張小紙片。「新客戶。」他說。

布蘭妮。下午四點半。提爾頓公園。

伊娃翻了個白眼。「沒有什麼比布蘭妮這名字更能代表『九〇年代的小孩』了。你是怎麼找上她的？」

「我在洛杉磯認識的一個傢伙轉介的。她老公剛被調職到這裡。」

伊娃突然僵住。「她不是學生？」

「不是，不過妳不用擔心。」他向她保證，「她沒問題。」他把香菸丟在地上，用鞋底踩碎。「下午三點見。」

他沒等她應允，便往山坡下走去。他不需要。在她跟戴克斯合作的這十二年來，她從未錯過一次會面。她看著他經過紅磚路，仍然沒看到布瑞特的身影，然後她轉朝北回家去。

她穿過校園中心時，回憶從她視線邊緣快速掠過。柏克萊的夏末。伊娃自己的節奏深深地與大學的脈動相繫，現在感覺卻脫離了常軌，被戴克斯扯向一旁，因為她在納悶今天早上他來找她的真正目的是什麼。

伊娃聽到後方有人說：「不好意思。」

她裝沒聽到，逕自穿過一座小橋，那橋跨在一條蜿蜒流經校園中央的小溪上。

「不好意思。」那嗓音提高音量又說了一次。

是個年輕女孩，看起來像大一生——緊身牛仔褲、靴子，還有看起來很新的背包——喘吁吁地站到伊娃面前。「妳能告訴我坎貝爾樓在哪嗎？我快遲到了，今天是第一天上課，而我睡過頭了……」她愈講愈小聲，因為伊娃只是盯著這眼神明亮的女孩，這女孩的前途仍一片光明。

另一個布瑞特，尚未發生。再過幾個月，柏克萊的壓力就會開始把這女孩分裂成兩半？她過多久會第一次考不及格，或是報告第一次拿C？伊娃想像某人在圖書館裡，把寫著戴克斯名字和電話的紙片滑過個人閱覽間的木桌。要過多久以後，伊娃會在坎貝爾樓外面跟她碰面？

「妳知道在哪裡嗎？」女孩又問一遍。

伊娃實在他媽的厭煩透了。「〔西班牙語〕我不會說英語。」伊娃說，裝作不懂英語，只想擺脫這女孩和她的疑問。

女孩詫異後退，伊娃閃身從她旁邊溜過去，沿著步道離開。讓別人幫她吧，伊娃還沒準備好出手。

❖

幾小時後，伊娃站在廚房水槽前洗碗，當天早上戴克斯出乎意料的現身仍令她耿耿於懷。她在熱水底下轉著一只玻璃杯時，手一滑，杯子掉落破碎，碎片飛進陶瓷水槽裡。

「該死。」她說，關掉水龍頭，用擦碗布擦乾手，然後小心翼翼地撿起較大的碎片，丟進垃圾桶。她能感覺事物在重組和變動，就像動物能感應到地震，地殼深處的微弱顫動，警告她要提高戒備。尋找掩護。

她撕了幾張廚房紙巾，把剩下的碎片抹起來，然後察看她從地下室帶上來的計時器。還剩五分鐘。

她把健怡可樂空罐丟進回收桶，盯著朝向後院的廚房窗戶。綠色灌木和玫瑰已經長得太茂密了，需要修剪一番。她在遠處的角落看到一隻貓，牠動也不動地蹲伏在一株低垂的灌木叢底下，雙眼緊盯著一隻小鳥，那隻小鳥正用早晨灑水器在樹蔭下殘留的水窪洗澡。伊娃屏住呼吸看著，默默催促小鳥看看四周，趕緊離開危險的院子。

貓突然間撲上去。在翅膀和羽毛無聲的撲騰中，牠抓住小鳥，將鳥摜在地上，快速拍打幾下把牠打暈。伊娃看到貓叼著鳥快速溜走，感覺像是宇宙在傳達某種訊息給她。唯一的問題是，她不知道她是貓還是鳥。

計時器響了，把伊娃從恍惚中喚醒。她看了一下爐子上的時鐘，再往窗外看了後院一眼，那裡已空無一物，只剩紅磚路上散落的羽毛。

她推著流理檯讓自己站直身，經過滾動式置物架，上頭裝滿她從來不用的物品，因為那只是個道具，用來遮擋藏在後頭的門，然後她下到地下室去收尾。

克萊兒

二月二十二日，星期二

伊娃的房子好靜，我覺得它好像在盯著我，等著看我會不會揭曉自己是誰、為什麼在這裡。我打開冰箱，最上面那一層塞滿罐裝的健怡可樂，幾乎沒有別的，只有一個被塞在後頭、變形的外帶餐盒。「有人要健怡可樂嗎？」我嘟噥，然後關上冰箱，目光滑過靠著一面牆擺放的架子，架上放滿食譜和攪拌盆，接著我又看向水槽左側的櫥櫃。我打開櫥櫃，看到玻璃杯、盤子、碗，最後終於找到伊娃存放乾糧的地方。看來今晚只能靠麗滋餅乾和健怡可樂撐過去了。

我用夠多的食物讓肚子不再叫以後，就回到客廳。牆上的時鐘顯示六點。我拿起遙控器，努力不去想伊娃和她丈夫蓋著毛毯依偎在一起看電影，或是默默坐在一起相伴，各自滑手機。我掃描室內，尋找幸福婚姻的證據。照片、度假帶回來的紀念品，可是什麼也沒看見。

我按下電源鍵，快速轉台，最後停在CNN。

螢幕中是紐約機場的特寫鏡頭，並插入搜救隊的子畫面，那是一艘隨著水波擺動的海岸防衛隊船隻，周圍是被泛光燈照亮的黑色水面。我把音量調大。凱特．連恩正在說話，她是政治評論者，也是《今日政局》的節目主持人，她的嗓音低沉而嚴肅，畫面填滿我和羅里去年參加一場慶祝活動的照片。我的髮型是精緻的法式盤髮，我對著鏡頭微笑，妝化得很濃。凱特．連恩的嗓音說：「有關當局已證實，慈善家、參議員瑪喬莉．庫克之子暨庫克家族基金會執行長羅里．庫克之妻，為進行人道工作前往波多黎各，而確認為四七七號班機的乘客。」

接著我的照片被機場外的現場直播畫面取代，攝影機用水平搖攝方式聚焦在大片玻璃窗後方的疑似管制區域。「維思達航空的代表今天傍晚正在和家屬會面，同時搜救隊仍在佛羅里達外海漏夜工作。國家運輸安全委員會官員已迅速排除這起空難是恐怖攻擊的可能，他們舉出的證據包括天氣不穩定，以及出事的飛機僅在四個月前才遭到停飛。」

鏡頭拉近，顯示出一些人在擁抱哭泣、互相安慰。我湊近電視，仔細看羅里在不在現場。但我其實不用多費力氣。彷彿接到暗示一般，畫面切換到一排麥克風，羅里從房間走出來，站到麥克風後頭。「據說庫克先生將代表家屬發表簡短聲明。」

我按下暫停，仔細看他。他穿著昂貴的牛仔褲以及扣領襯衫，是那件很上鏡頭的藍色襯衫。但他滿臉悲悽之色，眼神空洞發紅。我向後靠坐在腳跟上，好奇他是真的大受打擊，抑或只是演技精湛，其實內心怒火熊熊，他現在想必已經發現真相了。

我讓電視保持在暫停狀態，從行李袋取出筆電，兩階併作一階地上樓到伊娃的書房。擱在書桌一角的路由器閃著綠燈，我把它翻過來，在底部找到密碼，祈禱她並未費事把預設密碼改掉。我試了三次將密碼和列表中的無線網路使用者名稱配對，不過我成功連上網路了。

我點進昨天晚上打開的視窗，趁著羅里人在電視直播畫面上時快速瀏覽他的收件匣。有幾封丹妮兒寄的信，是今天早上寄的郵件副本，主旨是讓底特律的飯店知道羅里要使用我訂的客房、通知學校改由羅里出席活動。

還有一封布魯斯寄給羅里的信，時間落在空難新聞爆發不久後。

我想我們需要延後宣布。

羅里的回信很簡短。

絕對不行。

但布魯斯不願意屈服。

想想大眾觀感。你太太剛去世，你絕對不能在下星期宣布，那太瘋狂了。讓國家運輸安全委員會找到遺體，辦一場葬禮，之後再宣布。告訴大家這是克萊兒的心願。

雖然我並不意外，但在這個節骨眼，他們還在擔心宣布參選參議員的事，仍然讓我受傷。儘管我們之間有很多問題，儘管他脾氣暴躁，我知道羅里是愛我的，他用他不健康的方式愛我。不過在這種情緒底下有一絲小小的滿足，覺得我現在抽身是對的。因為在面臨抉擇的時候，羅里絕不會選擇我而放棄他的野心。

我開了個新分頁，用Google搜尋「佩特拉．費德洛托夫」。一長串像是藝術品目錄的清單跳出來，還附上色彩鮮豔的圖像和我不會發音的姓名。連續好幾頁都是這樣的資料。我把搜尋條件改為「佩特拉．費德洛托夫電話號碼」，清單稍微變得更長——波士頓一家披薩店，一些網址能連到收費三十美元就提供尋人軟體的網站。但我相信尼可已確保他們的資訊不會被收進那些資料庫，很可能也不會出現在網路上。

我沒關電腦便下樓去，螢幕上的羅里仍被凍結，手臂正準備撥開一撮拂在額前的頭髮。彷彿上輩子的時候，我會伸手把那頭髮向後撫順，我的撫觸輕柔而充滿感情。我盯著他的臉，想起愛他是什麼感覺。交往初期，他會去拍賣行接我，在米其林三星餐廳Le Bernardin預約晚餐或在公園準備夏日野餐，讓我驚喜連連。他帶著我偷溜進俱樂部後門時頑皮的笑容，他在吻我前一刻用拇指溫柔地拂過我嘴唇邊緣。

這些回憶並沒有喪失，只是被掩埋了。也許有一天我能夠再把它們撿起來，捧在手裡客觀檢視，留下好的，其餘的丟掉。

我按下播放鍵。羅里清了清喉嚨，說：「今天早晨，我和我所代表的許多家屬一樣，最後一次與我的妻子克萊兒吻別。」他停頓，顫抖地深吸一口氣，才用嘶啞不穩的嗓音說下去。「原本應該是一趟前往波多黎各的人道之旅，卻把我以及四七七號班機另外九十五位乘客的家屬都推進清醒的噩夢中。我們在得到答案、在徹底了解哪裡出了問題之前，絕對不會休息。」他用力吞了吞口水，繃緊下巴。他再次望向攝影機時，眼睛閃閃發亮，淚水盈滿眼眶，然後沿著臉頰滑落。「我不知該說什麼才好，只能說我身心俱疲。在此謹代表全體家屬，謝謝大家的關心與禱告。」

記者朝羅里喊出提問，但他不理會他們，轉身背對攝影機。我在想他撒起謊是多麼駕輕就熟。他並沒有跟我吻別，他根本完全沒有道別。而我意識到，既然我現在已經死了，羅里想怎麼說我、說我們的婚姻都可以。已經沒人能反駁他了。

現場直播縮小成子畫面，我們再次看到凱特，她那頭熟悉的灰色短髮與黑框眼鏡填滿螢幕。幾年前她為了瑪喬莉・庫克的紀念專題而訪談羅里時，我跟她有一面之緣，我記得當時因為她對羅里的態度冷淡而頗為驚訝。她在所有適當的時機微笑和發出笑聲，不過我感覺一部分的她像是保持距離在觀察羅里。審視他所有光鮮亮麗的外表和華麗手勢，並判定它們不是真的。

現在她的表情既凝重又沉穩。「庫克先生經常擔任本節目的來賓，我以及《今日政局》的全體同仁要向庫克家族以及今天這起災難波及的所有家庭，致上最深的哀悼。我有幸在若干場合見過庫克太太，知道她聰明又慷慨，不遺餘力地為庫克家族基金會奔走。我們會深深懷念她。」她肩膀上方的子畫面中，有個男人出現在羅里剛才離開的麥克風海後方，凱特說：「看起來國家運輸安全委員會的負責人要回答一些問題了，我們來聽聽看。」

記者開始大聲提問，但我關掉電視消滅噪音，我盯著黑暗螢幕上我自己淡淡倒影的輪廓，猜想著接下來會怎麼樣。

❖

我拎著行李袋上樓到主臥室，推開床上一堆隨意拋下的衣物——一條運動褲和一件T恤——坐下來。深色木頭五斗櫃，抽屜關得很嚴，還有並未完全闔上的衣櫃門，露出裡頭亂七八糟的衣服。這時候我才充分醒悟到：伊娃再也不會笑，不會哭，不會為什麼事而訝異了。她不會變老，不會腰痠背痛。不會弄丟鑰匙或在清晨聽見鳥啼。

昨天她還在這裡，帶著一顆跳動而破碎的心，一個充滿她不向外人吐露的祕密與欲望的腦袋。可是今天，她累積了一輩子的所有回憶都消失了。它們就這麼停止存在。

而我呢？克萊兒．庫克也不在了，在認識我的人的記憶中被昇華，不再隸屬於生者的行列。然而，我仍然能帶著屬於我的所有東西繼續活著。我的喜悅，我的心痛，我愛的人的回憶。我覺得我享受著不配擁有的特權，我竟然能保有這一切，伊娃卻不能。

我用拳頭按壓雙眼，試著讓思緒停止跳躍，別再像乒乓球一樣在一個個時間點之間切換。幫傭打開我的行李箱；打電話給底特律的飯店；在甘迺迪機場時電話裡佩特拉的嗓音；還有在廁所隔間裡的伊娃，把她的包包交給我，相信我能解決她的問題，正如同我相信她能解決我的問題。

我需要睡眠，但我不認為我的心臟強到能拉開被子躺到床上。至少今晚沒辦法。於是我拿了毛毯和一個枕頭，抱到樓下的沙發上。我脫掉鞋子躺進沙發，又把電視打開來陪我。我從新聞台轉台，直到找到一個重播《我愛露西》的頻道，就讓罐頭笑聲伴我入睡。

❖

羅里的嗓音在我耳邊低語，讓我驀然驚醒。我跳下沙發，黑暗的室內閃著電視螢幕的藍光，我困惑又昏亂，一時間忘了我在哪裡、發生過什麼事。

然後我看到他在電視螢幕上，比現實中小，不過可怕程度並未稍減。是記者會的重播。我倒回沙發上，摸找遙控器把電視關掉，讓伊娃房屋的聲響——冰箱低沉的嗡鳴、廚房水龍頭默默的滴水聲——緩和我的心跳。提醒自己羅里絕對不可能知道我在哪裡。

我盯著天花板，看到路燈投射的影子在上頭舞動，意識到「消失」這回事有多難。不管我躲在哪，或我用什麼名字，都不重要。每次我打開電視、翻開報紙，或瀏覽雜誌，羅里都會躲在那裡，等著朝我撲來。他永遠都不會離開。

伊娃

柏克萊市，加州
八月
墜機前六個月

明亮的燈光下，伊娃的雙手做著機械化的動作，高處有個風扇在呼咻運轉，這白噪音麻痺了她的感官，同時也發揮著將地下實驗室的空氣排到後院的功能。她似乎無法抹去腦海中那隻貓的影像，牠如何安靜等候，那隻鳥如何迅速地走向終局。

她甩甩頭，逼自己專心。她得在中午前做完這一批貨。她下午三點要跟戴克斯見面，把小魚那部分交給他，之後不久還要去見她的新客戶。

她測量原料，小心地秤重和調整，感覺自己放鬆下來。即使過了這麼多年，發生這麼多事，這仍然像魔法：你能把不同物質混合在一起、加熱，然後創造出全新的東西。

她用登山爐把混合物煮成糊狀的濃稠質地，現在她已毫不在乎灼傷她鼻腔內側的刺鼻化學物質臭味，那股氣味也會殘留在她的頭髮和衣物上，在她完工後仍久久不散。有鑑於此，她砸了重本買昂貴的乳液和洗髮精，只有這些東西才能掩蓋她製造的物質所散發的氣味。

混合物煮好後，她把液體倒入藥錠模具中，再次設定計時器。她用好幾種咳嗽藥和感冒藥與一些常見的家庭常備藥混合，製造出類似阿德拉的聰明藥。不過製作這種藥更安全，因為它不像大部分甲基安非他命一樣有易爆炸的特性。最後的結果是一顆小藥丸，做法簡單，威力驚人，能讓布瑞特這類中下水準的學生一連幾小時保持清醒、腦筋靈光。

做完之後，她在角落的水槽清洗設備，然後放入幾年前添購的免安裝洗碗機。她的化學教授的嗓音穿越多年光陰飄過來：乾淨的實驗室能展現你是真正的專業人士。就定義上來講，她確實是專業人士，可是不會有人下來這裡確保她遵循標準實驗室規範。她擦拭檯面，確保沒有殘留她的作品——或是她大老遠開到灣區採購的原料——供人窺探。

倒不是說有人可能下來這裡。她老早就想到，要藏住通往這個舊洗衣間的入口的最佳方式，就是推一個帶滾輪的置物架擋在它前面。從外側看，根本看不出有門。那個置物架至少有一百八十公分高，後側是實心的板子，架上擺滿業餘廚師的工具——食譜、攪拌盆、裝著麵粉和糖的金屬罐，還有幾個大收納筒，裡頭塞滿伊娃從沒用過的抹刀和大湯匙。她在這世界上行動的方式也與此類似——看似是個平凡無奇、三十來歲的服務生，努力工作支應生活，住在柏克萊北區的雙拼別墅裡，開的是車齡十五年的本田車。事實上卻正好相反，柏克萊的學生能保持清醒、跟得上學業進度，在四年內畢業，全是拜她一人之賜。她也要迅速處理製造麻煩的人。

她抓起檯面上的計時器，爬上地下室樓梯，臨走前關掉電燈和風扇。寂靜籠罩她，她在廚房停住，等著鄰里間的聲響進入她兩耳之間的空間。

她聽到隔壁的新鄰居正在打開前門門鎖，那是個年紀稍長、白髮剪成平頭的女人。兩、三週前那女人搬進來時，伊娃看得出對方想展現友好。她的目光會逗留在伊娃身上，雖然伊娃很客套，只用寥寥數語打招呼，她卻感覺到那女人眼神的重量，在等著跟她有更深的互動。

彷彿從創世以來就住在那裡的老頭子柯薩提諾先生就好應付得多。伊娃只跟他交談過一次，是去年她付他現金買下她這一半的雙拼別墅。她好奇他怎麼了，是病了還是死了。他前一天還在，隔一天就不見了。而現在來了這個女人，掛著友善的笑容，想跟她眼神交會。

伊娃沒把置物架推回去，兩階併作一階地爬上二樓到她的書房。那個小房間俯瞰前院，伊娃平時不常用到它，只有用來處理帳單還有存放禦寒外套。但她把它裝潢得跟屋子裡其他地方一樣——溫暖的黃色調和紅色調，與她從小到大待的兒童之家那種公家機關式的灰色牆壁天差地遠。每件家具都是她親手挑選的——松木書桌、深紅色小地毯、窗戶下的小桌子和檯燈——作為一帖解藥，對抗小時候便深植在她心裡的寒意。

她在筆電前坐定，點開新加坡那間銀行的登入頁面，憑記憶輸入她的帳戶資訊。她勤於查看她的存款餘額，在過去十二年內看著數字穩定增加，從五位數變成六位數，再到令人舒心的七位數。舊金山金融區充斥著知道如何扭曲法律利於己用的英俊男人，她很容易就找到一位稅務律師，他願意開設一間空頭有限責任公司，他知道國外哪些銀行會睜隻眼閉隻眼、不問東問西，他能幫助她把非法收入分批存到安全的地方去。

到某個時間點，她勢必得停手。沒人能永遠從事這種營生。當那個時間點到來，她要買一張飛往很遠很遠地方的機票，然後直接消失。她要拋下一切：房子，她的物品，戴克斯和小魚。她要像蛻去舊皮一樣脫掉這個生活，以更新的狀態重新誕生。成為更好的人。她以前做過，她要再做一次。

❖

藥丸做好以後，她把藥丸從模具裡剝出來，放進不同的袋子裡。她用藍紙包起給戴克斯的那一份，繫上一條緞帶，然後開車到柏克萊北區的公園，那是他們相約的地點。這些年來，她已學會隱形的技巧。從外部世界的夾層間溜過去，只是個在散步或是拿著包裝精美的禮物跟朋友在公園見面的女人。如果你聰明一點，這工作並不難。而伊娃一向比大部分人都聰明。

她在一張野餐桌邊找到他，那張桌子正對著一小塊昏暗的遊戲區。幼童散布在遊戲設施周圍，各自有家長或保姆看管。伊娃仍處於戴克斯的視線之外，她暫停腳步，看著那些孩子。要是她母親換個人，她可能就是其中一個孩子。也許放學後母親就會帶伊娃到這樣的公園發洩精力，或是在週末耗掉兩三小時。這些年來，伊娃在記憶中搜尋畫面，搜尋她與血親共同生活的短暫時光的任何記憶，但她人生的頭兩年一片空白。

伊娃小時候就用很多種角度想像過他們很多次了，那些畫面幾乎像是真實記憶。她母親有一頭金色長髮，回頭看著伊娃笑。她的外祖父母年老體衰，很擔心他們不聽話的女兒，努力湊錢要讓女兒再住進勒戒中心。一個問題很大的低調家庭。她試著對他們產生感情，但她冰冷無感，就像沒插電的檯燈。她缺乏動力。沒有連結。沒有光。

可是母女檔總會吸引伊娃的目光，像銳利的指甲勾住她的注意力，刮傷她許久前早該癒合的部位。

她對母親只知道兩件事：母親名叫瑞秋・安・詹姆斯，她有毒癮。這兩項資訊是伊娃念大二時，出乎意料地從伯納黛特修女的信裡得知的。那封信寫滿修女整齊的草寫體，熟悉到將伊娃高高舉起，送她返回兒時。

她早已放棄解開的疑問，其答案突然就這樣送到她的信箱裡，感覺像一種入侵。正當她開始覺得自己或許能擺脫過去的牽絆、抬頭挺胸做人的時候。

伊娃不知道那封信現在在哪裡。丟進哪個箱子或埋在某個抽屜裡吧。假裝她那段住在短短幾公里外舊金山的人生從未存在，而她是從到柏克萊大學入學那一天，才突然以成人之姿憑空冒出來的，這樣對她來說還比較容易接受。

❖

伊娃費力地將目光由孩子們身上移開，走完最後幾公尺到戴克斯坐的位置。

「生日快樂。」她邊說邊把那包藥交給他。

他微笑收下，塞進外套裡面。「幹嘛這麼客氣。」

她坐在他身旁的長椅上，兩人一起看著孩子玩耍——從溜滑梯跳開，繞著鞦韆彼此追逐——他們交完貨總會多待一下子，就像兩個享受陽光的好朋友。戴克斯多年前講過的真言，現在成了他們奉行的常規——除非你表現得像毒販，你才會看起來像毒販。

「我第一次單獨交易就是在這座公園，」伊娃指著停車場說，「我到的時候，路邊停了兩輛警車，警察站在車旁，好像在等我似的。」

戴克斯轉頭看她。「那妳怎麼辦？」

伊娃回想那天，想起她有多害怕，她看到穿著制服、佩槍、帶警棍、別著閃亮警徽的警察時，脈搏狂跳、呼吸急促。「我想起你告訴我的話，說我得有自信地走路，我得直視前方，不要猶豫。」

伊娃記得從警察旁邊經過，在瞬間與他們眼神交會，忍著恐懼微笑，然後走向遊戲區，有個法律系的大三生跟她約在那裡見面。「我想像自己是個在沒有窗戶的辦公室工作的人，只是午休時來這裡曬曬太陽、呼吸新鮮空氣。」

「這是身為女人的優勢。」

伊娃並不覺得有什麼優勢，但她懂他的意思。她這副模樣的人並不會製作或販賣毒品，她們是老師或銀行行員，她們是某人的保姆或母親。她想起遞出藥物並收起第一筆兩百元時，那種突兀的感覺。她毫無手段可言，整個交易過程沉默而生硬。她記得自己走開時心想：木已成舟，我是毒販了。她感覺自己才剛要成為的那個人已死去。

但她跨過了心理障礙。接受了新版本的生活。有一部分的她獲得了解放——這麼多年來，這部分一直在配合他人的期望。別人告訴她，人生是一條單向的軌道，把你往前推送。如果你勤奮努力，就會有好事發生。但她一向知道人生更像是彈珠台裡的彈珠，以高速橫衝直撞。令人興奮之處就在其難以預測，在能創造自己命運的自由度。原本她的人生已墜到谷底，她卻絕處逢生。那可不是簡單的事。

戴克斯打斷她的思緒。「我有時候會後悔把妳扯進這檔事。我以為我是在幫妳，可是……」他沒說完。

伊娃從桌面拾起一片碎木頭，捏在指間仔細端詳，然後丟到地上。「我很開心，」她說，「我沒有怨言。」

這大致上是實話。她看著戴克斯，這男人走入她一片狼藉的生活，將她拉了出來。她大三那年，韋德．羅伯茲出主意在化學實驗室製作毒品，但有製毒技術的人是伊娃，她在應該拒絕的時候說了「好」。

她努力不去想在教務長辦公室的那一天，韋德如何狡猾地閃避掉所有罪名，回去過他無災無難的生活，在足球場上觸地得分，引誘笨女孩做出她們不該做的事。

他們押著她離開大樓，她收拾行李、交還宿舍鑰匙，深深的慌亂感席捲她，讓她幾乎動彈不得。她無人可以求助，也無處可去。這時戴克斯出現了，她站在宿舍外的人行道時，戴克斯就這麼默默溜到她身旁，就像那天早上她溜到布瑞特身旁一樣。

當時，她只知道戴克斯是韋德那群朋友中的一人，有一頭黑髮和懾人的灰眼睛。他不是學生，伊娃始終想不透他怎麼會跟他們混在一起。他和她一樣沉默寡言，不過他將一切都看在眼裡。

「我聽說發生什麼事了，」當時他說，「我很遺憾。」

她別開目光，對自己的天真感到慚愧。韋德是多麼輕易地操弄了她啊，而他脫身了，她卻遭到退學。

戴克斯越過她肩膀看著某個隱形的物體，說道：「聽著，這狀況很糟，但我應該可以幫妳。」

秋天的夜晚有點冷，她把雙手插進口袋。「我很懷疑。」

「妳擁有的技術，對我們兩人應該都有好處。」

她搖頭。「你在說什麼？」

「妳做的藥很棒。我認識一個人，他能幫妳準備設備和原料，讓妳繼續做藥。他的化學家要離開這一行了，他馬上就需要人手。如果妳想的話，這是個大好的機會。完全安全。妳做藥，他會讓妳留一半自己賣。妳每週可以賺超過五千元。」戴克斯笑了，苦澀的笑聲噴入周圍的空氣。「這樣一間學校永遠需要興奮劑。這些小鬼需要靠小藥丸撐過下一場考試、下一堂課，之類的。」

他朝一群學生比了個手勢，他們從旁邊經過，正要去下一間酒吧或派對，他們已經醉了，嘻嘻哈哈、自戀過頭。「他們和妳我不同，他們用的是老爸的錢，或是贊助者的錢，覺得天底下沒人能動他們一根汗毛。」

他望著伊娃眼睛深處，她感到一絲希望。戴克斯正向她拋出一條救生索，她不接受就太蠢了。「怎麼做？」她問。

「我在這附近有個住處，」他說，「有一間空房間，妳可以暫住一陣子。我幫妳，妳幫我。」

「我哪裡在幫你了？」

「妳正好是我老闆在找的那種人：聰明，不會引起任何人警覺。」

伊娃想拒絕，但她身無分文。她沒地方住，沒有謀職技能。她想像自己把行李袋掛在肩上，走向電報街，在其他乞丐間找個位置，向人討錢。或是回到聖若瑟兒童之家，伯納黛特修女沉重的失望，凱瑟琳修女簡短的頷首，彷彿她早就知道伊娃會步上母親的後塵。

伊娃一向是個生存者，但是在你已經失去一切的時候，比較容易做到無所畏懼。「告訴我要怎麼做。」

❖

戴克斯的嗓音將她拉回現實中。「今天晚上我們一群朋友要進城去聽一個叫『競技場』的新樂團表演，一起去吧。」

伊娃斜睨他一眼。「不了。」

「來嘛，應該很好玩。我整晚都請妳喝健怡可樂。妳需要多出門走走。」

她仔細看看，他下巴的鬍碴開始變白了，他的髮尾在衣領處彎起。有時候她得提醒自己，戴克斯是她的上線，不是她朋友。他這只是想盯緊她，不是想帶她出去玩。「我常出門啊。」她說。

「真的嗎？」他追問，「什麼時候？跟誰（who）？」

「你應該用whom。」她糾正。

戴克斯輕聲呵呵笑。「別用文法課岔開話題，教授。」他頂了頂她的手臂。「妳需要社交生活。妳幹這一行已經夠久了，知道妳不用躲著全世界。妳有資格交朋友。」

伊娃看著一個帶兒子坐在樹下的母親，那女人在看書。「那我會把全部時間花在對朋友隱瞞各種事。相信我，這樣比較輕鬆。」

但這也是她偏好的做法。她從來不必解釋任何事，或回答大家初次認識時總會問的問題。妳在哪裡長大的？妳上哪所大學？妳現在做什麼工作？

「真的比較輕鬆嗎？」戴克斯看起來沒被說服，「那句關於工作的俗語是怎麼說的？」

「我一向見錢眼開？」

戴克斯咧嘴一笑。「不是，是整天工作沒有娛樂的那句。」

「整天工作沒有娛樂讓伊娃成為有錢女孩。」她把句子造完。看他沒笑，她說：「謝謝你為我操心，不過我真的沒事。」她把外套拉緊一點。「好了，我要失陪了，半小時後還要見新客戶，之後在餐廳有班。」

從幾年前開始，伊娃就在杜普里餐館每週輪兩次班，杜普里餐館是柏克萊市中心一家高檔牛排海鮮餐廳。小費很不錯，而且這工作讓伊娃能報稅，不會被國稅局盯上。

「我真不知道妳幹嘛還要做表面功夫，」戴克斯說，「妳又不缺錢。」

「魔鬼藏在細節裡。」伊娃從長椅站起身，「今天晚上玩得開心點，別嗑藥。」

伊娃走開時，再次瞥向遊戲區。有個小女孩僵立在溜滑梯頂端，滿臉恐懼的表情。淚水啪嗒滑落，她的哭聲轉為響亮的哀號，引得她母親奔過去幫她。伊娃看到女人把小女孩抱離溜滑梯，帶回她剛才坐的長椅處，邊走邊親吻女兒頭頂。

伊娃關上車門開走後，女孩的哭聲還在她心裡迴蕩良久。

克萊兒

二月二十三日，星期三

我很早就醒了，讓身體和腦袋適應一下新環境。這是我享有完整自由的第一天。我的腦袋感覺充滿迷霧，迫切地渴望咖啡因。可是我在伊娃的廚房翻找一圈，卻找不到任何一種咖啡機或咖啡，而健怡可樂是不夠力的。我的胃咕嚕叫，提醒我我也需要吃點餅乾之外的食物，所以我上樓盥洗一番，然後抓起伊娃的手提包，再次把頭髮塞到紐約大學棒球帽底下。

我回到樓下，站在客廳牆上的鏡子前，我的倒影回瞪著我，因為一夜沒睡好而帶著黑眼圈。我仍然太像我自己了，任何可能在找我的人都認得出我。*可是沒人在找。*這念頭銳利地掠過我心，它是個明亮的機會之光，教人無法忽視。

街道陰暗而安靜，我的腳步聲從昏暗的房屋間反彈，向我發出回音，直到我走到了校園外圍。街角有一間亮著燈的咖啡店，有個年輕女人在櫃檯後走動，煮咖啡以及將糕餅擺進展示櫃。我從人行道陰影中的安全位置觀察她，衡量我對咖啡因和食物的需求是否大過被人認出我是新聞上那張臉的風險。

但我的胃再度低吼，把我推進店門。整個空間縈繞著混搭風音樂，有種偏東方的冥想音樂風格。烘焙過的咖啡豆香氣直撲向我，我深吸一口氣，細細品味。

「早安。」咖啡師說。她用一條五顏六色的頭巾把長長的髒辮束在腦後，笑容非常燦爛。「請問要點些什麼？」

「大杯本日咖啡，留一點擠鮮奶油的空間，再給我一份火腿起司可頌，如果你們有的話。我要外帶，謝謝。」

「沒問題。」

她開始準備我的咖啡，我環顧四周。牆上有一個又一個插座，我想像稍後這間店裡的晨間景象，坐滿念書的學生和批改作業的教授。咖啡師快要完成我的餐點時，我的目光被一疊報紙吸引。《舊金山紀事報》和《奧克蘭論壇報》。頭條標題讓人難以忽視。

「四七七號班機的命運」，《論壇報》寫道。

「四七七號班機墜毀，無人生還，無數心碎」，《紀事報》這麼說。幸好這兩份報紙的編輯都決定放飛機殘骸的動態照片，而不是注重人情味的故事，後者勢必會把我的臉印在頭版。我遲疑了半秒，將兩份報紙連同一張二十元鈔票滑過櫃檯。

咖啡師把我的咖啡和裝著可頌的紙袋放在報紙旁，將找零遞給我。「很可憐，對吧？」

我點頭，不敢從帽簷下直視她的眼睛，只是把零錢塞進口袋。我將報紙夾在腋下，推門而出，再次回到陰暗的街上。

我穿越空曠的馬路，順著人行道走進一塊校區中央。美麗的紅杉聳立在我周圍，人行道上點綴著仍未熄滅的路燈，在它們正下方投出小團光池。我沿著一條步道穿過濃密的樹木，踏入一大片寬闊的草地，草地再過去是一棟宏偉的石造建築。我在長椅上安坐下來啜飲咖啡，讓它由內為我帶來暖意。這裡空無一人，不過兩、三小時後，它大概就會擠滿學生，他們從這裡穿過校園前往上午的課堂或自修室。我拉開紙袋，咬了一口可頌，馥郁的口感讓我嘴巴都發痛了。我已經將近二十四小時沒吃任何實在的食物了，而且我更是已經好幾年沒吃過像火腿起司可頌這麼油膩的東西。我囫圇吞下，然後把紙袋捏成一團。

我周圍樹上的鳥兒開始甦醒了，先是輕聲啁啾，不過隨著東方的朝陽翻過山丘，鳥叫聲也愈發響亮。我後方有一輛掃街車正沿著空蕩蕩的馬路前進，頭頂則有一架飛機飛過，上頭燈光閃爍。我想著機上的乘客，與四七七號班機的乘客沒什麼不同，他們上飛機時以為自己會在目的地下飛機，有一點疲憊，有一點邋遢，不過就跟搭地鐵從甲地到乙地差不多，他們相信自己會抵達該去的地方。

飛機被樹擋住了，我研究周圍的建築，想著我自己就讀瓦薩學院的日子。母親當時是多麼以我為榮，我是家族中第一個上大學的孩子。我離家時薇樂哭個不停，緊抱著我不放，母親還得把她的手臂從我腰上扳開。

薇樂出生時我十歲，她是母親與某個男人短暫易變的關係的產物，母親告訴他自己懷孕的事，他沒多久就離開我們的城市。我鬆了口氣，我想母親也是一樣。她的專長是找到不適合的男人，他們唯一的技能就是靠不住，就像我那個在我四歲時就消失無蹤的父親一樣。這樁生意是我占了便宜，母親總這麼說。母親似乎從不覺得我們需要任何人，只要有我們三個就夠了。但我一直都希望她能找到一個分擔重量的人，那人能讓我們感覺更像我在書上和電視上看到的那些家庭。我知道她很寂寞，經常為錢煩惱，因為做兩份工作以及獨力完成所有事而精疲力竭。

因此我試著讓她過得輕鬆一點。我從第一天起就是個實幹型的姊姊，餵薇樂喝奶、給她換尿布、她哭鬧時抱著哄她數小時。母親工作時我負責看顧她，教她玩大富翁和綁鞋帶。離家念書是我做過最困難的事，不過我需要看看我可能成為什麼樣的人，而不只是個盡責的女兒與用心的姊姊。我的高中生活過得很艱辛，我急於將自己打造成新身分，為自己建立我一向夢寐以求的生活。現在我感受到那股重量了，感受到離家太遠的代價了。我的欲望太強了。

我大可以就讀家附近的大學，半工半讀，晚上與母親和妹妹聚在搖搖晃晃的廚房餐桌邊，沐浴在溫暖的黃色燈光下，母親玩著填字遊戲，薇樂和我則玩著永遠玩不膩的金拉米牌戲。

結果我走了，再也沒回家。在實質意義上沒回過家。

❖

天空劃過一縷縷粉紅色的雲絲，走道上的路燈滅掉，迎接白日的來臨。坐在這裡耍廢應該很悠閒——默默抱怨發生在我身上發生的所有事——但我不享有這樣的奢侈。我必須保持專注，作一些決定。我需要什麼？

錢，還有藏身之處。能解決其一也好。

我沒辦法在伊娃家待太久。只要下星期伊娃沒到市中心的警局報到，就會有人來找她，那時候我可不想還待在這裡。不過就眼前來說，這是我最好的選擇。它是免費的，又很安全。

我站起身，將空咖啡杯和揉成團的紙袋丟進附近的垃圾桶，回頭走向校園外圍，報紙塞在伊娃的手提包裡。我後方傳來整點的鐘聲，我暫停腳步聽著。那鐘聲似乎在我體內振動，我想像住在這裡是什麼感覺。走過這些街道去上我還未找到的班，過著我一向夢想在離開羅里後能擁有的靜謐生活。我想像過各種情境，準備面對各種小差錯、我知道無可避免的失誤，但我壓根兒沒想過會有像這樣乾淨俐落的切割。沒有任何人知道我發生什麼事，而我必須守護這個機會——對，它就是一個不可思議又令人心碎的機會——並用上我每一分的精明。

❖

我在校園以西幾個街區外，找到一間二十四小時營業的藥局。我進到店內時，明亮的燈光襲向我的眼睛。我垂下頭，帽簷壓低，找到放美髮用品的走道。髮色五花八門，從大紅色到墨黑色，以及這之間的所有色調。我想到伊娃剪成小精靈式短髮的金髮，便選了一罐名叫「極致白金」的染髮劑。較低的層架上有整套的剪髮工具組——簡易型電動理髮器！以顏色標記的各種理髮梳！超人氣髮型詳解！——特價二十美元，我把它也丟進購物籃。

商店櫃檯處只有一個人在顧收銀機，是個滿臉青春痘的大學生，看起來已快要換班而昏昏欲睡，眼神呆滯，耳朵裡塞著耳機。我把我要的東西都放在櫃檯上，心算這會耗掉多少我貧乏的存款。

我猶豫了一下，從伊娃的皮夾裡抽出她的簽帳金融卡，撫著卡片邊緣，思忖能否拿它來當信用卡使用。我快速瞥向空空的店面，然後將它滑入機器。伊娃可不會回來控訴我偷她的錢。

我略過輸入PIN碼的要求，選擇記帳功能，我的心跳得好急，我相信不管這小夥子耳朵裡有什麼音樂在放送，他都聽得見我的心跳聲。

不過這時收銀機做了個我看不見的反應，吸引那小夥子的注意力。「記帳？我得看妳的證件。」他說。

我僵住，彷彿突然被明亮的車子大燈照耀，我全身脆弱的每一吋都曝露在外。三十秒。一分鐘。永恆。

「女士，妳沒事吧？」他問。

然後我回過神來。「當然好，」我說，假裝在皮夾裡找證件，最後說：「我一定是留在家裡了，抱歉。」我把金融卡收回皮夾，快速抽出現金來付帳。他將收據遞給我時，我用最快的速度狼狽地離開商店，全身都因緊張和恐懼而振動。

❖

快步走回伊娃家使我鎮定下來，等我到家後，我把買來的東西拿上樓到浴室，脫掉衣服，將電動理髮器的說明書靠在鏡子上，頭一回注意到檯面上擺放著一排昂貴的護手霜。我打開其中一瓶的蓋子聞了一下——玫瑰香，還有一絲薰衣草味。然後我看了看藥櫃裡，預期會看到她丈夫留下的大量處方藥。止痛藥、安眠藥。但裡頭是空的，只有一盒衛生棉條和一支用過的除毛刀。我關上藥櫃門，發出輕輕的咔嗒一聲，有股不安在戳弄我，像是襪子裡一根小小的芒刺，一閃而過的警告，無法精確定位。

我看了鏡中的自己最後一眼，看到我的頭髮帶著弧度披在臉旁，然後我深吸一口氣，將中等尺寸的理髮梳裝到電動理髮器上，打開電源。我提醒自己：即使我剪壞了也沒差。伊娃對柏克萊的描述在我腦中重播：*很容易混入人群，因為每個人都比你更怪一點*。沒人會對難看的髮型多看一眼。

我很訝異頭髮如此輕易就割斷了，只留下將近四公分的頭髮貼在我頭皮上。我的眼睛看起來變大了，顴骨變得更明顯，脖子似乎更長。我把臉轉向一側，再轉向另一側，欣賞我的側影，然後望向那一盒染髮劑。還沒完工呢。

❖

染髮劑要在頭髮上停留四十五分鐘，我在等的時候將報紙攤開在茶几上閱讀，頭皮感覺刺刺的又有灼熱感，刺鼻的化學味讓我頭暈。報導中充滿空難細節，不過並不完整，是從與飛航管制員的無線電通訊內容蒐集而來的。但它已足以讓我發寒，迫使我猜想自己幹了什麼好事。起飛大約兩小時後，他們越過佛羅里達、位於大西洋上空時，飛機的一具引擎失靈了。機師試著調頭並用無線電聯絡邁阿密，要求緊急降落，但沒能撐到那裡，就在離岸五十六公里處墜入海中。報導中滿是國家運輸安全委員會官員的聲明，當然，還有羅里代表家屬所指派的代理人的聲明。關於打撈殘骸的事尚未公布任何細節，只說正在進行中。

我試著想像我的包包、我的手機、我的桃紅色毛衣，從伊娃身上被扯下來漂在海上，等著有人把它們撈起來辨識物主。或是卡在沙質的海底，不久後就會永遠遺失。我好奇他們是否會試著找回遺體，或這究竟可不可能辦到。如果他們找到某個牙齒紀錄不符合班機乘客名單的人，會發生什麼事。

我作了幾下深呼吸，注意力集中在這動作的生物特性上。氧氣進入我的血流，餵養我的細胞，然後將二氧化碳釋放到我周圍的安靜空間裡。吸、吐，一遍又一遍，每次呼吸都在提醒我：

我逃出來了。我活下來了。

四十五分鐘後，我在伊娃的浴室裡盯著鏡中的自己，被驚呆了。各別來看——我的眼睛、我的鼻子、我的微笑——我都仍看得出原本的自己在回視著我。可是整體一起看呢？我徹底換了個人。就算有人覺得我眼熟，也會在腦中不同的角落、生活中不同的方面去搜尋——以為我是他們的同事或大學同學。也許是老鄰居的女兒。他們不會看見在空難中死亡的羅里・庫克之妻。

這外型很適合我，我喜歡它提供的自由。羅里一直堅持要我留長髮，這樣我在正式場合可以把頭髮盤起來，輕鬆的場合又可以把頭髮放下來，他說這樣比較有女人味。我咧嘴一笑，訝異地看到母親和薇樂的影子在朝我微笑。

❖

伊娃床邊櫃上的時鐘指針移到七點，我忍不住想著要是我仍在紐約過原本的生活，我現在在做什麼。⓫我會在我的辦公室與丹妮兒相對而坐，規劃這一天的行程。她稱之為「晨會」。我們會討論行事曆內容——會議、午餐、晚宴——我會交辦她我需要她在白天進行的任務。但如果我的

⓫紐約與柏克萊市的時差為三小時，因此柏克萊市的早上七點為紐約的早上十點。

計畫成功了，我應該身處於加拿大。也許在一列往西的火車上。我會在新聞中搜尋我失蹤的任何線索，而那起空難只是個悲傷的故事，或許會吸引我片刻注意力。結果，現在它卻成了我整個人生的轉捩點。

我回到筆電前，點開CNN首頁，點進一篇標題為「羅里．庫克二度心碎」的簡短人情味報導，裡頭配了我和瑪姬．莫瑞提並列的照片。他們把她超過二十五年前的死亡與隨後針對羅里涉案的調查都翻出來重寫一遍，而我頭一回意識到，我和瑪姬是多麼相似。關於她的一些資訊，我原本就知道了：她是耶魯大學田徑隊的明星選手，她和羅里就是在耶魯相識的，此外她也來自一個小鎮。但我先前並不知道她也父母雙亡，她成為孤兒的年紀比我還小。看著我倆並列，我不禁懷疑羅里是否有特殊喜好，專門鎖定世上孤苦伶仃的女人，她們可能急於加入庫克家族這樣的名門望族。我知道我自己一開始是如此。

❖

我們是在我從瓦薩學院畢業後兩年，在觀賞一場外百老匯戲劇時認識的。他的座位與我相鄰，布幕拉起前，他與我攀談。我立刻便認出他是誰，卻對他本人的魅力和風趣毫無心理準備。羅里比我年長十三歲，身高超過一百八十公分，淺棕色的頭髮夾雜著金髮，藍眼睛像是能直接看穿我。被他注視的時候，整個世界都淡化為背景。

中場休息時，他買了杯飲料請我，告訴我庫克家族基金會有個計畫，要在內城區的學校推廣藝術。這類事情使他變得立體，不只是我從雜誌頁面認得的一張臉。他對教育的熱情，他心中燃著一把讓世界變得更好的火。戲劇結束時，他向我要電話號碼。

一開始我保持距離。羅里這類熟男——有財富、有特權、有人脈——不符合我的風格。我不具備相應的文化知識或服裝配件。但他默默地堅持著，當基金會想要邀請某個組織參與他們的藝術教育倡議卻碰壁時，他打電話詢問我的意見，不然就是邀請我出席他們某所專案學校的展示會。我被他高瞻遠矚的慈善事業給釣上勾，迷惑於他想如何運用家族的財富來改善他人的生活。

這一切都令我印象深刻，但我愛上的是羅里的脆弱，他拚命努力博取母親的注意卻失敗。「我小時候很難不埋怨她長時間缺席，在華盛頓特區一待就是好幾個月。」他曾對我說，「永遠不停歇的競選活動——要不就是她自己選，要不就是幫別人助選——還有那些耗去她所有時間的使命。不過我現在能理解那些事的重要性了，還有她對人民生活的影響力。到現在走在街上仍會有人攔住我，跟我說他們有多愛她。說她多年前做的某件事至今仍對他們發揮作用。」

但那樣的遺產總會讓人付出代價。不管羅里喜不喜歡，他總是被定義為他母親的兒子。你用Google搜尋羅里．庫克，她也一定會跟著跳出來。照片中，她和年輕的羅里在度假或拜票。羅里十三歲，在母親的某場造勢大會中站在背景裡擺臭臉，扠著腰、滿臉青春痘，瞇起一眼。

還有幾百張照片，是羅里在為庫克家族基金會的事務奔走，那個基金會是他母親臨死前送世界的禮物。人們愛羅里，愛的是他幾乎成為的那個人。而他成年後的整個人生都在試著從母親長長的影子後頭跨出來。

❖

我關掉CNN首頁，滑過去看看羅里的收件匣，小心留意不打開任何未讀信件。他在左側欄位設了至少五十個資料夾，各自對應到基金會捐助的不同組織。在那長長的清單中埋著一個標示為「克萊兒」的資料夾。我點進去，瀏覽弔唁信。有幾百封，占據好幾頁，來自家族朋友、他母親的參議院同事。與基金會有合作關係的人，都迅速表達慰問之意。如果你需要什麼，儘管告訴我們。

我打開布魯斯寄給丹妮兒的一封信，那是空難初始報告出爐後幾小時，但我尚未被公布為罹難者的時候寄的。他將羅里列為副本收件者。信件主旨欄寫的是「細節」。

我已經在草擬聲明稿，應該可以在任何表定的記者會之前準備好。丹妮兒，請處理紐約的員工，吩咐他們不得向任何人發言。提醒他們，他們都受到有效的保密協議約束。

另一個名為「Google通知」的資料夾則裝滿大部分未讀取的通知信。每當羅里的名字在網路上出現，他就會收到一封通知信。丹妮兒也會收到同樣的信，因為她要負責檢視這些信，向羅里簡報他可能遺漏的任何重要資訊。我的思緒跳回上星期，丹妮兒和我出席完「圖書館之友」活動返家途中，我盯著窗外泥濘的曼哈頓街道，丹妮兒則察看著當天的通知信。「《哈芬登郵報》的錯誤訊息，」她幾乎算是在自言自語，「廢文一篇。」我轉頭看到她刪除通知信，一封接一封，只打開來自主流媒體網站的信。她對到我的視線，說：「等競選活動開始，我們就得雇個實習生來做這件事了。一天幾百封會暴增為幾千封。」

現在我瀏覽空難後造成的長長一串未讀通知信，露出一抹賊笑。辛苦妳囉，丹妮兒。

我點進共用文件。一片空白。文件頂端現在寫著「上次編輯：三十六小時前（布魯斯・寇克倫）」。

我啜了一口健怡可樂，碳酸飲料讓我鼻腔發癢。沒有人會想得到我不在那架飛機上。

現在太陽已完全升起，我仔細看看室內。硬木地板鋪著深紅色小地毯，與漆成暖黃色的牆壁形成美麗的對比，牆壁顏色讓我想起母親的客廳，此刻我感覺受到保護，像一頭冬眠的熊。當全世界丟下我自顧自地繼續衝刺，我卻像隱形似的窩在這裡，等到安全才鑽出去。

我出於好奇，輕輕拉開伊娃書桌最上層抽屜。我住在她的房子裡，穿著她的衣服。我要使用她的名字——至少用一小段時間。知道她是誰會有幫助。

我一開始帶點試探意味，彷彿擔心若是把東西弄得太亂，有人會發現我在這裡。我找到的東西大都很一般——已看不清楚的褪色收據；幾枝乾掉的原子筆；兩本附近房地產公司送的便條紙。正當我開始變得比較自在時，我將手伸到抽屜後側，把亂七八糟的圖釘、迴紋針和一支藍色小手電筒推到前端，試著穿越混亂看到底下那個把這些東西丟進抽屜的人，那個人勢必以為自己還有時間把東西整理好。

❖

兩小時後，我坐在書房地上，周圍散落紙張。我把書桌裡的東西全都倒了出來，一一檢視。銀行對帳單、已繳的水電費和有線電視帳單，全都掛在伊娃名下。我在櫥櫃裡找到一個紙箱，裡頭裝著收納較重要文件的資料夾。包括她的汽車登記表、她的社會安全卡。但我驚覺這裡少了某些東西。沒有結婚證，沒有久病後死亡可預期的保險文件。昨天伊娃房子令我耿耿於懷的不安又回來了，這次來勢洶洶。我找不到任何個人的色彩，到處都沒有照片或蘊含情感的小物。這裡完全沒有證據能證明除了伊娃之外，還住著另一個人。就一個無法承受面對已逝的深愛丈夫遺物的人來說，這裡沒有留下任何能睹物思人的紀念品。

我很努力為缺乏的東西尋求解釋。也許她丈夫信用不良，因此所有帳單必須掛在她的名下。也許所有與他相關的物品都裝箱收在車庫，連留在屋內都讓她太過心痛。但這些感覺都是不牢靠的硬拗，根本不可能是事實。

我取出紙箱內最後一個資料夾翻開。這是一份履約保證契約，立約人用現金買下雙拼別墅的這一側，日期是兩年前。契約頂端只有她一個人的名字：伊娃・瑪麗・詹姆斯。底下的婚姻狀況欄，她勾選的是「單身」。

我腦中仍然能聽見她的嗓音，聽見她如何談起她丈夫。高中就開始交往，在一起十八年。她述說自己決定幫助他死亡時那種充滿感情的語氣，嗓子啞掉，眼中充淚。

她撒謊。他媽的她在撒謊。全都是謊言。

伊娃

柏克萊市，加州

八月

墜機前六個月

離伊娃跟布蘭妮約好見面的時間還有十分鐘，伊娃把車子停在提爾頓公園外圍的停車格，而不是開進公園裡頭。她偏好的做法是步行進出，低調地抵達和離開。她將小包裹塞進外套口袋，彎進一條步道，這步道通往一小塊空地，她「上輩子」會到這空地來K書。

茂密的樹木在步道投下花斑狀的陰影，雖然已是夏天的最後一個月，海灣的方向卻吹來一股涼爽的風。儘管頭頂的天空很晴朗，但伊娃瞥見遠方的舊金山灣，看見太平洋上空蓄積的海洋層⓬，知道天氣在幾小時內就會風雲變色。她將雙手深深插入最心愛的外套口袋裡——軍綠色外套，有好幾個附拉鍊的口袋——隔著包裝紙感覺到藥丸的形狀。

環繞伊娃的樹木都是老朋友了。她能個別認出每棵樹，它們樹幹的形狀和樹枝的長度。她試著讓自己回到過去，如果天氣夠暖和，就在下課後來到這裡，將書本攤開在野餐桌或草地上。有時候伊娃眼前會閃過那女孩的模樣，就像掠過的火車上的畫面。瞥見不同的人生，擁有正常的工作和朋友，於是她就會連續幾天感到躁動不安。

她來到空地時，發現別無他人而鬆了口氣。傷痕累累的木頭野餐桌仍立在一棵巨大的橡樹下，有個混凝土垃圾桶用鐵鍊固定在樹上。她信步來到桌邊，坐到桌上，再次確認時間，這熟悉的地點將她的思緒拉回過去。

❖

小魚是柏克萊和奧克蘭毒品地下世界的老大，而戴克斯是他的左右手。「大部分毒販很快就會被逮捕。」戴克斯一開始就警告她。當時他帶她去索薩利托小鎮一間濱海餐廳吃午餐，向她解釋她接下來都要做什麼事。海灣對面的舊金山被濃霧籠罩，只有最高的建築頂端依稀可見。她想到聖若瑟兒童之家以及把她養大的那些修女，她們被埋在濃霧底下，以為伊娃仍在學，仍走在光榮畢業取得化學學位的道路上，而不是現在的狀態：已被退學三天，睡在戴克斯閒置的客房裡，正在惡補販賣和配送毒品的知識。伊娃費力地移開目光，重新把焦點擺回戴克斯身上。

「妳所製造的東西有很特定的客群，」戴克斯繼續說，「妳只能賣給我介紹給妳的人，這是

⑫ 海洋層（marine layer）是在廣大水域如湖泊和海洋上方蓄積的高密度濕冷空氣，由靠近水面的空氣溫度較低、上方的空氣溫度較高這樣的逆溫（temperature inversion）現象所引起。海洋層經常會帶來濃霧，可能延續數日或數週，尤以美國西岸最為常見。

妳保持安全的方式。」

「我被弄糊塗了，」伊娃當時說，「我到底是負責做藥還是賣藥？」

戴克斯交疊雙手放在桌面。他們已經吃完了，服務生把帳單放在戴克斯的水杯旁，然後就默默退下。「就過往經驗來看，小魚一直沒辦法把好的化學家留在身邊太久。他們總是認為自立門戶賺得更多，然後事情就會變得複雜。因此我們想在妳身上試試不同的方案。」他當時說。「妳每週製造三百顆藥，為了補償妳的勞力，妳可以保留一半的藥，小魚會讓妳自己賣那些藥，利潤百分之百歸妳。」

「我要賣給誰？」她問，突然感到不自在，想像自己必須親自面對病弱的毒蟲。那些人可能有暴力傾向。像她母親一樣的人。

戴克斯微笑。「妳將提供重要服務給範圍很小的特定一群顧客——學生、教授、運動員。五顆藥的售價大約是兩百美元。」戴克斯告訴她，「妳輕輕鬆鬆就能有三十萬的年收入。」看到她驚愕的表情，他咧嘴一笑。「前提是妳遵守規則，這事才行得通。」他警告，「如果我們聽說妳另闢客源，或是賣藥給毒蟲，妳都是把所有事和所有人曝露在風險中。明白嗎？」

她點點頭，焦慮地瞥了入口一眼。「那小魚呢？我以為他今天會來。」

戴克斯笑著搖搖頭。「天啊，妳真菜。我都忘了妳對這一行的規矩一竅不通。如果妳事情辦得好，妳永遠不會見到小魚。」她一定露出不解的表情，因為他接著便仔細說明。「小魚把所有事都區隔開，這是他保護自己的方式。如果有哪個人知道太多，就會成為競爭對手或警方鎖定的目標。我會是妳的上線，我會確保妳的安全。」戴克斯往桌上丟了幾張二十元鈔票，站起身。這頓飯算是結束了。「妳照我吩咐的做，就能擁有美好生活。只要妳遵守規則，這事很安全。」

「你都不擔心被逮到嗎？」

「現實跟妳在電視上看到的不一樣，現實中警察只認得他們抓到的犯人，而他們只抓得到蠢貨。但小魚並不蠢，他幹這一行不是為了權力，他是個商人，會考慮到長期收益。而那表示緩慢成長，謹慎挑選客戶以及替他工作的人。」

她躍躍欲試，很想盡快開始。聽起來非常簡單。而且這套系統確實有效。唯一困難的部分是與她的昔日同窗共同在校園活動，必須貼近她才剛失去的那種生活過日子。經過她的宿舍，同樣一批人仍住在裡頭。化學系大樓，她的課在她缺席的狀況下繼續進行。韋德仍在體育館發光發熱，一年之後，本該屬於她的畢業典禮也在那裡舉行。感覺她像是跨過某種障礙物，她在那裡能夠不被人看見，又能夠旁觀自己的舊生活持續推展。不過隨著一年年過去，學生愈來愈年輕，不久後校園裡便全換上了新面孔。失落感淡化了，正如同所有的失落感一般，被某種更堅韌、更強悍的事物取代。她現在能看出當時沒能看出的東西。所有選擇都有後果，重要的是你如何處理這些後果。

❖

伊娃的目光順著小小的輔助道路望去，這條路在提爾頓公園幾百英畝的土地上蜿蜒穿梭。這次的會面感覺不太對勁，她的直覺經過多年的磨練與微調，正在發出示警聲。她會再等布蘭妮十分鐘，然後就閃人。回到車上開回家，關上門，忘了有這個女人。伊娃很努力地保持敏銳，不要變得自滿和大意。儘管這份工作有時感覺枯燥乏味——在實驗室一待數小時，與戴克斯或某個客戶快速交貨——但其實它很危險。

早期——想必是她入行第一年的時候——戴克斯曾在天快亮的時候把她叫醒，輕敲她的家門。「跟我來。」當時他說，她從掛勾上取下外套，跟著他穿過空無一人的校園，走道仍被路燈照亮。

他們不發一語地朝西走，經過田徑場，在這破曉前的時分，餐廳和酒吧都門窗緊閉。她隔著一個街區就看到閃爍的警示燈了。警車，救護車，犯罪現場的黃色封鎖膠帶將一間廉價汽車旅館外的人行道圍起來，迫使他們走到馬路對面。

戴克斯單手摟著她將她拉近一點，好像他們是一對情侶，深夜遲歸正準備返家。他們靠近現場時放慢腳步，伊娃看出有一具屍體，屍體底下滲出一灘血，一隻沒穿鞋的腳，腳上的白襪子幾乎像在發光。

「我們為什麼來這裡？你認識那個人嗎？」

「是啊，」他粗聲說，「丹尼。他提供小魚更烈的藥。古柯鹼、海洛因。」

戴克斯拉著她繼續走，他們彎過轉角，閃爍的紅藍光仍印在她眼皮後頭。「他怎麼了？」

「我不知道。」戴克斯對她說，「我跟妳一樣，只看得見我被允許看見的東西。但要我猜的話，他要不就是在玩雙面人遊戲——為小魚的一個競爭對手效力——要不就是他出紕漏了，結果被警察逮住了。」他停頓一下。「小魚就是這樣的人。他不會花很多時間問問題，他只會直接解決問題。」

伊娃無法抹去腦中的畫面，那個扭曲的身體，大量血跡，超乎她的想像，只有在噩夢中才會出現的近似黑色的紅色。

戴克斯已鬆開摟著她的手臂，寒冷的清晨空氣讓他手臂待過的地方更冷。「小魚是強大的隊友，卻是無情的敵人。對於背叛他的人，他會毫不遲疑地除掉。也許帶妳來這裡是個錯誤，但我需要妳親眼看看，如果妳跟他作對會有什麼下場。」

伊娃用力吞口水。直到那一刻為止，她都騙自己說這工作跟別的工作沒什麼不同——大部分都是例行公事，也許在某些抽象方面有一點危險。但戴克斯原本將她與最糟的部分隔絕開了，直到那天早晨。

「完全透明。」戴克斯警告地說，他們走回她住的街，夜空終於轉為淡灰色。他把她送到門廊上便消失了，令她懷疑一切是不是自己在做夢。

❖

伊娃正準備跳下野餐桌、走回車子那裡，就有一輛賓士休旅車開過來停在邊石旁，駕駛座上是個時髦的女人。伊娃看到後座有兒童安全座椅，謝天謝地是空的。車牌寫的是「FUNMOM1」（有趣老媽一）。她那股揮之不去的不安感更強烈了，她深吸一口氣，提醒自己情況在她掌控中，她隨時都可以離開。

她看著那女人下車。「謝謝妳跟我見面！」那女人喊道。她的行頭是昂貴的休閒風，香奈兒墨鏡往上推到額前。UGG牌的及膝靴，套在設計師款牛仔褲外頭。這不是伊娃典型的以泡麵果腹的學生。

近看之下，伊娃發現女人眼眶發紅，皮膚看來疲憊緊繃，不過她的妝容無懈可擊，伊娃心中響起另一個警鈴。

「抱歉我遲到了，我得等保姆來。」她伸手與伊娃握手。「我是布蘭妮。」

伊娃讓她的手懸著，自己的雙手仍插在口袋裡，最後布蘭妮終於垂下手，開始在包包裡翻找，像是剛想起自己來這裡的目的。「我希望能買超過我們說好的數量。我知道我跟妳訂五顆藥，但我真的需要十顆。」她從包包取出一疊鈔票，遞向伊娃。「這裡有四百元，不是兩百元。」

「我只帶了五顆。」伊娃說，沒有接過鈔票。

布蘭妮搖搖頭，彷彿這只是不重要的小細節。「我很樂意明天再跟妳見一次面。同樣的地點，如果妳方便的話。」

海灣上空的海洋層終於靠過來了，它遮住了太陽，投下灰影，使光線變暗。風勢增強，伊娃把大衣拉緊一點。布蘭妮回頭察看，然後壓低嗓門，雖然周圍就只有她們兩人。「我們星期六要出門旅遊，」她繼續說，「要下個月才回來。我只想確保我不會斷貨。」

伊娃身體繃緊了。這女人開著拉風的車，穿著昂貴的衣服，手指上有顆大鑽戒。需要藥丸來撐過困難任務是一回事，這女人看起來需要靠藥物幫助才能度過日常生活。但伊娃的抗拒心理感覺更具私人性，從她最黑暗的角落冒出來，其熱度令她吃驚。這是個和她母親同類型的女人。

「我想我幫不了妳。」伊娃說。

「至少讓我買下妳帶來的東西，」布蘭妮說，嗓門很大，話語穿越空地，「拜託。」

伊娃的目光逗留在布蘭妮手背的一些硬痂上，它們被神經質的手指摳得又紅又腫。布蘭妮渾身散發狂熱的能量，伊娃只想趕快離開。

「我們談完了。」伊娃說。

「等一下，」布蘭妮朝伊娃手臂伸出手，「告訴我要怎樣才能讓妳改變心意。」

伊娃拽回手臂，轉身走開。

「拜託，」布蘭妮在她後方引誘她，「我們就是為了這個來的啊。妳把東西賣掉，錢拿到手，我得到我需要的，雙贏。」

「我不知道妳在說什麼，」伊娃回頭高聲說，「妳一定是認錯人了。」然後她大步走向健行步道，這步道在樹木之間繞行，並順著山坡往下通往她停車的地點。

她經過休旅車時，朝車窗裡望了一下。後座很髒亂，散落著早餐麥片、空的鴨嘴杯，還有一條粉紅色蝴蝶結髮圈。伊娃暫時放慢腳步，好奇那個孩子的生活是什麼樣子，共同居住的母親向人乞討足夠的藥來一連嗨翻幾星期。她思考自己的母親是否也曾像布蘭妮一樣，把伊娃丟在家裡給保姆看管，自己跑到空曠的公園買毒品。在這所有情緒底下，她恨自己有一抹稍縱即逝的嫉妒，因為這小女孩仍然能夠認識她母親，伊娃卻不能。

伊娃鑽進樹林時，聽到布蘭妮朝著她背後嚷著不雅字眼。然後她聽到一扇車門砰然關上，引擎發動，輪胎吱吱地駛離邊石。她回頭看，看到車子轉彎，沿著馬路彎道行駛時車身傾斜，輪胎擦過邊石磕磕碰碰。伊娃屏住氣，作好聽到撞擊聲的心理準備，結果並沒有聽到，於是她快步回到自己車上。

❖

伊娃等紅燈時，又在公園出口正對面的加油站看到她。同一輛休旅車，布蘭妮從搖下的車窗探出頭跟一個男人說話，那男人站在一輛低矮的轎車旁，車子貼著深色窗紙，車牌顯示是政府公家車。布蘭妮遞給男人一張紙條，他將紙條塞進休閒西裝外套的口袋。

號誌燈轉綠，伊娃仍盯著瞧，先前的不安重重砸向她，迅速轉變為陰暗的慌亂。後方有人按喇叭，將她的注意力猛然拉回馬路上，迫使她向前開。她愈靠愈近時，盡可能蒐集更多細節。男人有棕色短髮和反光墨鏡。休閒西裝外套底下有槍套的輪廓。她開走時，不禁懷疑布蘭妮剛才讓什麼事情啟動了。

❖

到家以後，伊娃把車停進房屋側邊的小車庫，關上門，用掛鎖鎖上。她急著進屋去打給戴克斯，但她的新鄰居坐在門階上，看起來在等她。「該死。」她無聲暗罵。

那女人看見伊娃時，露出如釋重負的表情。「我跌倒了，」她說，「沒踩到最後一級台階，整個人往下滾。我的腳踝好像扭傷了，妳可以扶我進屋嗎？」

伊娃朝街道另一頭望去，再次想到加油站的男人，想到他收進口袋的紙條。她沒時間應付這種事。但她總不能把這女人丟在門廊上不管。「當然好。」她說。

伊娃扶女人站起來，很訝異地發現她個子極為嬌小。幾乎不到一百五十公分，至少有六十幾歲了，身材瘦而結實。伊娃撐住她，她抓著扶手施力，把自己拖上台階，用單腳跳，直到爬上頂端。伊娃讓她稍微喘口氣，然後兩人一起走到前門進入她的公寓。

地上鋪著暖色調的小地毯，與奶油白的沙發形成對比。飯廳裡的一面牆漆成深紅色，牆角堆著半空的搬家紙箱。伊娃扶她到一張椅子邊，女人坐下來。

「妳要冰塊嗎？」伊娃問，迫不及待地想把事情辦完。她需要聯絡戴克斯，需要搞清楚現在是什麼狀況，以及她該怎麼辦，不是扮演鄰居的看護。

「我們從名字開始，」她說，「我叫莉茲。」

伊娃竭力壓抑著愈來愈強烈的慌亂，感覺時間一分一秒流逝，她與聒噪鄰居一同被困在某種閒話家常的時間錯位裡。但她仍面露微笑，說：「我叫伊娃。」

「很高興終於跟妳見面了，伊娃。嗯，我想來點冰塊。從那裡直走過去，麻煩妳了。」

獲得許可後，伊娃走進廚房，那裡空蕩蕩的，只有水槽旁的流理檯上擺了幾個盤子和玻璃杯。莉茲的冰箱裡有一盒冰塊，伊娃把冰塊掰開，倒進一條擦碗布，將頂端扭緊。她從水槽旁的盤架上拿了個玻璃杯接滿水，注意到自己的手微微顫抖；她把這兩樣東西都拿回客廳遞給莉茲。

她正準備找個藉口開溜，莉茲就說：「坐下吧，陪我一下。」

伊娃再次快速瞥向窗戶和窗外空曠的街道，然後坐到椅子上，讓自己能留意外頭的狀況。

莉茲的笑意加深了。「我在這裡認識的人還不多，」她說，「我是從普林斯頓大學來的客座教授，這學期要教兩門課。」

伊娃露出客套的微笑，有點敷衍地聽莉茲說她如何期待加州的冬天，實際上她重新回想了一遍與布蘭妮會面的過程。布蘭妮說過的話，她雙手顫抖的模樣，她是如何迫切地想完成交易，任何交易。伊娃的思緒漸漸開始慢下來，慌亂感退去。她以前也面臨過困窘的處境，而她提醒自己，她並沒有做任何違法的事情。現在她安全地待在莉茲的客廳裡，能清楚看見街道，同時聽莉茲解釋她為什麼寧可租公寓住，也不願涉入教職員住宿的政治風暴。伊娃幾乎可以感覺到自己的血壓在下降。

「現在，告訴我，」莉茲說，「妳是做什麼工作的？妳是哪裡人？」

伊娃將目光由窗戶移回來，說出她的標準答覆。「我是在舊金山長大的。我在柏克萊市中心的杜普里餐館當服務生。」接著她把話題帶回莉茲身上。「那麼妳是教授？妳教什麼？」

莉茲拿起水杯喝了一口。「政治經濟學，」她說，「經濟理論以及相關的政治經濟系統。」她笑了。「我向妳保證，這是很迷人的科目。」

她移開冰袋，伊娃看著她仔細審視腳踝，小心翼翼地轉動。莉茲抬頭，咧嘴一笑。「沒有扭傷，真是謝天謝地，因為撐拐杖展開新學期會是個大挑戰。」

莉茲個子雖然嬌小，嗓音卻低沉渾厚，對伊娃莫名地起了安撫作用。那嗓音在她體內振動，使她深呼吸。更專注地聆聽。伊娃想像她在大演講廳前方，嗓音傳到最遠的角落。筆尖在紙張上的刮擦聲，或是筆電噠噠的鍵盤聲，學生熱切地記下她說的每句話。

伊娃從莉茲沙發上的位置，看到那輛公家車沿著街道滑來，在路邊慢慢停住。在加油站與布蘭妮交談的那個男人下了車，走上她們門前的步道。

她的腦袋開始將一些原本根本沒意識到的元素都串連在一起，省略思考他如何找到她家這個問題，直接跳到無可避免的答案——一定還有別人跟蹤她。某個她沒看到的人。

伊娃突然站起來，朝莉茲移動。遠離窗戶。「妳確定不用看醫生嗎？」

莉茲將冰袋放回腳踝上，說：「我跟妳說我需要什麼吧。我需要妳倒掉這難喝的自來水，把我的杯子裝滿伏特加。給妳自己也倒一杯，在冰箱裡。」隔壁傳來微弱的敲門聲，引起莉茲注意。「好像有人在敲妳家的門。」她說。

伊娃從百葉窗之間窺視，看到那男人往她的投信口塞了什麼東西。她身體裡每根神經都因恐懼而發麻，催促她逃跑。她望進莉茲的廚房，想像自己從後門奪門而出，穿過後院柵門進入小巷，一路奔到戴克斯家，要求他提供答案。

但她深吸一口氣，提醒自己她就只是到公園跟一個女人說過幾句話而已。她沒賣給對方任何東西，甚至沒拿任何東西給對方看。順水推舟。這是早期她感到害怕時，戴克斯給她的建議。只有有罪的人才會逃跑，那正是他們等著妳做的事。所以別這麼做。

「我見過這個人，」伊娃撒謊，「他在為安全警報器公司尋找訂戶。妳要假裝不在家，不然他會講到妳耳朵長繭。」

「我討厭挨家挨戶推銷的人。」莉茲說。就算她覺得那男人接下來沒來敲她的門很奇怪，她也沒提出來。

伊娃站起身說：「我去幫我們倒酒。」一杯酒是她最起碼應得的。

克萊兒

二月二十三日，星期三

我在伊娃的書房留下滿地紙張，穿過走廊，一心要確認我開始懷疑的事——不論是伊娃告訴我關於她自己的事，或是她想逃離什麼，都不是真的。我用力拉開她的衣櫃門，翻弄衣架，尋找她愛慕的丈夫存在的證據。最起碼，衣櫃裡也該有他的衣服原本放的位置，所留下的大段空缺。但我只找到幾件質料不錯的上衣、兩件洋裝、靴子和平底鞋，全都是伊娃的。我拉開五斗櫃的抽屜，找到上衣、牛仔褲、內褲和襪子，鏡中我陌生的新側影不時閃現，讓我嚇一跳，那副模樣跟伊娃好相似，一時間我幾乎相信她回來了。我以為她在這裡，死的人是我。見鬼的《辣媽辣妹》。

我重重地坐在伊娃床上。我所相信的一切——關於伊娃，關於她的人生，關於她為什麼不想在這裡，都粉碎在我腳邊。既然沒有丈夫，也就沒有針對他死亡的調查了。而既然沒有調查，伊娃這麼不顧一切地要交換身分搞失蹤，想必另有原因。

我笑了起來——一個疲憊不堪的女人在理智即將崩潰時那種歇斯底里的暈眩——我想著她一本正經、誠誠懇懇地說出的所有謊言。然後我在腦中聽到她的嗓音，想像她叫我冷靜下來，滾出她家，我不禁冷笑一聲，因為那語氣好嚴厲，我還記得清清楚楚。

我們倆都不可能猜到會發生這種事。我們只是交換機票。我不應該開車到她家，打開門鎖，踏入她的生活。不管我蹚入什麼混水，我都是自己選擇要來這裡的。

❖

回到伊娃的書房，我面前的螢幕上開啟著共用文件，我又仔細看了一下伊娃的一張銀行對帳單，瀏覽她的月支出。用餐、加油、咖啡店。每個月都用自動繳款方式付清所有費用，包括有線電視和收垃圾，存款餘額為兩千美元。有兩筆直接存入的存款，金額各是九百美元，存款者為「杜普里牛排館」。這樣的收入遠不足以讓她用現金買下這棟房子。

而且正如我預料的，沒有醫療費帳單，沒有醫療保險的共同負擔支出。沒有藥局的消費。對於詐騙高手的技巧所編織出的漫天大謊，我感到一絲崇拜。她順勢把登機證放在我們之間的吧檯上，作為無聲的誘惑，而我當時太過心煩並沒有察覺；她述說在柏克萊混入人群是多麼容易。她不著痕跡地把我的渴望和恐懼都投射回來，讓我跟著她的腳步走。

根據她的車籍資料，她開的是一輛舊本田，它大概藏在與房屋相連的車庫裡。聰明到能策劃出這種事的女人，是不會把車子停在機場或火車站的，因為那會讓人認出她從哪裡出發。我不想跟那輛車扯上關係。如果有人在找她，他們絕對會從她的車下手。不過知道我需要時它就在那裡，感覺還是很好。

我迅速搜完伊娃書桌剩下的部分。更多乾掉的原子筆和勾成一團的迴紋針、空信封、幾個沒有線的充電頭。不過沒有你預期中會找到的其他東西。沒有留作紀念的生日卡或邀請卡，沒有照片、便條或感性的紀念品。不光是她丈夫純屬虛構，我開始懷疑伊娃也是假的了。

我望向書桌左側，那裡擺了個空垃圾桶，我的目光被一小張紙吸引，它有一部分被書桌遮住，好像有人想把它丟掉但沒丟進。我撿起紙片攤平。那是一張小卡片，上頭的手寫字是整齊的草書，是小學畢業後就很少見到的那種斜斜、圓圓的字。妳所想要的一切都在恐懼的另一邊。

我試著想像伊娃在什麼情境下寫了這張卡片，後來又把它丟棄。她是不再需要它了呢，還是不再相信這句話是真的。

我拿著卡片穿過走廊到伊娃的臥室，把卡片夾在她五斗櫃上方的鏡子邊緣，然後開始收拾我製造的混亂。我把她的上衣重新摺好時，她的氣味——隱然帶有化學味的花香——在我周圍的空氣裡繚繞。我翻到一件「嗆辣紅椒合唱團」的T恤，按在胸前比了比。它太大件了，已穿得很舊，是他們的《加州淘金夢》專輯巡迴演出紀念T恤。「嗆辣紅椒」是薇樂最愛的樂團之一，我曾答應等她滿十六歲，就會帶她去看演唱會。那是她永遠沒機會做的其中一件事。我把T恤披在肩上，關上抽屜。這一件我要了。

我整理完五斗櫃，確認沒有藏錢或珠寶。沒有防人偷窺的日記或情書。撇開杜撰的丈夫不談，沒有人——也許除了住在羅里房子裡的我之外——的生活如此空虛。

我穿過房間，坐在她的床緣，打開床邊桌最上層抽屜。另一條昂貴的護手霜，我抹在手臂上，聞起來有玫瑰香。還有一瓶泰諾止痛藥。不過抽屜內側的邊緣塞著一張照片，這是我目前在屋子裡看到的唯一一張照片。照片中的伊娃與一個年紀較長的女人在舊金山一座體育館外頭擺姿勢。真人尺寸的球員立牌後頭掛著巨人棒球隊的巨幅掛旗，兩個女人頭靠在一起擺姿勢，伊娃在笑，一條手臂搭在女人肩上。她看起來輕鬆而快樂，彷彿追逐她的陰影（不管是什麼）還沒出現。我好奇這是伊娃的朋友，還是她詐騙的另一個對象。不知道伊娃是不是做任何事都出於利益而精心算計。

我想像伊娃在編織她的謊言，使這女人相信伊娃需要幫助。我仔細看女人的臉孔，好奇她現在在哪裡，她會不會來找伊娃，若是找到我會說什麼，發現我跟伊娃有完全相同的髮型和髮色，住在伊娃家，穿著她的衣服。現在誰才是詐騙高手？

我在抽屜後側的剪刀和膠帶底下找到一個信封，裡頭是一張手寫信，日期為十三年前，用迴紋針與後頭的幾張紙夾在一起。我拿掉迴紋針，翻閱紙張，結果是舊金山一所名叫「聖若瑟」的機構的文件。是女修道院嗎？還是教會？手寫字跡像蜘蛛一樣且已褪色，我將信紙傾向窗戶好看得更清楚。

親愛的伊娃：

希望收到此信的妳一切都好，正用功讀書並學到很多知識！我寫信是要告訴妳，經過超過八十年，聖若瑟兒童之家終於被納入州政府的寄養體系了。這樣可能是最好的結果，畢竟我們都愈來愈老了——連凱瑟琳修女也不例外。

我記得妳以前經常問起有血緣關係的家人，儘管當時我們被禁止回答妳的問題，現在妳已滿十八歲，我想把我們手邊的所有資訊都告訴妳。隨信附上妳入院時我們作的註記以及妳在這裡的期間留下的一般紀錄。如果妳想知道任何特定事項，妳得向州政府申請官方紀錄。負責妳案件的社工應該是叫克雷格·亨德森。

我要告訴妳，在妳最後一次寄養安排破局後，我聯絡了妳母親的家人，希望他們改變心意。但他們沒有。妳母親深受毒癮之害，她的家人為了監管和照顧她已不堪負荷。這是他們當初把妳送到這裡的主要原因。

但儘管有個坎坷的開始，妳仍長成一個了不起的人。我要讓妳知道，我們仍對妳津津樂道——妳的許多成就讓我們引以為傲。凱瑟琳修女在報紙上搜索妳的名字是否跟科學大發現連在一起，不過我得提醒她妳還是學生，那可能是幾年後的事情。我們很歡迎妳回來看看或打通電話，藉此了解妳在柏克萊為自己創造了什麼樣的美妙生活。妳注定要成就大事。

基督愛妳，

伯納黛特修女

我把信放到一邊，看著剛才用迴紋針夾著的其餘紙張。它們是手寫註記的影本，日期最早到三十幾年前。它們敘述了一個兩歲女孩來到一間天主教兒童之家並協調安排的經過。

孩子名叫伊娃，於晚上七點抵達；母親名叫瑞秋．安．詹姆斯，拒絕面談，簽署文件放棄親權。聖若瑟向州政府遞交文件，等候答覆中。

另一頁，日期是二十四年前，內容沒那麼冷冰冰。

伊娃昨晚回到我們這裡。這是她第三次去寄養家庭，恐怕也是最後一次。只要天主指引我們這麼做，我們就會一直留著她，在聖若瑟這裡給她一個位置。這次被指派負責她案子的社工是CH（克雷格．亨德森），表示我們不會常見到他。

原來她曾是柏克萊的學生，難怪樓下有科學類的教科書。也許她沒念到畢業——付不起學費，或是成績不夠好，以致於要去牛排館端盤子。還有詐騙，在紐約機場扯謊。

這也能解釋這房子為什麼如此貧乏，缺少伊娃可能由家庭攢聚下來的任何物品——相簿、生日卡、信件。我知道那種感覺，每天都一個人醒來，沒有家人關心妳好不好，妳的心情如何，妳是否快樂。至少我人生的前二十一年還享有那份幸福，伊娃可能從未感受過。

死亡就像這樣吧，留下許多未完成的事物。它仍然牽絆著你——像一條扯不斷的線，永遠將你的思緒帶到「要是……」。但「要是……」是個無用的問題，像照在空曠舞台上的聚光燈，為從未存在、也不會存在的事物打光。

我把信塞回信封，放回她的抽屜，試著用想像力讓這新版本的伊娃浮現眼前。但她像水銀一樣舞動——亮光一閃就消失了。始終未安安靜靜地待著夠久，讓人能把她看個清楚，她是恰好在我視野邊界外一個幻變無窮的形體。

❖

我需要沖個澡，碎頭髮讓我脖子後面好癢。我手邊的衣物只有我在甘迺迪機場的廁所裡從行李箱匆匆抓的幾件而已。我的牛仔褲，一條內褲。胸罩和襪子只有身上穿的。我的目光在行李袋和伊娃的五斗櫃之間來回，後者裝滿不屬於我的衣服。不光是牛仔褲和上衣，還有貼身衣物。我再次醒悟到一件事：我幾乎一無所有。我遲疑了一下，然後再次拉開她的內褲抽屜，胃部緊縮，作好穿她衣服的心理準備。我閉上眼睛，想到其他人為了生存，必須做出比穿別人內褲更可怕得多的事。它只是棉布和鬆緊帶，我告訴自己，而且它是乾淨的。

我從行李袋取出自己的衣服，懷疑人是否能僅靠兩條內褲長久活下去，我快步走到走廊，從毛巾櫃裡拿出一條浴巾。進到浴室，我把水開熱，讓浴室充滿蒸氣，遮蔽鏡中的倒影，直到我只是淡淡的輪廓。一個無名女子的模糊摹本。我可能是任何人。

❖

洗完澡，我穿上衣服站在伊娃房間的鏡子前，伊娃沐浴乳和乳液的陌生玫瑰香縈繞我周圍的空氣。有個陌生人帶著金色短髮和明顯的顴骨回望著我。我走到五斗櫃邊，伊娃的皮夾擱在那裡，我抽出她的駕照，比對我和她的臉，心裡漸生一股樂觀。

我認得這種感覺，那種站在新生活開端的興奮。我遇見羅里時曾有這種感覺，一切似乎都閃爍著可能性，我站在分界線上，一邊是原本的我，一邊是我想成為的人。

我心中開始形成一套說詞，我能向任何探問者提供的解釋。*伊娃和我一起在兒童之家長大。*我可以理直氣壯地提出伯納黛特修女和凱瑟琳修女的名字。要是他們問起伊娃去了哪裡、我為什麼在這裡，我會說我正在辦離婚，伊娃讓我待在這裡，她自己則去旅行了。

她去了哪裡？

我盯著鏡中的倒影——不算是伊娃，也不算是克萊兒——試著說出我的回答。「紐約。」

❖

回到伊娃的書房，我開始收拾，把伊娃的文件整理成一疊一疊，不確定接下來該怎麼辦，這時我的筆電螢幕跳出文字。首先是一行句子，是羅里打的字。*底特律之行。*然後在電腦右側，羅里加了一條評論。

羅里・庫克：那個聯邦快遞包裹你怎麼處理？

幾乎立刻就出現回覆。

布魯斯・寇克倫：錢放抽屜。證件、護照等都進了碎紙機。

羅里・庫克：信呢？

布魯斯・寇克倫：掃描成電子檔，然後送進碎紙機。

羅里・庫克：

她是他媽的怎麼弄到假護照和假證件的？

三個點表示布魯斯在打字，我屏住呼吸。

布魯斯．寇克倫：

不知道。國土安全部大力掃蕩偽造犯，不過克萊兒弄到的東西看起來很真實。我查了她在這趟行程前幾天的所有手機通聯紀錄，她當天早上打給一個號碼，我們無法對應到她認識的任何人。我們還在追查。

我等著他們繼續談，可是沒有出現新的內容。接著評論就一個接一個消失了，共用文件本身的內文也不見了。右上角布魯斯的頭像消失，只留下羅里的。我得小心一點。我和羅里在共用文件的動態沒辦法區分，所以如果我開始點什麼東西，他的電腦也會顯示同樣的活動紀錄，並標示出他的名字。因此我被困住了，只能當沉默的觀察者，無法跟上最新進度或讓人解惑。我就只能看著面前螢幕上的話劇開演。

❖

我已無事可忙，又還有好幾小時要消磨才到睡覺時間，我打開一個新分頁，開啟CNN首頁，搜尋空難新聞。有一篇小報導說他們已規劃好我的喪禮，訂在三週後的星期六。對羅里來說有充分時間把場面弄得盛大一點，大概會辦在市區，賓客名單充斥著達官顯貴。

接著我點進凱特．連恩的照片，她最近的電視節目片段擺在我面前供人回味。我往下滑，點進昨晚的記者會，聽聽國家運輸安全委員會負責人回答記者提問。

重新敘述一遍已經公布的細節後，他為記者會收尾。我們仍在搜救階段，接下來幾天會陸續有更多資訊。請大家稍安勿躁。維思達航空十分配合，順從聯邦單位的所有要求。

不出我所料——問題比答案多。但是就在鏡頭切回棚內的凱特前，我的目光被人群中的某個東西勾住。我把影片倒回去，重看記者會結尾，看到關鍵處按下暫停。左下角一片典型黑色和棕色軍外套和深藍色防風外套之間，夾著一抹熟悉的顏色。模糊的畫面中，有個淡金髮色的女人穿著桃紅色毛衣，以紐約酷寒的二月夜晚來說完全不搭軋。

伊娃

柏克萊市，加州
八月
墜機前六個月

那個男人叫卡斯楚探員，接下來幾天，伊娃開始覺得他無所不在。她丟掉他塞進投信口的名片，試著裝作他沒跟著她回家、走上她的走道、敲她的家門。但他不斷冒出來。在超級市場的停車場；她走出咖啡店時，他沿著班考夫特街開過去。他甚至光顧杜普里餐館，坐在另一區的座位，害伊娃把好幾張點菜單搞混了，而他只是好整以暇地吃著牛肋排、啜飲健力士啤酒。

他毫不顧忌自己被看見，讓伊娃忐忑不安。她也不禁要揣測他究竟已監視她多久，才決定讓自己曝光。

戴克斯終於回她電話時，她要求立刻碰面。「是誰介紹那個布蘭妮給你的？」她問他。他們在電報街的一間運動酒吧，在地下室用餐區隔著沾滿黏黏啤酒的桌子相對而坐，旁邊有張撞球檯，周圍已有五分醉意的學生正盯著大螢幕電視上的美式足球熱身賽。

「我一起長大的玩伴，後來搬去洛杉磯了。他是在那裡認識她的。她搬來這裡時，他給了她我的名字。他跟我說她會是個穩定的客源。怎麼了？」

伊娃仔細端詳他的臉，尋找撒謊、緊張或心虛的跡象。「她試著跟我買藥之後，我看到她跟一個聯邦探員講話。現在那探員一直跟著我，我隨時都看見他。」

戴克斯放下漢堡，表情嚴肅。「把事情經過一五一十地告訴我。」

伊娃描述布蘭妮看起來焦慮不安，講起話很神經質，手上還有痂。「我想我的疑問是你為什麼讓我接一個你沒親自調查過的客戶。這不是我們正常做事的方式。」

戴克斯眼神一沉。「妳在暗示什麼？」

「我是在指出，我才剛跟你介紹的客戶見完面，就有聯邦探員跟蹤我。」

「幹。」戴克斯把餐巾丟在桌子上。「我要妳停止一切。不要做藥也不要賣藥，等我的消息。」

「你要怎麼向小魚交代？」她問。

「我會應付他，」戴克斯告訴她，「我的工作是保障妳的安全。」

伊娃盯著他，衡量他的話，知道這遊戲怎麼玩。到頭來，如果要在坐牢和出賣朋友間選一個，他們這一行的人該怎麼做就會怎麼做。她並不會欺騙自己，以為戴克斯有什麼不同，她也沒有十足把握自己不是那種人。

不過當初是戴克斯教她評估風險、辨識誰可能是臥底探員或是能揭她的底的毒蟲。她難以想像他會帶她走進深淵，因為他自己也勢必會跟著墜落。

伊娃被退學後幾個月，她還住在戴克斯的空房間、用他廚房裡的舊設備做藥時，他們曾跟一個人約見面。他們看到對方是個頭髮蓬亂、剛滿二十歲的學生，戴著耳罩式耳機，穿著垮褲。

「仔細看他。」戴克斯當時說。他們擠在公車候車亭後頭，像是在察看時刻表似的。那男人有某種強迫症，等待的時候會幾乎難以覺察地聳聳左肩又搖搖頭。戴克斯壓低音量說：「每次都要先觀察。妳要注意不尋常的點，像是他們是否在二十七度高溫下穿著長袖運動衫，或是在雨天穿著背心。這些都是線索，妳必須要察覺。妳看他的耳機，它們沒有連到任何機器上。看到耳機線塞進他胸前口袋，但他手機的輪廓分明是在褲子後口袋嗎？」伊娃點點頭，將這些事歸檔，知道自己要生存都靠記住這些事。戴克斯繼續說。「妳看到這種狀況時，就繼續走，因為苗頭不對。他要嘛是毒蟲，要嘛是條子。」他面色凝重望著她，灰眼睛牢牢鎖定她。「妳的頭號優先事項——小魚的頭號優先事項——就是妳的安全。正因為如此，他才能在這一行撐這麼久。」戴克斯輕笑。「因為這個，還有在柏克萊和奧克蘭警局替他工作的十個內應。」

他們走出候車亭的掩護，沒有交易便轉身遠離那男人，讓他留在路邊等著永遠不會出現的藥。

「妳有賣給她任何東西嗎？」現在戴克斯在問伊娃。

「沒有，她怪怪的，瘋瘋癲癲。我跟她說她認錯人了，然後馬上閃人。」

戴克斯點點頭。「很好。妳先休個假，等我們搞清楚狀況再說。」

「這傢伙好像想讓我看見他似的。」

「可能吧，」戴克斯說，「人一緊張就會犯錯，而他顯然希望妳緊張。他如此明目張膽就表示他沒有抓到妳的把柄，所以他被逼急了。」

「我該怎麼辦？」

「他要跟就讓他跟，他什麼也看不到，最後他就會去看別的地方。」

戴克斯往桌上丟了兩張五元鈔票當小費。他們周圍爆出歡呼聲，每雙眼睛都盯著電視，有人剛觸地得分。伊娃作勢要站起來，但戴克斯說：「妳應該待久一點。」

伊娃坐回去，看著他離開，努力壓抑著愈來愈強烈的恐慌，像是她在排隊坐上救生艇，卻意識到她將是唯一被留在沉船上的人。戴克斯已經在試著與她保持距離了。

她四周的大學生喝酒笑鬧，他們最大的煩惱是柏克萊大學能不能獲邀參加類似季後賽性質的碗賽（bowl game）。她這輩子從未那麼放鬆過。即使她還是學生時，她也充滿防備。很安靜。在兒童之家長大的她，從小就學會最安全的做法是觀察，而不是大笑或賣弄幽默地融入團體。聖若瑟的修女鼓勵她們用功讀書，尊敬師長。而伊娃按照她們的期望成長，同時卻琢磨著如何更低調地違反規定。

但那不是家。修女年紀偏大，嚴格又沒有彈性。她們深信孩子就該沉默聽話。伊娃記得宿舍冰冷的走廊，宿舍藏在聖殿後方，瀰漫著燭蠟和潮濕的氣味。她記得其他女孩。不記得她們的名字，但記得她們的嗓音。粗暴又兇狠，或軟弱而恐懼。她記得在夜裡哭泣。記得到頭來，她們每個人都孑然一身。

伊娃喝了最後一口啤酒然後站起來，穿過人群走向通往樓上主要用餐區的樓梯。她瞄了瞄緊急逃生出口，想像警報器的聲音，它已經在她腦中狂響了。不過她默默經過那道門，知道現在不是狗急跳牆的時候。還不到時候。

❖

她開進自家車道時，看到莉茲鎖上家門，然後沿著屋前走道走向她的車。伊娃看看街道兩端，迫使自己慢下來，表現得正常一點。

「哈囉！」莉茲喊道。

自從在莉茲公寓相處過的第一天下午起，伊娃就對莉茲產生了好奇心。她發現自己會注意聽她的動靜，觀察她進進出出。莉茲的嗓音仍在她腦中迴蕩，伊娃難以否認自己受到這女人吸引。

伊娃鎖上車門，微笑轉朝莉茲，指著莉茲的紐澤西州車牌。「妳一路從紐澤西開過來？」她試著放鬆肩膀，把焦點放在莉茲身上，而不是執著於卡斯楚探員的車隨時可能彎過轉角這件事。

可是今天不適合聊天，莉茲只說：「我以為這會是一趟有趣的公路之旅，但我已經在擔心開回去的事了。」讓她鬆了口氣。莉茲繞過她的車子，坐進駕駛座並揮揮手，伊娃便繼續走上走道，打開門鎖閃身入內。

寂靜使她如釋重負。她走向沙發躺下來，逼自己深呼吸好幾下，但她無法放鬆。她能感覺卡斯楚像個觀眾一樣，監看她的一舉一動。每次進出家門，去市場，去杜普里餐館。像她剛才跟莉茲那樣的每場互動，都被記錄在某人的現場筆記裡。下午四點五十六分：伊娃在草坪上跟年長鄰居聊天。她盯著那面隔開她和莉茲公寓的牆，思考讓莉茲出現在身邊是否能發揮作用。成為她想讓卡斯楚相信的她的故事的一部分，亦即她只是過著簡單生活的服務生，生活平凡瑣碎到不值得記錄。伊娃晚上跟鄰居朋友出去。或是伊娃和鄰居朋友參加柏克萊玫瑰園導覽行程。什麼活動會讓他們覺得最無聊呢？

❖

當天傍晚，有人敲門。隔著窗戶快速偷瞄一眼，發現是莉茲站在門廊上，手裡端著一盤砂鍋菜。「不知道要到猴年馬月我才會記得食譜的份量要減半。」她說，不過伊娃懷疑莉茲寧可有個對象可以讓她施展廚藝。

莉茲把砂鍋菜交給她，便逕自跨入屋內，伊娃有點遲疑地端著砂鍋菜走進廚房。她剛關上冰箱門，一轉身就看到莉茲彎著腰，在細看客廳裡她書架上的書名。她惴惴不安，有人闖入她的空間，在看她的東西。但她作了個深呼吸，忍著不自在勉強露出笑容。晚上七點四十五分：鄰居帶了食物給伊娃。她們聊天十二分鐘。她能做這件事。

「妳對化學有興趣？」莉茲問。

伊娃聳聳肩。它們多半是她在大學最後那一年用的舊課本，已經很多年沒翻開過了。然而她捨不得丟掉它們，好像這麼一來也會丟掉自己重要的一部分。「我研究過一小段時間，在學校裡。」

「這些是大學用書。」莉茲邊說邊抽出一本。她翻開來，看著封面內側柏克萊大學學生商店的印章。「妳念的是柏克萊？妳從來沒提過。」

「念過一段期間，」伊娃說，「我沒畢業。」

「為什麼？」莉茲一如伊娃預期中追問。

「有一些狀況妨礙我畢業。」伊娃希望自己敷衍的答案和四兩撥千斤的做法能就此結束話題。

伊娃擱在檯面上的手機嗡嗡振動，因為收到戴克斯的簡訊而亮起來。伊娃抓起手機，按下螢幕上的「稍後再讀」選項，然後把手機放進口袋。

莉茲望著她，等著她說些什麼，看她不說話，莉茲便指著檯面上那罐打開的健怡可樂。「那東西是毒藥。」她說。

伊娃看看錶，這裝模作樣的遊戲突然間令她精疲力盡。她得取悅這女人多久才夠？「我最好去沖個澡了，我今天晚上在餐廳有班。」

莉茲等了一秒，像是試著看透伊娃話語底下的真相，然後才說：「妳知道嗎，人生很長。很多事可能出錯，最後還是有好的結果。」

伊娃想到她的實驗室，就藏在她們身處的房間底下。她覺得這隱喻還滿貼切的。莉茲只看到她眼前的東西，伊娃則擔心著藏在表面底下的所有東西，擔心它們會浮上來，而卡斯楚探員就等著把它們撈走。

「謝謝妳的菜。」她說。

被下了逐客令的莉茲把教科書放回書架上。「不客氣。」

她走了以後，伊娃取出手機看戴克斯的簡訊。

小魚在處理了。休息兩個星期，這傢伙就不會煩妳了。

她大鬆一口氣。卡斯楚會像是錯失目標的撞擊一樣從她身旁隆隆駛過，讓她虛弱發抖，但完好無缺。

「沒事的。」她大聲對空蕩蕩的房間說。隔壁的莉茲放起音樂，隱約的爵士樂聲傳到伊娃耳邊，向她呼喚，讓她稍微瞥見自己可以暫時擁有的生活。

❖

當天晚上，她從後巷進入杜普里餐館，匆匆走向她的置物櫃，希望經理蓋伯不會發現她遲到了。她換好制服走出來時，看到蓋伯正指揮外場服務生收拾幾張桌子。「終於，」他說，「妳負責第五區。」

伊娃抓起小筆記本，到廚房跟副主廚對了一遍今日特餐，然後便走向大用餐區。

她很快便忙得團團轉。點餐、跟熟客寒暄、送餐。在這短暫的時間內，她可以成為每個人眼中的她。只是個服務生，工作賣力，把小費存起來準備連假時去卡波聖盧卡斯玩，或是買新的皮夾克。一股輕快感穿過她，讓她感到期待又興奮，就像暑假被放出學校的學童。

蓋伯到廚房找她，她正向廚師吩咐某份素食點單要怎麼做。蓋伯年約四十五歲，毛髮漸禿，襯衫邊緣總是繃得很緊。他是個公正的上司，看起來對員工不假辭色又沒耐性，但他們需要請假時他總是不會刁難。「伊娃，」他說，「妳什麼時候才肯讓我給妳多排一點班？我需要妳每週上超過兩天班。」

「不了，謝謝。」她說，「多上幾天班會難以兼顧我的嗜好。」

「嗜好？」蓋伯一頭霧水，「什麼嗜好？」

伊娃靠在廚房牆上，很慶幸可以休息一下，她扳著手指一一細數。「打毛線，捏陶，溜競速滑輪。」

其中一個洗碗工噗哧一笑，她朝他眨眨眼睛。

蓋伯搖搖頭，嘀咕著他的好意沒人領情什麼的。

有人從廚房另一頭大聲說話。「伊娃，四號桌看起來可以點餐了。」

她走回用餐區，時間已將近九點，這裡變得比較空。她走到四號桌時，硬生生煞住腳步。坐在那裡的是她的模範客戶傑瑞米，他左右兩側勢必是他的父母。

傑瑞米是主修傳播的大三生，他父親要求他每科都要拿A，才肯繼續支助傑瑞米的學費和揮霍的生活，包括BMW、柏克萊市中心的頂樓公寓，以及伊娃做的藥。傑瑞米跟布瑞特不同，總是全額付清。銀貨兩訖。跟他作生意很愉快。

她不時會在現實生活中巧遇客戶，而他們總會因此有點不知所措。傑瑞米也不例外。他看到她的時候臉色變白，目光快速瞟向最近的出口。他母親在研究菜單，他父親在滑手機。伊娃微笑，希望安撫他的情緒。「你們好，我來向三位介紹一下本日特餐。」她熟練地背台詞，同時傑瑞米不肯看她。她能體會他的慌亂。她過了好多年才弄懂，別人根本看不出她在演戲，他們不知道她跟人約在公園或雜貨店旁的街角見面是在幹什麼勾當。世界上充滿懷著祕密的人，沒人跟表面上一樣。

上甜點之前，傑瑞米把她堵在廁所門口。「妳在這裡做什麼？」他氣急敗壞地說。

「我在這上班啊。」

他越過她肩膀朝用餐區張望。

她順著他的眼神看去，然後說：「聽著，傑瑞米，你可以放輕鬆。我給你個建議：只要你態度堅定，你要別人相信什麼他們都會相信。你不認識我，我也不認識你。」她走開了，留他一個人站在男廁和緊急逃生門之間的位置。

伊娃下班後，在停車場經過卡斯楚探員的車，她刻意對到他目光一瞬間才讓眼神飄開。不管他在玩什麼遊戲，她都奉陪。

克萊兒

二月二十三日，星期三

我盯著電腦螢幕上凍結的影像，直到眼睛分泌淚液，直到我只能看到一堆像素堆疊在一起——桃紅色塊，深色陰影，應該有臉的地方是淺金色頭髮。

那件桃紅色喀什米爾毛衣，是某一年羅里的瑪麗姑姑送我的聖誕禮物。「讓妳生活在庫克家族冷得像石頭的核心時，有個東西可以保暖。」當時她大笑說道，一邊搖晃著幾乎已空的酒杯中的冰塊，像是想把杯底殘留的琴酒給晃出來。

當時我把那件柔軟華貴的毛衣擱在腿上，等著某人插話，為瑪麗姑姑的話打圓場。但他們只是默默讓那一刻過去，羅里對我眨了一下眼，好像現在我也參與了家族祕密。

同一年聖誕節的稍晚，瑪麗姑姑醉醺醺地湊到我身旁，說：「全世界都愛羅里．庫克。」瑪麗是羅里父親的大姊，沒有結婚，被視為家族中的累贅。她壓低音量，口氣散發濃濃的琴酒味。「但妳要小心別忤逆他，否則會落得跟可憐的瑪姬．莫瑞提一樣的下場。」

「那是意外。」我說，目光緊盯著羅里，他在房間另一側，正和幾個堂弟堂妹鬧著玩。當時的我尚未完全回過神，真的相信我已得到一向夢寐以求的生活，與三代的庫克家族聚在一起歡慶佳節。我想配合他們的傳統。在兒童醫院唱聖誕頌歌，在教會參加燭光聚會，接著是午夜聚餐，這是我從小就渴望的家庭生活，與我童年時代那些安靜的節日形成強烈對比。

但我的直覺在發出警告聲，迫使我留下來聽聽她想說什麼，因為我對羅里的想法開始動搖了，他的關注所散發的熱力開始讓我感到刺痛。我開始察覺自己付出什麼代價，開始想念以前視為理所當然的小事情。挑選我的朋友的自由；心血來潮時抓起車鑰匙就出門，而不是得先跟至少兩個助理和一個司機報備。

瑪麗姑姑發出巫婆般的笑聲。「噢，原來妳是『羅里真可憐』那個陣營的，就跟全世界的人一樣。」她啜了一口酒，說：「我跟妳說啦，我弟弟花錢封住所有相關人士的嘴，在家族裡早就是公開的祕密了。要是沒什麼好隱瞞的，他何必做這種事？」她對我露出狡獪的笑容，我看到她的粉色口紅向嘴巴周圍的縫隙暈開。「只要妳乖乖聽話，庫克家族的男人都很體貼。但妳若是越界一步，就自己小心點了。」

房間對面的羅里因為堂弟說的話而仰頭大笑。瑪麗姑姑順著我的目光望去，搖搖頭。「看到妳我就想到瑪姬——她是個出身單純的好姑娘。瑪姬跟妳一樣，似乎為人正直，那是這個家族嚴重缺乏的東西。但她和羅里吵得像狗一樣兇，任何小事都吵。」她看著我，嘲諷的笑容被酒精弄得有點似笑非笑。「她駕馭不了他。我猜妳也不行。」

「妳為什麼跟我說這些？」我問。

瑪麗姑姑用水汪汪的眼睛盯住我，眼周深深的紋路中刻著歲月的痕跡。「這個家族就跟捕蠅草一樣——表面光鮮亮麗，底下暗藏危機。一旦妳知道他們的祕密，他們就絕不會放妳離開。」

她喝醉了。滿腹牢騷。一個惡意中傷的怨毒老女人。然而，她的話卻在我腦中徘徊不去，同時一年年過去，羅里變得沉默，繼而憤怒，最後是暴力。我想要相信羅里一絲不苟呈現給世人看的那個版本，但他用毆打消滅了我的欲望，一次一塊瘀青、一根骨折。

幾年後瑪麗姑姑就去世了，是庫克家族那一輩最後一位凋零者。但每次我穿上那件毛衣，她的話就會跟著我，一陣絮語——或警告——她說瑪姬．莫瑞提的命運也可能成為我的命運。

❖

外頭某處有狗在叫，把我的心思拉回房間和筆電上。我將游標移回來，從頭播放影片，用力盯著穿桃紅毛衣的模糊身影，眼睛都有灼熱感了。不管我如何努力，都看不出更多線索。只是金髮——是長是短都看不出來。只是一抹桃紅——一閃而過——我試著提醒自己，很多人都會穿桃紅色毛衣，在各種天氣裡都會穿，而伊娃確實掃描登機證上了飛機。這是作不了假的。

❖

「一杯本日咖啡，麻煩留一點擠鮮奶油的空間。」星期四一早我對咖啡師說。我刻意迴避眼神，也仍戴著紐約大學棒球帽，緊張到不敢露出整張臉。以後一直都會是這樣嗎，害怕得不敢正眼看人並笑一下？

我整夜輾轉難眠，腦中不斷重播記者會那一抹桃紅，但不管我用多少方式替伊娃想像一條生路，都免不了碰上鐵錚錚的事實：我的機票被掃描上了飛機。她不太可能有時間說服另一個人跟她交換機票，而要是她在起飛前下飛機，空服員在算人數時就會注意到。今天早上我醒來時，深信那只是巧合，那只是罪惡感作祟，希望伊娃有不同的遭遇。

我付了咖啡錢，坐進柔軟的皮革單人沙發，這個位置能清楚看見門口和外頭的街道。

因為想再試著打給佩特拉，昨天晚上我用Google搜尋怎麼重設預付卡手機的密碼，成功解鎖伊娃的手機。正如我所料，它沒有揭露太多資訊。沒有照片，沒有電子郵件。她用了一款叫Whispr的APP，我剛來第一晚收到的簡訊都沒了，消失於虛無。就算在那之後有收到其他簡訊，也都不見了。

我解鎖之後，再次撥了佩特拉的號碼，想像自己聽到她的嗓音會有多麼安心。看到她站在伊娃的門廊上，包車在路邊待命，等著救我脫離這噩夢，把我送到安全的地方。舊金山某間時髦飯店，我們可以叫客房服務，等尼可認識的人幫我做一套新的文件。

但通話在三響後結束。本號碼已經停用。我試了幾種不同的變化，把次序調換，抽換其中一些號碼。我打到一間熟食店、一個只會說西班牙語的老太太，以及一間幼稚園，才終於放棄。尼可的話幽幽浮現在我腦中：妳絕對不能回去。一次都不行。不管以任何方式，都絕對禁止。

我從咖啡店櫥窗往外看，看著柏克萊活過來。一小串人進店、點餐、又離開，早晨的尖峰時段順應大學城的作息，也跟著向後挪。到了六點半，店裡又空無一人，我的咖啡已差不多喝光了。

咖啡師從櫃檯後頭出來，開始擦拭我隔壁的桌子。「妳是從外地來的？」她問。

我僵住，不確定該怎麼回答，擔心自己是不是被認出來了。但她絮絮地說下去，讓我有時間反應。「上門光顧的人我幾乎每個都認識——就算不知道名字，也認得長相。但妳是新面孔。」

「我只是過路客。」我說，收拾東西就準備離開。

她抹了桌子最後一下，望著我。「別急著走啊，」她說，「想待多久就待多久。」說完她就回到櫃檯後頭，開始煮新一壺咖啡了。我靠向椅背，看著路口的號誌燈從紅色切換到綠色，再切回紅色。

大約七點半的時候，店內變得人滿為患，於是我就走了。櫃檯後的女孩在我離開時朝我揮手微笑，我也回應她，感覺有一絲小小的愉悅裹住我。

❖

我知道自己不能永遠躲躲藏藏，決定逼自己走到外頭的世界，去散散步。所以我沒有回伊娃家，而是在赫斯特街上轉朝西，沿著校園最北邊的外圍走，讚嘆地看著屹立在建築和大片草地間粗壯的巨大紅杉。我走到校園西側時，轉朝南走，然後再繞回東側，這次走在校園南邊。這是你在電視上看到、在書上讀到的柏克萊。有一個鼓圈在學生會外頭占了個位置，路人不管要去教室或辦公室都從他們旁邊掠過，低著頭抵擋冷冽的晨風。我爬上山坡走向老舊的石造體育館時，轉身向西眺望，一道強風穿透我薄薄的衣袖。我瑟瑟發抖，盯著一大片白的舊金山，灰色的水與北方山坡的深綠和金色形成對比，金門大橋是髒兮兮的橘色剪影。那裡的某處就是伊娃成長的女修道院。她整個童年都在那些有如在遠方閃耀的建築之間度過及失去。

我穿過校園時，想像成為這裡的學生是什麼感覺，跟許多人一樣趕著去上課，我也試著幻想伊娃身在其中的模樣。我接近一座橋時放慢腳步，那橋跨在一條小溪上，我靠著護欄，俯視沿著山坡向下流入海裡的湍流。微風在我上方耳語般穿過高大的樹木，那低低的沙沙聲使我的思緒都慢下來。我無法想像會有人想離開這樣的地方。

我一推護欄站直身子，繼續走回伊娃家，經過咖啡店，那個咖啡師還在輪早班，然後我經過另外幾間打烊的商家——二手書店、美髮沙龍——直到回到伊娃的社區。我爬上蜿蜒的山坡路，呼吸變得急促，我經過公寓大樓、小型洋房以及與伊娃家類似的雙拼別墅。我在經過時朝裡望——有個女人坐在飯廳餐桌旁，餵坐在兒童椅上的嬰兒吃東西。有個頭髮亂七八糟的大學生雙眼浮腫、彷彿還沒睡醒，眼神呆滯地盯著廚房窗外。

我轉過街角走到伊娃那條街上時，與一個朝我走來的男人撞了個滿懷。他抓住我的手臂以免我跌倒。「抱歉，」他說，「妳沒事吧？」

他的髮色是黑的，有幾絲初生的白髮，不過他看起來不比我大多少。他的眼睛被墨鏡遮住，身穿長大衣，裡頭隱約有一抹鮮豔色彩。黑長褲，黑鞋子。

「我沒事。」我說，我越過他望向伊娃住的整條街，好奇他從哪裡來的，是不是伊娃的鄰居。

「今天早晨天氣很好，很適合喝個咖啡再散散步。」他說。

我對他露出緊繃的笑容，繞過他，感覺他的目光壓迫我的背，直到街道彎了個弧度，我才擺脫那種感覺。

我進屋關門上鎖後，才反應過來。他怎麼知道我剛才去喝咖啡和散步？我感到沉重的恐懼掠過全身，那微微的顫慄讓我更加不安和緊張。

❖

我回到電腦前，察看羅里的電子郵件，發現有一封國家運輸安全委員會寄來的新信件，他轉寄給丹妮兒了。對方要求提供我的DNA樣本和牙齒紀錄。他的指示簡單有力：處理一下。

我望向窗戶，明亮的朝陽透窗灑入。如果他們找到遺體了，他們發現我不在那裡只是遲早的事。還有發現那裡有個不該出現的人。

我點到共用文件，及時看到羅里和布魯斯對話的尾巴，我得往上滑才能找到開頭。但內容並非如我預期跟找到屍體的事有關，而是關於昨天深夜寄來的一封電子郵件，寄件人叫查理。

我幾乎能聽見羅里嚴厲的語氣，他下指令時簡潔的用字。

羅里．庫克：

這事多年前就處理掉了，用的是現金。你得提醒查理出來爆料將付出什麼代價。

查理？我能想到的唯一一個查理是查理．法納甘，他是為基金會處理帳務的資深會計師，兩年前就退休了。我讀完他們剩下的對話，注意到羅里的用語愈來愈激動，布魯斯則變得安撫和勸慰。但最令我一頭霧水的是羅里最後一句評語，因為在他一貫盛氣凌人的語氣中，竟藏著一絲脆弱。

羅里．庫克：

我無法承受現在這件事爆出來。我不在乎你怎麼處理，或是要花我多少錢。搞定它就對了。

我在羅里的收件匣裡搜尋查理寄的電子郵件，搜到很多封，卻都不是羅里和布魯斯在討論的那一封，也都不是最近寄的。而且就我所見，查理寄的每封信都至少列了另外兩個基金會人員為副本收件者。

我插進隨身碟搜尋那裡頭的檔案，可是只找到所有員工都簽署的制式保密協議書。因此我把從他電腦複製的幾千個文件檔按字母排序，專門鎖定C和F開頭的去看。唯一能讓羅里這麼手忙腳亂的事，就是查理知道某種財務過失或謊言，可能會影響羅里競選公職。那項資訊顯示瑪喬莉．庫克的黃金之子畢竟只是金玉其外。這正是我當初複製硬碟的用意。就像樹林裡的熊一樣，你不用看見牠也能知道牠就在那裡。

但我讀到的大部分檔案都扯不上關係。稅法相關的備忘錄，季度報告。我的名字偶爾會在策略要點中突然冒出來。*克萊兒在這裡可能比較好*，其中一處這麼寫，指的是市中心一間藝廊的開幕式。我點開一個又一個檔案，但它們全是廢物，沒用的噪音，像是在翻別人的垃圾。

一小時後，我放棄了。不管查理知道什麼把羅里嚇到的事，我都不會輕易找到答案。就目前來說，我得安於靜觀其變。等他們說更多。

伊娃

柏克萊市，加州
九月
墜機前五個月

「穿上鞋子，」九月底某個晴朗的週六，莉茲說道，「我要帶妳去看棒球。」

伊娃和鄰居去看棒球比賽。「棒球？」伊娃問。

莉茲說：「不是隨便一場棒球喔，是巨人隊，主場賽。」

「我們住在東灣耶，不是應該去看奧克蘭運動家隊比賽嗎？」

莉茲聳聳肩。「我們系主任有季票，她邀了幾個老師，我問說能不能帶個朋友。」

伊娃中斷製藥已經三星期了，這段期間她享受著人生第一場假期。在杜普里餐館多值幾天班，並且花很多時間和莉茲相處，給她的感覺近似於她想像中簿記員或會計好不容易可以休假時的心情，他們在某地的沙灘上待了兩三週後，可能就會忘了試算表和財務報告，太陽的熱力濾除他們身體中的壓力。

但卡斯楚的威脅始終未遠離她的心思。她發現自己在為一個觀眾演出，走得更慢，笑得更大聲，逗留得更久。她把這當成一場遊戲。每次莉茲邀她做什麼，她都得答應。參觀柏克萊大學植物園；到索拉諾街看電影和購物，之後再去Zachary's吃披薩。每次邀請都是個機會，讓監視她的人知道她只是普通人。

她們聊哲學、政治、歷史，甚至化學。伊娃赤裸裸地分享了她的過去，在聖若瑟長大是什麼狀況，她盡可能貼近事實，這樣更能顧好她的謊言。對於她為什麼沒讀完大學，她編了個故事——由於財務援助出了問題，她的錢用完了。不過這讓伊娃能暢所欲言地聊她在柏克萊就讀的日子，於是兩人因為對校園生活的想法而一拍即合。校內人士的各種怪癖，與史丹佛大學的強烈競爭心態，還有不曾生活在其中就不會理解的那些傳統。

「妳在家鄉有家庭嗎？」有天晚上伊娃問道。

「我有個女兒，她叫艾莉。」莉茲說，眼睛盯著蠟燭搖曳的燭焰。「我是一個人把她帶大的——她爸爸在她七歲時離開了。」莉茲嘆口氣，低頭看著紅酒杯。「那對我們母女倆都很難熬，不過現在回頭看看，我覺得這樣反而比較好。」莉茲述說前夫龜毛的個性，他會要求牛排一定要怎麼煎才對，或是對年幼的女兒寄予不切實際的期待。「我很慶幸她不必在那種咄咄逼人的壓力底下長大。」

「她現在在哪裡？」伊娃問，對那個有幸生作莉茲女兒的女人很好奇。

「她為一個非營利機構工作。工時很長，幾乎沒有休假日。我來加州期間，她把她在市區的公寓轉租出去，好替我看家，不過我擔心她在紐澤西會太自閉，跟朋友都疏遠了。」她說，對伊娃羞赧地微笑，「天下的媽媽都是一樣的。」

伊娃盯著她，真希望這句話是事實。

其他時候，伊娃會問莉茲一些她教的課的問題，然後靠向椅背讓她滔滔不絕。莉茲天生就該吃教師這行飯，她能讓複雜的概念看起來很單純，感覺就像重溫大學時光。也許更好。原本天天都出現在她生活中的戴克斯徹底消失，被這個普林斯頓大學來的健談、嬌小又聰明的女人取代。

所以九月這個明亮的星期六，莉茲拿著兩張棒球票站在她面前時，伊娃已經準備好再次答應了。也許甚至是欣然答應。

「當然好，」她說，「等我一下。」

她把莉茲留在客廳，衝上樓換衣服。她套上網球鞋時不經意瞥了一眼手機，看到戴克斯傳來一封簡訊。

都搞定了。魚要妳立刻動工。星期一帶全部的貨到提爾頓見面。

她盯著簡訊，直到Whispr使它變淡消失。

伊娃重重坐到床上，訝異自己第一種感覺不是鬆一口氣，而是難過。這是她一直在等的結果。她跟莉茲相處全都是為了這個——擺脫卡斯楚，伊娃能回去工作。但這感覺像空洞的勝利，她到手後卻已不想要了。她的目光閃向門口，莉茲在樓下等她，渾然不知自己已沒有用處。

但伊娃會去看比賽，把這角色扮演久一點。她把手機丟到五斗櫃上，力道大得不必要，它滑過光亮的木頭撞上牆壁時，那刺耳的重響讓她吃了一驚。

❖

她們搭舊金山灣區捷運穿越海灣，跟著大批人群走向體育場。排隊時，莉茲慫恿她走向一個拍照點，民眾可以在伊娃不認識的球員立牌旁擺姿勢。「來嘛，」莉茲說，「好玩嘛，我請客。」

伊娃猶豫著。她不愛拍照，只拍過沒人買的學校紀念照。她想不起曾經有人拿相機對著她說「笑一個」。但伊娃很配合，心裡有點開心能有個紀念品。

入場後，她們找到座位，莉茲政治學系的同事都親切地向她打招呼。在場的包括莉茲最好的朋友愛蜜麗以及她的伴侶貝絲，再加上她們的系主任薇拉。伊娃坐在最旁邊的位置，讓她們的對話飄在周圍——誰拿到獎助金誰沒拿到、誰可以發表論文誰不行這類八卦。抱怨不知道是誰老是用辦公室的微波爐把爆米花烤焦。

對伊娃來說，這等於是一窺她曾夢想自己會擁有的生活。在一切出錯之前，她曾想像自己成為柏克萊大學的教授。在吉爾曼樓講課，帶研究生，大步穿過校園，微笑回應學生們的問候：「嘿，詹姆斯博士。」

伊娃感到後悔像把刀刺進心裡，讓她很意外，多年來她都相信自己已經接受了現實。後悔就是這麼奇妙，它住在你心裡，縮得小小的，直到你幾乎能相信它已經消失了，結果卻被無意傷害你的人給召喚出來，而它已成熟健壯。

她們終於把注意力轉向比賽。薇拉在記錄分數，大談球員分析數據和即將到來的交易，其他人則辯論亂吐葵花子的殼有沒有比亂吐菸草汁來得好一點。巨人隊得分時伊娃歡呼，她也喝了啤酒、吃了熱狗。伊娃原本以為這種生活只存在於電影中，一切都能如此完美——草地、太陽、穿著潔白制服的球員，全壘打球飛出圍牆掉進舊金山灣，那裡有一群人戴著棒球手套坐在獨木舟上等著接球。

就在第六局即將開始時，愛蜜麗傾過身來，說：「伊娃，我真高興妳今天能來。莉茲已經把妳掛在嘴邊好幾個星期了。」

一波愉悅掠過伊娃，但她秀出最羞怯的笑容，通常這是保留給銀行櫃員和警察看的。「謝謝妳們邀請我。」她說。

莉茲迅速馳援。「我在我那個年代見過很多聰明的腦袋，但伊娃是我遇過最敏銳的人。」她說，「上次她幾乎說服我，凱因斯主義經濟學可能比自由市場更好呢。」

愛蜜麗一臉佩服。「這可不是小事。妳大學念哪裡？」

伊娃遲疑著，想像要是她回答柏克萊大學，她們會問哪些問題。妳主修什麼？妳上過哪些教授的課？妳哪一年畢業的？妳認識費茲傑羅博士嗎？然後其中一人會迅速發現真相——在教職員俱樂部不經意地提起，有人輕聲重述她的故事。化學系很小，柏克萊的人也不會另謀高就。那裡很可能還有幾個記得她的人。

幸好莉茲察覺她的不自在。「她在史丹佛念化學。」她說，對伊娃微笑，「盡量不要怪她。」

❖

「妳不需要為我說謊。」稍後伊娃說道，她們跟其他人道別，沿著內河碼頭散步，走回舊金山灣區捷運站。晚風輕柔地拂著她皮膚，午後的陽光仍隱約可見。

莉茲揮揮手要她不用放在心上。「她們都是一群婆婆媽媽，她們會給妳一堆妳不想聽的建議，勸妳回學校把學位念完。她們才不管妳是不是聰明到如果想這麼做，早就設法辦到了。」

伊娃想著灣區另一邊有什麼在等她。絕對不是回去念大學的可能，那對她來說絕不是選項。在莉茲出現以前，伊娃一直很開心。但現在她體內深處有種飢餓在翻騰，渴望與莉茲及她的朋友相處更長時間。但不是以點頭之交的身分。她想成為那世界的一部分，想住在裡頭。伊娃想要抱怨女人為什麼不能擁有跟男人相等的獎助金機會，她想感覺宣布又一篇論文發表在經同儕審查的期刊上那種興奮，她希望用辦公室微波爐烤焦爆米花的凶手就是她。

一想到要回去工作——遮遮掩掩，說謊，每次她離開房子都甩不掉的警戒——這概念把她壓成一個緊實的結，從她被柏克萊退學後就沒感受過的悲傷在她體內迴旋，她的大腦開始規劃必須做哪些事。添購原料；清洗設備；開始設置舞台，準備疏遠莉茲。她一開始得先說要在餐廳多值幾天班，或是捏造一個男朋友，「他」很快就會占據她的自由時間。

可是在漸暗的暮色中，海灣的水拍打著碼頭的樁材，海灣大橋的燈光在她們上方畫出優美的弧形閃爍著，像一支射入黑暗的箭，伊娃感到有股吐露心聲的衝動。想告訴莉茲某件完全真實的事。「我最後一個寄養家庭就在那座山丘後面。」伊娃告訴莉茲，指向西邊的諾布山。

莉茲看著她。「後來怎麼了？」

卡門和馬克是伊娃人生中最近似於家人的對象。她八歲那年，這對夫妻來到聖若瑟，有意收養一個小女孩。陪他們來的是負責她的社工亨德森先生，那男人臉色蒼白、頭髮稀疏，公事包裡裝滿檔案。卡門開朗又有活力，伊娃見到她時，她似乎充滿能量而發光。卡門的丈夫馬克比較拘謹，對妻子百依百順，始終目光低垂。伊娃好奇他是不是也懂得，最好永遠保留一部分的自己不要讓其他人看到。

「卡門與馬克。」現在她告訴莉茲，「一開始很棒，他們用了點辦法，讓我進了學校的資優班。買了一大堆書和衣服給我，帶我去博物館和科博館。」

「聽起來很不錯啊，結果怎麼了？」

「我開始偷東西，先是偷錢，後來是一條幸運符手鍊。」

莉茲銳利地看她一眼。「妳為什麼要偷東西？」

刁鑽的部分來了。伊娃想向莉茲解釋，想幫助她理解自己真實面貌重要的一部分。亦即她從很小的時候就躲在謊言編織成的布幕後，從未給予任何人足夠的信任，讓他們看見真正的她。

「被嫌棄是一種沉重的負擔，」她輕聲說，「讓人始終無法完全學會怎麼跟世界互動，好讓別人看見你。」

一大群人朝她們走來，嘻嘻哈哈、搶著說話，伊娃等著他們經過。她該如何解釋自己當時的感受，聽到卡門和馬克吹噓她有多聰明，他們能選中她有多幸運？感覺他們用保鮮膜把她包起來了。別人仍然能看到她，但她的本質被困在他們的期望底下，而她擔心真相滲漏出來時會發生什麼事。「把他們推開比較簡單，」伊娃終於說，「他們看著我的時候，看到一個毒蟲的孩子。我所做的每件事——無論是好是壞——都是透過那片濾鏡看出去的，只要我跟他們在一起，那就永遠是我的黑歷史。*伊娃在這麼短時間裡克服這麼多難關真是了不起，或是有鑑於她經歷過的事，你也不能怪她。*我需要示範給他們看：他們修不好我，我也不想被修好。」

「妳想要定義自己是誰。」莉茲說。她勾住伊娃的手臂，伊娃依偎在她身上，很喜歡莉茲的肩膀與自己相抵的堅實觸感，她想把這一刻延續到永恆，永遠不要走下舊金山灣區捷運站，永遠不要穿越海灣回到原本的生活中，那生活的核心既乏味又腐敗。「所以妳就在女修道院一直待到畢業？」她問。

伊娃點點頭。「待到我滿十八歲，開始念柏克萊。」

風從海灣往上颳，通過漏斗狀的高樓間而變得更強勁，伊娃用另一隻手臂緊摟住她，想著自己幾乎擁有的家庭，如果她是另一個人的話。一個更好的人。但是早在卡門與馬克出現之前，那種可能性就斷裂了，從中央迸開，碎片粗糙而參差不齊。她將自己與最尖銳的碎片隔絕開，但莉茲伸手進來，溫柔地解開它們的包裹物，讓她明白她不用害怕想起自己的過去。她可以把碎片捧在手裡，而不會弄傷自己。如果她想的話，可以使它們發揮作用。

她們默默走下樓梯，經過驗票口，來到月台上。遠方列車微弱的聲響沿著黑暗的隧道傳來，伊娃想像她們上方街道上的人，開車、走路、在金融區的摩天大樓裡工作。那所有東西沒有塌在她們身上，真是個奇蹟。

「妳有沒有想過要去找妳的血親？」

伊娃搖頭。「跟卡門還有馬克的事吹掉以後，修女她們又試了一次，想讓我跟他們重聚。」她朝隧道裡張望，尋找她們的列車，但四周安靜無聲。「他們拒絕了。」

「他們可能做了能力範圍內對妳最好的事。」

伊娃知道事實大概是這樣沒錯，她跟著毒蟲一起長大不會有任何生活可言，不過這樣的認知與被拒絕擱在一起——並沒有辦法互相抵消。「我不知道我有沒有真正原諒他們的一天。」她說。

莉茲搖頭。「妳不知道他們當時在應付什麼難題。妳母親的問題很可能占據了他們心裡每一吋空間。我只能想像那是種什麼樣的地獄。」她朝月台另一端瞥去，然後目光移回伊娃身上。「妳不能為了他們有自知之明而怪他們。即使他們的自知之明包括照顧不了妳。」

她們頭頂的顯示器閃現她們的列車編號，伊娃感覺到它的到來使腳下隆隆作響。莉茲一手按在她手臂上，說：「聽著，妳顯然知道什麼事對自己最好，不過我察覺妳不快樂，妳心裡有個洞，讓妳跟其餘世界保持距離。我討厭看到妳受傷。去找他們不表示預期美滿結局，我不認為那是妳該做這件事的理由。但是資訊就是力量，一旦妳掌握資訊，妳就能決定要怎麼處理資訊。我只希望妳擁有那樣的權力。」

她們默默等待，伊娃考慮她說的話，在腦中反覆咀嚼。她好奇認識跟自己有血緣關係的人是什麼感覺，跟她長相相似的人，他們帶著家族記憶，知道自己的尖鼻子或金髮是遺傳自誰。她從未和任何人有過這樣的連結。

莉茲用低沉的嗓音說下去。「妳不是唯一想要從血親那裡得到答案的養女。」

「我從未被收養。」

莉茲短暫地閉了一下眼睛，然後張開，轉頭看伊娃。「對不起，妳說得對，這不關我的事。」

「嗯，我很感謝妳說這番話，真的。但那種拒絕會對人造成某種影響，它會打擊你，深入你的核心。它讓人不可能再露出弱點，再對任何人敞開心房。」

莉茲望著伊娃，目光穩定又充滿理解，迫使伊娃移開視線。就在此時，列車駛入車站，後方的人往前擠，推著她們進入打開的車門。

❖

回柏克萊的路上，伊娃端詳身旁的莉茲，看著那白色短髮和莊嚴挺起的肩膀，思考莉茲提議的事。伊娃想像她的血親在茫茫人海裡，試著忘了他們拋下什麼——有個毒蟲女兒的心痛，還有為了救她而犧牲的外孫女。如果她出現，他們會得到什麼？更多心碎，更多痛苦。提醒他們當年放棄她畢竟是正確的。

伊娃做的事比她母親做過的事更糟。她母親有病。伊娃只是個毒販，想到有個十九歲青年為了幾百元被打得血肉模糊，她連眼睛都沒眨一下。伊娃想到她放在家裡的手機，等著把她往下拖。拽著她遠離莉茲，後者渾然不知真正的伊娃是怎樣的人。

列車隆隆奔馳、左右搖擺，捷運降到海灣下方時，伊娃的耳內壓力改變，燈光閃爍，在她們周圍投下昏暗的影子，她想著隔天她得把廚房的置物架推開，回到工作崗位，便感到緊張的觸鬚落地生根，然後開始向外蔓延。她真希望自己能讓時光倒流，回到莉茲站在她門口的當天早晨，莉茲的興奮之情幾乎要滿溢出來。或是更早一點，到在提爾頓公園等布蘭妮的那個下午，她會聽從自己的直覺回家去。準備到杜普里餐館上班，離卡斯楚與布蘭妮的合謀遠遠的。或是倒到更遠的時間點，倒到她宿舍外的人行道上，對戴克斯說「不用了，謝謝」。對韋德說「不用了，謝謝」。希望就是這麼麻煩，它們總是一個接一個。愈來愈貪心。回溯時光，一個又一個需要解開的結，從未注意到它們如何纏住你，直到你被拖下去。

但伊娃盯著黑色的車窗上她暗暗的倒影時，心中突然掠過一個念頭，它好清楚、好純粹，讓她不禁打了個冷顫。*我不幹了。*

一個不可能實現的願望。小魚和戴克斯絕不會放她走的，不只是因為她能做的事，也因為她知道的事。即使她的業務區隔獨立，她仍然知道太多。

我能查出更多嗎？

原本卡斯楚的存在感覺是個威脅，但她現在發現它也可能是個機會。伊娃能趁這個機會成為莉茲眼中的她。她撫摸她們兩人在體育場門口拍的照片，它看起來已經像另一個時代遺留下來的東西。列車從海灣東側再次爬升，外頭的天光重新盈滿車廂，伊娃感覺那光滑進她心裡，在原本黑暗的地方創造空間，原本絕望的地方有了希望。

伊娃會做他們期待她做的事——回去工作，送藥——但在那底下，她要做她最擅長的事：觀察。還有等待。並利用每個人的自滿。因為她毫不懷疑地知道，卡斯楚會回來的。而這次伊娃會準備好跟他見面。

克萊兒

二月二十五日，星期五

星期五早上，我在咖啡店等咖啡時，晃到徵人布告欄前去看看。我有個暫定計畫，是拿走伊娃的社會安全卡、出生證明以及其他相關文件，然後搬去別的地方。而那得用上比我手邊所剩三百五十元更多的錢。

我適任的基本工資工作多得很——輸入資料、服務生，甚至在咖啡店打工——但恐懼讓我感覺動彈不得，時時衡量應徵工作的風險與利益。那表示我得以非常真實公開的方式假冒伊娃的身分。用她的名字點一杯咖啡，以及在報稅用的工資單填上她的名字和社會安全碼，是有差別的。

而且伊娃逃避的事情在我腦中翻滾，疑問的激流把我拉向無法預料的方向。我絕對不能做需要背景調查的工作。我永遠都得保持移動，不能定下來，永遠都要擔心伊娃的過去什麼時候終於會撞上我。

從窗戶看出去，學生開始往教室走動了。一群學生走下公車，有的握著咖啡杯、戴著耳塞式耳機，其他人看起來疲倦憔悴，在這星期五早上起得太早。

他們散開以後，我又看到他了。昨天那個男人，站在街角，等著過馬路。他穿著同一件毛料長大衣，手臂底下夾著一份報紙，像是要去上班。我盯著他，試著搞清楚他為什麼令我不安。他只是個有地方要去的男人。我在伊娃家待得愈久，社區裡的人會變得愈熟悉。

可是號誌燈切換時，他回頭直直看著我，像是他知道我會在這裡看他。我們四目相接，我感覺到他目光的重量，好奇又帶著探索。他抬起手默默行禮，專門針對我，然後他過馬路，消失在校園裡。

「伊娃？」咖啡師說。

我轉頭，仍然訝異我膽子這麼大，對她用了這個名字。感覺風險很低，這個咖啡師看起來更關注本地樂團而不是全國新聞。

「在找工作嗎？」她把本日咖啡給我，這是菜單上最便宜的品項。

「算是吧。」我說，遞給她兩元。

她揚起眉毛並把零錢找給我。「是就是，不是就不是。」

「是。」我轉開身，往咖啡裡加進大量鮮奶油和糖，足以讓我飽好幾小時。我不知道該怎麼告訴她我迫切需要工作，我非常擔心會把錢用光，永遠困在這裡。

「我幫一個宴會承辦師打工，」她邊說邊擦拭咖啡機旁的檯面，「他總是在找額外的人手當服務生。妳有興趣嗎？」

我猶豫著，試著決定我有沒有這膽子給出確切的答案。

她瞥了我一眼，繼續清潔。「時薪二十元，還有——」她對我狡獪一笑，「他都付現金，不報稅的。」

我啜了一口咖啡，感覺滾燙的液體燙傷我喉嚨內側。「他會雇用沒見過的人？」

「他其實求才若渴。這週末他有場盛大的派對，結果兩個服務生落跑了，因為她們要參加某種姊妹會會議之類的。」她翻了個白眼，把抹布丟進身後的水槽。「如果一切順利，妳可能成為固定班底。」

我一手安排過幾百場包含宴席的活動——規模有大有小——我很好奇擔任幕後工作是什麼感覺。成為其中一個沒有名字的人，我在主持活動時幾乎不會注意到他們。「我要做什麼事情呢？」

「擺設桌子，用托盤端食物，微笑回應爛笑話，還有清理所有東西。活動七點開始，但我們四點就開工。星期六三點半在這裡跟我會合，穿黑長褲和白上衣。」

我快速心算。一小時二十元，不報稅，能讓我一個晚上賺到將近兩百元。

「好。」我說。

「我叫凱莉。」她說，伸出手跟我握手。她的手有力而涼爽。

「很高興認識妳，凱莉。還有謝謝妳。」

她微笑。「不用謝我，妳看起來需要喘口氣，這種感覺我略懂。」

我還來不及說什麼，她就穿過推拉門到後場去了，留下我站在原地，對自己的好運驚嘆連連。

❖

現在才早上七點，一想到要直接回伊娃家躲一整天，就讓我感覺焦躁不安。所以我穿過校園走到電報街。我站在學生會外面，看著人群在路口穿梭，走向他們的目的地，渾然不覺他們有多麼幸運，享有彼此輕鬆交談的特權。可以辯論，或一起為同個笑話大笑。分享餐點，晚點也許也分享枕頭。我感到一股心癢，也想成為他們之一，只要一下就好。

我過了馬路，始終低著頭，兩手深深插在伊娃的外套口袋裡。我周圍有一些乞丐在要錢，有人試著遞給我樂團的廣告單，但我搖頭繼續走。

我一邊走，在商店櫥窗裡瞥見幾抹自己的倒影，然後我在一間服飾店前面停下來，盯著自己瞧。我的金色短髮從棒球帽底下戳出來，再加上伊娃的外套，我簡直像看著一個鬼魂。我身後人行道上的人群湧動——笑鬧的學生、遊民、年邁的嬉皮——但我只看見我永遠不會認識的陌生人。我永遠沒有自由坐下來向某人暢所欲言，永遠不能無所顧忌地聊我母親和薇樂，聊我是誰以及我從哪裡來。這就是我未來的生活。永遠警覺，眼觀四面。把我最重要的部分隱藏起來。

我等到有一大群學生要回校園，然後跟著他們走，貼近到讓我能假想自己是他們中的一分子。我不是一個人被困在這新生活裡。我跟著他們穿過緊鄰校園的繁忙街道，他們進入學生會時我才脫隊。我可以混在他們之間一起走，但我永遠不會再成為他們的一員。

我回房屋的路上，先去了趟超市採買生活必需品。我拿了個購物籃，找到我母親以前會買的廉價日用品——雜牌麵包和花生醬，大罐葡萄果醬。我略過其他她的最愛——米、豆子與洋蔥和大蒜放在水裡煨。我並不想在這裡待太久，製造剩菜平添困擾。

排隊結帳時，我的目光瞟向雜誌架，而就在《我們大明星》雜誌的封面上——這是一份介於《時人》雜誌和《我們週刊》、印刷精美的八卦雜誌。「四七七號班機空難：家屬心碎，試著撿拾碎片。」封面右上角，我的照片被飛機上的其他人圍在中間。標題寫道：慈善家羅里・庫克之妻不幸罹難。

❖

這張照片是兩年前在大都會藝術博物館一場盛會上拍的，我因為鏡頭外某人說的話而笑得很開心。不過儘管我臉上掛著笑容，眼神卻很空洞。我比多數人都能體會，祕密可以活在你的皮膚上，很難隱藏起來，因為真相總是有跡可循。

我把那本雜誌面朝下放在輸送帶上，瀏覽更狗血的那些八卦雜誌的封面。從瑪姬・莫瑞提的事之後，羅里就不曾有過這麼高的曝光率。「悲痛欲絕的羅里向神祕女子尋求慰藉」其中一本寫道，配上羅里以及某個我從未見過的女人照片。我悚然一驚，醒悟到有朝一日羅里會再戀愛，而一部分的我感到愧疚，因為我拍拍屁股走人，把那個陷阱空出來給別人。

「妳今天過得好嗎？」收銀員邊問邊開始掃我的商品條碼。

「很好，謝謝。」我說，嗓音細微而緊繃，希望在她太過注意我之前趕快付完帳。我屏住呼吸，她掃完條碼了，開始裝袋，沒看第二眼就把雜誌丟進去。我提醒自己我看起來已經不像那個女人了，別人必須仔細研究我的五官，我眼睛的形狀，我臉頰上雀斑分布的模式，才看得出是同一個人。我看起來像伊娃。我穿著她的衣服，拿著她的包包，住在她的房子裡。雜誌封面上的女人已經不存在了。

❖

回到家，我放下採買的東西，迫不及待地翻開雜誌。我看著那些不像我這麼幸運的人的笑臉，感到一股不安掠過全身。我試著想像伊娃的照片，從頁面回望著我，她在我記憶中的模樣被凍結在時間裡，意志堅定、充滿希望。同時也滿口謊言。

這是滿滿四頁的報導，配上空難現場的全彩照片。文章幾乎完全側重於人情味故事，解析罹難者的生活、訪談喪失至愛的生者。一對去度蜜月的新婚夫妻；一家六口——最小的才四歲——期待已久終於能返鄉；兩個老師在年度二月假期時想去溫暖一點的地方。他們都是可人又活躍的靈魂，在大概是漫長又駭人的墜海過程中殞滅。

我把我和羅里的專題留到最後才讀。他寄給他們的是我們婚禮時的照片，我們凝視對方的眼睛，背景是閃爍的燈光與影子。羅難者包括紐約慈善家羅里・庫克之妻，羅里・庫克是已故參議員瑪喬莉．庫克之子。他的妻子克萊兒此行前往波多黎各協助風災救濟工作。「克萊兒是我人生中一道閃亮的光，」庫克說，「她慷慨、風趣、善良。她使我成為更好的人，愛她對我造成了永久的改變。」

我坐下來，試著將這些話與我認識的那個男人搭在一起。身分是個奇怪的東西。我們是我們自稱的人，還是我們會成為別人眼中那個人？他們定義我們時，憑藉的是我們選擇給他們看的形象，還是儘管我們努力掩飾仍然被他們看出來的那一面？羅里的話配上幸福婚禮的照片，描繪出某一種印象，但讀這本雜誌的人看不到拍照之前或之後他是什麼模樣。如果你知道該觀察什麼地方，其實是有線索的。它們就在那裡，在他握住我手肘的方式，在他偏頭的角度，在他往前傾而我往後仰的動作。

我記得那一刻，不是因為它很美好，而是因為就在那之前不久發生了一件事。當時我走到房間一側去跟吉姆聊天，吉姆是我以前在佳士得的同事。我在笑，一手擱在吉姆的手臂上，這時羅里走過來，用嚴厲的眼神打斷吉姆的故事。

「笑一個嘛，」我埋怨地對羅里說，「今天應該要開心一點。」

結果羅里握住我的手腕，用力到我差點叫出來。「失陪了，」他對吉姆說，「我們得去房間另一頭拍照。」他的語氣很溫和，吉姆渾然不覺事情有什麼不對勁，但從他握住我手腕的方式，以及他繃緊的嘴巴，瞇起的眼睛，我知道我剛才輕率的發言會讓我在事後付出代價。

我發現我的大學室友隔著房間在看我們，她和幾個朋友坐在那裡，在DJ附近，我對她咧嘴一笑，希望說服她一切都很好。希望她相信我不是剛嫁給一個會開始恐嚇我的男人。

羅里命令我在接下來的宴會中都要待在他身邊。他在場內巡迴，風靡賓客，說笑話，卻未直接對我說過半句話。直到我們進了電梯，要去樓上的豪華套房，他才轉向我，眼中含著冰說道：「永遠不要再那樣羞辱我。」

我盯著自己的照片，幾乎認不出照片中的女人，我用指尖描畫她臉龐的輪廓。我希望能告訴她一切都會沒事的，她會以最出其不意的方式脫身，她只需要先撐住。

❖

我草草吃了個花生果醬三明治，便再度坐到電腦前，點到共用文件。它是空白的，不過我注意到羅里開始寫我的悼詞了。我打開它，開始讀。

我的妻子克萊兒是個了不起的女人，她的非凡生活充滿服務與犧牲。

我皺起臉。雜誌上引文方塊裡的句子還比較有感情，這文章讓我像是八十好幾的老太太，在活了漫長又成果豐碩的一生後安詳地於夢中辭世。不是原本——現在仍是——那個活力充沛的我。我不禁思考，我希望羅里說什麼呢？

我對克萊兒難以置信地嚴苛——她遠不應受此對待。我知道我讓她害怕。我有時候會傷害她。我用病態而扭曲的方式愛她，讓我們無法真正獲得幸福。但克萊兒是個好人，很堅強。我搖頭。即使在我的想像中，我都無法使羅里說出我需要他說的話。

真的很對不起，克萊兒。我對妳做的事是錯的。

但我面前螢幕上的悼詞並沒有說出任何那一類的話。它談到我在賓州的童年，並接著敘述我的慈善工作，我接觸的許多生命，我留下的人。即使讀到這裡，我也覺得缺少真正的悲傷或遺憾。但也許我對他而言不過就是如此吧。出身寒微的妻子，悲慘失去家人的妻子，在藝術界闖出一番天地，卻放棄一切加入丈夫慈善基金會的妻子。而現在，也是芳華早逝的妻子。讀起來簡直像某本小說次要角色的情節大綱，而不是我的人生。

我想像我在佳士得的前同事，在我的喪禮上坐在教堂後方的角落裡。拜羅里的隔離政策之賜，我已經很多年未跟他們聯絡了。會有幾個人來？四個？兩個？就很多角度來說，我覺得我早就死了。以前的我屍骨無存。這篇悼詞裡的人是個陌生人。

就在此時，羅里收到一封新的電子郵件通知，我切到他的收件匣。寄件者是國家運輸安全委員會的負責人，信件預覽內容讓我的背脊掠過一陣寒意。

親愛的庫克先生，我想接續我們先前的對話，討論尊夫人坐在飛機上……

我很想把信點開，讀內容，再把信標記為「未讀」。我需要知道這句話後面還說了什麼。但我逼自己等待。

我站起來在房間踱步，目光始終盯著螢幕，默默催促羅里快點看信。終於，十五分鐘後，那封信變成「已讀」狀態，我立刻衝回書桌前點進去。

親愛的庫克先生，我想接續我們先前的對話，討論尊夫人坐在飛機上哪一區。我剛才得知，儘管飛機機身相對而言算是完整，搜救人員仍回報尊夫人的座位是空的。我們會持續將找回她的遺體列為優先事項，有任何最新進展再隨時向您回報。

我肺裡所有空氣都急速抽離，我原本相信的一切都移位了，變成完全不同的東西。羅里的回信立刻出現在這封電子郵件頂端。

這是什麼意思？她在哪？

我靠向椅背，羅里對我的屍體可能發生什麼事提出的疑問在我腦中翻滾，演變成伊娃可能如何死裡逃生的疑問。她還操弄了什麼人，她可能去了哪裡。有一部分的我絲毫不意外。這女人謊稱自己殺了丈夫，一個根本不存在的男人，她絕對有本事辦到這件事。

幾分鐘後，回信來了。

在我們找到黑盒子並得到飛機失事的更多細節之前，我實在是無從揣測。尊夫人不在我們預期中的位置上可能有各種原因。很抱歉，希望您稍安勿躁。重建空難事故現場很花時間，答案還沒有那麼快出爐。

我腦中重播那一切，記者會上桃紅色一閃而過。我頭一回讓自己認真考慮：伊娃可能掃描了登機證，卻沒有真的上飛機。

伊娃

柏克萊市，加州
九月
墜機前五個月

我們改變一下模式，約在查維茲公園好了。

伊娃希望她傳給戴克斯的簡訊，能營造出她草木皆兵的印象。好像她嚇壞了。凱薩．查維茲公園是面積遼闊的草地，坐落在舊金山灣區正中央，外圍有一圈步道。每逢週末，這裡總是擠滿來放風箏的家庭、慢跑者以及滿坑滿谷的狗。不過在九月底的星期二下午兩點，這裡空蕩蕩的。伊娃發現戴克斯坐在一張長椅上，背對著海灣開闊的景色，兩手插在口袋裡。他看到伊娃時便站起身。

「我們走一走。」伊娃來到他面前時提議。

伊娃把手提包緊抓在身側，提醒自己戴克斯只是個凡人。他不會讀心術，也無法看穿她的手提包，看到她在下車前放進包包的聲控錄音筆，紅色的「錄音」指示燈亮起。他只看到面前有個飽受驚嚇的女人，這是她的優勢，一向如此。

伊娃在準備，就像有些人為天災預作準備，儲備糧食和水、規劃逃生路線、收拾緊急避難包。卡斯楚會回來，而伊娃將撒下她自己的網，用她已經知道的資訊以及馬上就要蒐集到的資訊來換取新身分。到新的城市展開新生活。卡斯楚可以給她一個背景故事，裡頭不包含毒蟲母親、寄養家庭和退學。她可以把過去的人生擦得一乾二淨。但首先她得走在剃刀邊緣，並期望自己不要失足。

他們開始沿著公園繞圈，走在水泥步道上。公園中央聳立著一座高高的草丘，遮住他們的視野，因而看不到柏克萊山和小艇碼頭。「妳有東西要給我嗎？」他問。

伊娃扠起手臂抵擋海灣颳來的寒風，說：「跟我說實話，真的結束了嗎？」

「我告訴妳了，小魚處理好了。」

伊娃難以置信般看著他。「你怎麼可能認為這樣對我來說就夠了？他們盯上的人是我，跟蹤我到我家耶。」她提高音量，情緒激動而說話顫抖。「別他媽告訴我小魚處理好了，就期望我乖乖聽話。」

很久以前，她還在兒童之家時，伊娃發現劇烈的情緒會讓大部分的人坐立不安，於是她學會利用憤怒或悲傷來為氣氛施壓，來操弄別人落入某種立場，使他們一心只想化解情緒。停止眼淚，疏導恐懼，緩和憤怒。戴克斯也不例外。而伊娃並不用太深入挖掘就找到了她要的恐懼，藉此很有說服力地說明她為什麼需要細節才能安心。

遠處有兩個女人沿著步道朝他們走來，她們正聊得起勁，伊娃繼續說。「不管去哪裡，我都懷疑有人跟蹤我。排隊時在我後面的男人，講手機的女人……」伊娃朝那兩個已離得更近的女人比了一下。「甚至是她們。我怎麼知道她們不是卡斯楚的手下？」

戴克斯抓住她的手臂把她拉向他，用氣音說：「冷靜點，伊娃。幹。」

他們站到路邊讓那兩個女人通過，等她們離得夠遠，伊娃說：「那你告訴我，『小魚處理好了』是什麼意思？怎麼處理的？因為值班員警弄丟一些文件和警長或探長中止聯邦調查是兩碼子事。」

小魚的內應在警局裡如何運作的相關資訊，並不是伊娃的最終目標。那很有用處，但伊娃只是用它來給戴克斯暖身。讓他開始說話。就像牆壁的裂縫，它會隨時間和壓力愈變愈寬。

戴克斯的目光由她身上移開，嗓音低沉，於是伊娃朝他跨近一步。「妳在公園會面的女人是個自由工作者。」他說，「妳的直覺沒錯。她是毒蟲，想要討好警方換取減刑。小魚在局裡的內應已經成功取消她的線民資格了。由於妳沒賣給她任何東西，也沒有金錢交易，他們沒東西可以查下去。他們收手了。」

他們又開始緩緩散步，並肩而行，現在風從他們後方吹來，柏克萊的綠色山丘在遠方聳立。伊娃看出「鐘樓」、體育館和克萊蒙特飯店白色的形體，讓戴克斯以為她在消化他剛才說的事。

「那她怎麼樣了？」

「不知道，」戴克斯說，「大概進了監獄或勒戒所吧。」

伊娃轉頭看他，一手按在他前臂。「聽著，你了解我，我不常歇斯底里。但我絕不能在這種開放式空間把藥交給你，除非等到事情真的風平浪靜。」

戴克斯瞇起眼睛。「妳有義務在身，條件不是由妳訂的。」

「我不這麼認為，」伊娃說，「技能在我身上。」

戴克斯低頭看著她，渾身散發怒氣。「這不是他媽的遊戲。布蘭妮或許是處理掉了，但事情還沒過去。現在要開始清算，要解構發生了什麼事。還有誰涉入，他們知道什麼，什麼時候知道的。妳現在給我搞事，會害我也有危險。」

他們沉默地走了幾分鐘，風拍打、勾住她的外套邊緣，然後伊娃問出下一個問題。「在我之前替小魚做事的化學家怎麼了？」戴克斯訝異地看著她。「你跟我說他要離開這一行了，但那不完全是實話，對吧？」

「他不肯聽從命令，」戴克斯終於說，「我不希望妳發生一樣的事。」

伊娃再次讓她感覺到的慌亂浮上表面，讓戴克斯看見，她緊抿嘴唇，像是拚命要保持冷靜。「你帶我去汽車旅館看的屍體？就是他嗎？」

戴克斯搖頭。「不是，那是別人。早在妳入夥前，化學家已經沒了。」他壓低音量，伊娃湊近一些好聽清楚他接下來說的話。「妳皮得繃緊一點，為了我也是為了妳自己。失誤就是這樣產生的。」

伊娃點點頭，彷彿努力接受事情即將發展成什麼狀況。她暫時錄夠了。他們已走到公園外圍，這裡和她的車之間只有一條散落垃圾的柏油路，她伸手從口袋拿出一個信封。「這星期六的足球票，」她解釋，「我們暫時採用內部工作模式吧。」

「內部工作」是她和戴克斯之間的專用語，他們覺得伊娃在公園或餐廳把每週訂貨交給他風險太高的時候就會用到這個詞。伊娃從許多年前就開始買美式足球和籃球比賽的季票，雖然她鮮少使用。但買了季票表示她也能使用高級俱樂部等級的場所，那些場所可以讓會員享有尊榮感和安全感。他們能進入臥底警察無法輕易跟過去的地方。

就此刻而言，她無法停止替小魚做藥。但如果卡斯楚還在監視，她在有東西能跟他談條件之前，她才不要挖坑給自己跳。

戴克斯將票券收進大衣，伸出手臂摟著她的肩膀，把她拉近一些。「只要能把工作辦好，妳需要什麼都依妳。」

克萊兒

二月二十五日，星期五

搜救人員仍回報尊夫人的座位是空的。

我盯著國家運輸安全委員會來信中的這一句，試著理解它，我的腦袋在兩個爭搶優先權的問句間跳來跳去——伊娃是否可能設法下了飛機？當搜救人員告訴羅里他們找不到絲毫的我時，他會怎麼做？

我在瀏覽器開了個新分頁，用Google搜尋「打撈空難殘骸＋海洋」，跳出至少二十篇關於四七七號班機空難的文章，全都是四天內寫的。「最新消息：搜救人員找到遺體和殘骸。」另一篇標題為「維思達航空空難：四七七號班機在佛羅里達外海墜毀」。我試了別的關鍵字。「空難後如何尋回人類遺體？」我再次搜到一長串更新搜救進度的文章，還有概述維思達航空安全評等很差、推測墜機原因等文章，卻沒有任何一篇告訴我我想知道的事——他們是否能斬釘截鐵地說我不在那裡，或他們是否可能找不齊所有人。

更大的問題是：伊娃是怎麼下飛機的？我試著想像她在外頭某處，像我用她的名字一樣用著我的名字，亮出我的駕照來登記入住旅館。也或許她一降落在別處就把證件賣掉了。我付了尼可一萬美元來買亞曼達・伯恩斯的文件，我對真正的駕照值多少錢毫無概念。也許身分竊盜是伊娃的副業，她就是靠這個才能用現金買下柏克萊的雙拼別墅。

我再次Google。「可以掃描登機證但不上飛機嗎？」我在一個討論板找到一篇討論串，有人問了同樣問題，目的是累積足夠里程數好升上下一個飛行常客等級。但底下的回應讓人氣餒：

點人頭那一關是瞞不過去的。如果人數不符，每個人都得下飛機，他們會讓所有人重新過一次安檢。想做那種事是害人害己。

另一則回應這麼說：

掃完登機證又不上飛機是不可能的。你想想看嘛，你掃描時離空橋大概不到兩公尺遠，你覺得空服員有可能掃完你的登機證，然後眼看著你走掉嗎？這整個討論串都很蠢，簡直是浪費大腦能量。

對啊，點人頭。伊娃一定上了那架飛機。

我身旁桌面上伊娃的手機突然振動起來，嚇了我一跳。是「私人號碼」打來的。我盯著發亮的螢幕，它響了兩次，三次，四次。我想像自己接聽，假裝是伊娃。問一些問題，或許能得到她真實身分的解答。她做過什麼事。她為什麼要編一個垂死丈夫的誇張故事，在機場吧檯向陌生人搭訕。振動停止了，寂靜再次填滿房間。過了一分鐘，螢幕因為收到新的語音留言而亮起。我輸入上次我設定的新密碼，聽了內容。

另一頭是個女人的嗓音。嗨，是我。打來關心一下事情怎麼樣了。看看妳好不好。我想說到現在應該會收到妳的消息了才對，所以打給我吧。

就這樣。沒有名字，沒有回電號碼。我再聽了一次留言，試著找到任何細節——女人的年齡、任何可能讓我判斷她是在哪裡撥電話的背景噪音——但什麼也沒有。

我母親曾帶薇樂和我去蒙托克的沙灘玩，她給我們一人一個空蛋盒，要我們用寶物把隔間裝滿。薇樂和我走了好幾公里的路，尋找海玻璃以及完整的貝殼，那些貝殼外側看起來是黑的，可是翻過來就會發現裡頭是棉花糖和芭蕾舞鞋般的珍珠粉，或是音樂盒和嬰兒毯一般的紫藍色。我們按照類型與顏色給寶物分類，等我們把蛋盒裝滿，就回到租來的房子向母親現寶。

試著弄懂伊娃的生活就像試著裝滿這樣的蛋盒。有些隔間裝著不合理的東西——一支被留下來的預付卡手機。缺乏個人物品。用現金買下的房子。一個等伊娃電話的女人，詢問「事情怎麼樣了」。而其他隔間還是空的，等著把所有隔間串連起來。讓所有事產生意義。

一股沉重感籠罩我。這不是我預期中的狀況。也許我太天真，但我從沒想過試著活在謊言中壓力竟有這麼大。我只想到能擺脫羅里會有多快活。

於是我在這裡了，我自由了，但我離解脫還遠得很。

❖

星期六早上，我起了個大早，邊吃香草優格邊看羅里和布魯斯辯論，等喪禮結束後，要不要發布羅里為我寫的悼詞的印刷版。布魯斯：要，羅里：不要。

然後：

羅里．庫克：

你們見面時，查理怎麼說？

我坐直身體，小心翼翼地把優格放到旁邊，等著布魯斯回答。

布魯斯．寇克倫：

我照你吩咐的做了。我解釋克萊兒之死給你的打擊太大，你沒辦法親自前往，說現在出來爆料未免太趁人之危，違反了鐵錚錚的保密協議條款。這麼做會逼我們提告，而誰也不想走到這一步。尤其是現在。

羅里．庫克：

結果呢？

布魯斯．寇克倫：

沒用。一直說要是你參選，選民必須知道他們投給怎樣的罪犯。說發生在瑪姬．莫瑞提身上的事必須攤在陽光下。愛她的人有權知道真相。

就這樣，我原本的假設全都重新排列成新的結論。提到瑪姬的名字時，我感到一陣腎上腺素沖過我的體內，我屏息以待。

布魯斯．寇克倫：

你現在要我怎麼做？

文字出現在羅里名字旁邊時，我簡直能聽到他在大吼。

羅里．庫克：

我要你做好你他媽的工作，把這事擺平。

布魯斯．寇克倫：

我會準備一套計畫，看能不能安靜地解決掉。盡量有點耐性。

羅里．庫克：

我付你錢不是讓你來叫我他媽的要有耐性。

然後他們就消失了，讓我頭暈目眩，試著搞清楚查理．法納甘、羅里和瑪姬．莫瑞提之間是什麼關係。

我年輕時會騎自行車穿過小鎮，進入一片小樹林。我喜歡人行道結束、銜接到泥土小徑的開端，小徑上布滿轍痕，彎彎曲曲地穿過一塊塊樹蔭和斑點狀的陽光，騎在替我保守祕密的高大樹木下。

但我最愛的部分是我從樹林裡再出來時，因為在崎嶇的地形騎了很久而全身都在振動，而車輪滑回柏油上的那種感覺——所有顛簸都被重新撫平了。

辛苦地騎了這麼多天的車，我現在感覺到精神一振。我又出來了，能看到前方有路。

我又打開隨身碟，在M開頭的資料夾裡找到一個資料夾，檔名只是簡單的「瑪」。可是我打開以後，發現裡頭沒什麼內容。羅里和瑪姬交往的年代還不盛行網路和電子郵件，所以資料夾中只有大概二十張掃描圖檔——照片、寫在橫線紙上的便箋、卡片、一張飯店吧檯的餐巾紙。每個圖檔的檔名都是沒有意義的數字編號加ＩＭＧ副檔名。我一張張點開，有種詭異的顫慄感掠過我，瑪姬的筆跡就跟指紋一樣私密，像我耳邊的低語聲一樣輕。

我並不意外羅里早就銷毀紙本了，卻還留著這些圖檔。我知道他愛她，以他唯一懂得的方式。他們就像按圖索驥，由光明閃亮的熱戀發展成更複雜的關係，讀著這些文字就像聆聽我自身婚姻的回音，這些音符既耳熟又空洞。

快要看完資料夾的檔案時，我打開一張掃描檔，那是從線圈筆記本撕下來的一張紙，有藍色橫線和參差不齊的邊緣。上頭的日期是瑪姬死前兩三天。

羅里：

我仔細考慮了你的提議，說我們週末去郊區住，把事情談開。我不覺得那是個好主意。我需要空間，想清楚還要不要跟你在一起。我們上一回吵架把我嚇到了。那實在太過分了，目前我不知道我們還可不可能像以前一樣。請尊重我的意願，我會盡快打給你。不論如何，我永遠都會愛你。

瑪姬

我重讀一遍字條，感覺像有個輪子沒有校準，於是我被拽往新方向，同時我想起許久之前那頓晚餐。瑪姬想要我們離家去過一個安靜的週末，去找回兩人的共鳴，真心交流，隔絕城市裡讓人分心的事物。

但瑪姬並不想趁週末出城去和好，她想分手。而我憑親身經驗知道，當女人想離開羅里時他會有什麼反應。

真是令人毛骨悚然的諷刺：瑪姬．莫瑞提和我都得靠死亡才能終於擺脫他。

伊娃

柏克萊市，加州
十月
墜機前四個月

沒過多久，莉茲就開始問東問西了。首先她表示後院有一股她說不上來的氣味，逼得伊娃只能在夜裡工作，在她確定莉茲已經睡著之後。

「妳生病了嗎？」另一天莉茲問她，她連熬了三個通宵，眼底有黑眼圈。伊娃盡可能迴避這些問題，把氣味推給小巷對面的鄰居，自己憔悴的面容則歸因於鼻竇炎。

她停工的那幾個星期，伊娃人生的地貌有了變化，她現在很吃力地要回到正常生活。她開始覺得自己的人生像兩條平行軌道，一條是她正在過的，深夜要做實驗室工作，戴克斯和小魚的要求占據她的時間，另一條是她兩星期前才過的那種日子。與莉茲共進晚餐。一段單純的空檔，感覺比她想像所及都更輕鬆和開朗。

而現在她身穿藍金相間的衣物穿過人群，爬上山坡走向紀念體育場，她腦袋暈暈的，眼睛乾乾的。她在大門前排隊，目光停留在保全人員身上，他們要求每個人打開包包接受檢查。她將手臂貼向身側，感覺那包藥的輪廓，它安全地塞在她外套的內側口袋裡。

伊娃並沒有跟任何客戶聯絡，讓他們知道她回來工作了。她會替小魚做藥，但對她的客戶來說，她仍在停工，而且會無限期地停下去。她唯一的目標就是盡可能蒐集關於小魚以及他組織的結構的資訊，而不是賺更多她不真的需要的錢。

她排到隊伍前端時，打開手提包，看到保全的目光掃視內容物——皮夾、墨鏡、小錄音筆——她像以往一樣屏住呼吸，等著有人終於看穿她的假象，終於看出她的真實面貌。

但今天不會發生這種事。

她穿過入口進到體育場，球場在她下方展開，兩端區域各漆著深藍色底的黃色「加州」字樣[13]，柏克萊大學的招牌縮寫「Cal」寫在正中央的五十碼線上。伊娃對周圍座位上的人置若罔聞，只是盯著球場對面，軍樂隊在演奏，學生填滿它旁邊的位置，伊娃多年來第一次感到如此孤立又孤單。

伊娃大學時代只看過一場比賽，每次她回到球場，當時的回憶都會陰魂不散地跟著她。比賽結束後到北側通道跟我會合，韋德當時說。她看到有多少人逗留在那裡等候球員時，被嚇了一大跳。拍馬屁的人、粉絲、撥著秀髮檢查唇蜜的姊妹會女孩。她待在人群外圍，照老習慣觀察狀況。韋德出來時，目光掃視群眾然後落在她身上，彷彿她會發光。他經過人群領取她，用手臂攬

[13] 經查證，應該是一端寫「加州」，另一端寫「金熊」（柏克萊大學校隊隊名）。金熊隊的代表色是藍色和金色。

住她，帶她離開，他身上的肥皂味與體育場周圍的紅杉氣味混在一起。那時她就知道她淪陷了，韋德．羅伯茲挑中了她，不管她想不想，她都會跟隨他。

她是在她擔任助教的化學實驗室認識他的。一開始，她以為他只是另一個體育健將，想要靠打情罵俏來博得更好的分數。但每次韋德看她時，她都感覺有一股電流通過全身。

學期剛開始，她正在帶大家實地操作某些基本化學反應時，韋德說：「我們為什麼在做這個？我們什麼時候會需要知道什麼物質會跟氯化鈣起反應？」

她應該引導他回到功課上。但伊娃知道如果自己想抓住他的注意力，就必須出人意料。「你喜歡糖果嗎？」她問他。接著她示範給大家看怎麼製造草莓口味的結晶體，做法很簡單，任何人只要有心都能在網路上查到。

事情就是這樣開始的。地圖上一根圖釘，標記出一段她根本不想踏上的旅程的起點。他們開始交往後不久，韋德就開始對她施壓，要她試著製毒。起初她不想配合。但他的要求很簡單，她想說就做一次，讓他別再拗她。她一向覺得科學是最安全的地方——在物理和化學的法則裡最安全。人生就不同了，它能在妳兩歲時把妳丟進兒童之家，沒有預警也沒有第二次機會，而化學是可以預測的，它的行為是確定的。韋德是所有人都想接近的人，而他想待在她身邊。於是，當他要求她再做一次時，她做了。之後又做了。

體育場漸漸被填滿了。伊娃看了看錶，伸手到包包裡啟動錄音筆。球場對面軍樂隊的鼓敲出節奏，跟多年前那一天一模一樣。周圍的人挨近她，讓她感到窒息，她試著縮進內心，努力撐住。等待。做好她的工作，作好準備。

「來很久了嗎？」戴克斯問，滑進她隔壁的座位。

「大概五分鐘吧。」她的目光移到山坡上，那裡有一門大砲，每次觸地得分後都會發射，裝在平台上的砲管從樹木間伸出來，一面白色加州錦旗在風中飄揚。那裡是「吝嗇鬼山」，任何人願意爬上去坐在泥土上看比賽都歡迎。他媽的柏克萊。「天啊，我恨這地方。」她說。

「那就把妳的東西給我，我們就可以閃人了。」他扭回身，看著後方的人群，然後回頭面向前方，一邊膝蓋神經質地彈跳。

伊娃搖頭。「絕對不行，我們要照我的方法來。」她知道戴克斯說卡斯楚已經走了，不表示他就真的不在附近監視她。等著她犯錯。

「妳真的不用擔心。」

「你講得不清不楚，實在讓人沒什麼把握。」伊娃說。她從座位底下拖出包包，察看底部，拍掉枯葉和一張舊口香糖包裝紙，然後把包包放在她的扶手旁邊。「你要給我具體的資訊。是誰在跟蹤我，為什麼跟蹤我，還有他們現在為什麼不跟了。」

戴克斯癱坐在座位上，目光在不同物體間跳躍，始終不停留，不安定下來。「好吧，」他說，「那是一支聯合特遣隊，由緝毒局和本地警局合組，目標是抓住小魚。他們已經想抓他想了很多年了。整支特遣隊在兩週前解散了。」

「小魚怎麼可能有這麼大的能耐，解散一支聯合特遣隊？」她問。

戴克斯瞇眼看著球場對面，軍樂隊演奏起某個版本的〈冷酷無情瑪汀娜〉。最後他終於說：「監視行動是很燒錢的，而妳並沒有給他們任何回報。他們沒辦法永遠盯妳的梢。高層不撥錢下來了，又沒有任何確鑿的證據，小魚在局裡的朋友便開始嘀咕著『善用資源』什麼的，還對預算的事嘰嘰歪歪。他們別無選擇，只能罷手。」

「聽聽你自己說的話，」她說，「聯邦探員，聯合特遣隊。結果你叫我別擔心？」

「我跟妳說這話題已經結束了，妳別再鑽牛角尖了。」

她端詳他的側臉，他下巴的弧線比較柔和，眼睛和嘴巴周圍有笑紋。她和戴克斯已經認識十二年了，今天的他有點不對勁。

就在此時，柏克萊大學校隊衝出北側通道，同時大砲射擊，而她身旁的戴克斯幾乎從座位上彈起來。他藉著與其他觀眾一起站起身來掩飾，因為軍樂隊正好也奏起了應援歌，但伊娃沒那麼好騙。「你沒事吧？」她問。

「沒事。」他說，大家坐下來，他把雙手插進口袋，第一節比賽開始了。「只是有點不安。」

「你才剛告訴我一切都很好，搞什麼啊，戴克斯？」

他搖頭。「真的沒事，只不過，小魚在查我跟妳說過的那個人，就是我那個介紹布蘭妮的朋友。」

「你有危險嗎？」

戴克斯發出空洞的笑聲，用悲傷的眼神看她。「我什麼時候沒有危險了？」

半場休息時，他們回到夾層樓。人群走向洗手間或販賣部，伊娃則帶著戴克斯前往標示著「體育場俱樂部」的雙扇門。她將證件交給門口的警衛，對方掃描後揮手讓他們通過。體育場的噪音變小了，她帶著戴克斯爬上一道樓梯，進到一間俯瞰校園的大房間，甚至能遠眺舊金山灣和金門大橋。

「我去拿喝的。」戴克斯說，留下伊娃盯著窗外，回憶另一段時光，一間有著幾乎完全相同景觀的辦公室，韋德．羅伯茲的鬼魂仍跟著她。

❖

那是伊娃進柏克萊以來，所見過最高級的辦公室。它高踞在校園頂端那座山丘上，從窗戶能一路暢行地看到金門大橋甚至更遠的地方。屋角有座時鐘在滴答響，每秒都在計算伊娃的命運。教務長剛才快速翻完她的檔案，她再次瞥向門口，納悶韋德什麼時候會現身，實現他的諾言致歉。

「看來妳是領獎學金的學生。」教務長抬頭，等她作出確認。她盯著他的鼻子，那銳利的鷹勾鼻架起一副雙焦眼鏡，她不發一語。他繼續讀。「妳是從市區的聖若瑟來的？」

第一抹同情，她幾乎能估算它出現的時間點。當別人發現她是在兒童之家長大的，他們要嘛就會退後一步，要嘛就會上前一步。但他們幾乎總會因此改變對她的看法。她聳聳肩，再次看向門。「都寫在檔案裡了。」她的語氣比她預期中來得衝，她真希望能把話收回去重講一遍。告訴他她有多麼珍惜學生生活，說在柏克萊似乎有無限可能撒向她的肩膀。但伊娃從來就無法像那樣坦誠以對。所以她什麼也沒說，只是等著剩下的事發生。

「在化學實驗室製毒，白白丟掉這一切，似乎很愚蠢。」他說。

門開了，教務長的助理帶著韋德進來，剛好救了伊娃讓她不用回答。伊娃吁出一直憋著的氣。韋德向她保證過，他會告訴教務長是他想到製毒這個主意的，他會擔下所有責罰。身為足球隊的四分衛，他會被打一下手心，也許禁賽一場，不過不會傷及他的運動生涯。

但是看到韋德身後跟著蓋瑞森教練，她的安心立刻煙消雲散。伊娃只在報紙上看過他的照片，或是在韋德的指示下，她唯一一次去的足球比賽現場，她曾在場邊看到他像隻來回踱步的小螞蟻。我想要我的女朋友看我比賽。「女朋友」三個字說服了她。伊娃從來就不是誰的什麼人——不是女兒，不是朋友，更絕不是女朋友。她覺得好愚蠢，自己竟被那背叛傷得那麼深，她竟然讓自己相信韋德跟別人不一樣。

❖

「他們只有白酒。」戴克斯說，遞給她用小塑膠杯裝的葡萄酒。伊娃費力地將目光由窗景移開，重新聚焦於當下。她原本相信自己從灰燼中站起來，為自己開創了新人生。但其實全是幻影，是假象。一切都沒有半點改變。戴克斯填補了韋德讓出的空缺，事情照最初的走向繼續發展下去，只是規模大得多。

戴克斯拿起杯子喝了一口，露出怪相。「妳每年花多少錢才換來喝這種爛酒的特權？」他問。

伊娃實在不需要一個滿是討論劣質葡萄酒的錄音檔。「有時候我懷疑會不會在不知情的狀況下遇見小魚。譬如說，也許他就是那邊揮金如土的捐獻者之一。」她指著一群熟男，他們聚在一座獎杯展示櫃附近，身穿深藍色和金色衣物。「其實這樣滿合理的，我是說他就躲在最顯眼的地方。」戴克斯越過塑膠杯上緣盯著她，她繼續說。「你認識他，他是什麼樣子？」

戴克斯聳肩。「我想應該算很普通吧。沒什麼特別的。如果你惹他生氣，他就會嚇得你屁滾尿流。」他打了個冷顫，轉頭看著伊娃，表情很憂傷。「別開始問問題好嗎。」

伊娃啜了一口酒，強烈的口感刺激她喉嚨內側。「別擔心，我知道你什麼也不能告訴我。但我在想，不知道我把藥丸給你之後會發生什麼事。我一直到現在才考慮到，那些藥會不會追查到我身上。他們用鑑識學可以做到某些瘋狂的事。」

「它們不會留在本地，如果妳擔心的是這個的話。」

「我想那取決於你對本地的定義是什麼了。沙加緬度？洛杉磯？更遠？」

戴克斯又啜了一口酒，就把剩下的丟進旁邊的垃圾桶。「我們把事情辦完就走人吧。」

他們沿著一條小走廊走向一間門上有性別友善標誌的洗手間，他們排在一個帶著幼兒的母親後頭。有個年長男人走出洗手間，母親帶著小孩進去，把門鎖上。有個服務生在走廊上經過他們，說：「你們需要的話，轉角那邊有比較大間的洗手間，不用等。」

戴克斯和伊娃微笑，向她表示他們不急。又過了五分鐘，門後傳出模糊的哭聲，終於輪到伊娃了。她鎖上門，檢查包包裡的錄音筆，很懊惱戴克斯沒告訴她更多。她靠在牆上，瓷磚的寒意滲透她的袖子，她試著想清楚自己能問什麼，能做什麼，好讓戴克斯告訴她更具體的資訊。他們把藥送去哪裡，誰買下那些藥。她能用來交易的小魚的細節。最後，她沖了馬桶，洗完手擦乾後才取出那包包裝鮮豔的藥丸。

她把藥丸放在擦手紙盒子的頂端，然後走出洗手間，讓戴克斯接在她後頭進去。他出來後，拍拍大衣說：「希望妳不介意，不過我就不留下來看下半場了。」

「了解。」她說。他們走出俱樂部，下樓，離開體育場。

他們在外頭暫停腳步。「聽著，」戴克斯說，「我們都有點焦慮，妳想小心一點也是對的。」他朝身後的體育場比了一下，賽事又開始進行了。「我們就照妳的方式交貨，直到我們都覺得安全了。」

她看著他，現在他已拿到他要的東西，表情變得比較柔和。他既是戰友也是俘虜者，既是保護者也是獄卒。儘管他表現得如此，戴克斯並不是她的朋友。她必須提醒自己他才不關心她感覺安不安全；他只擔心自己。

她對他露出感激的笑容，說：「謝了，戴克斯。」只要他相信是他在掌控她，他就不會注意到她是如何掌控他。

❖

當天晚上，伊娃沒有工作，而是坐在電腦前，盯著空白的搜尋欄。今天在體育場，想起一個人坐在那裡的感覺，沒有人為她奮戰，說出「伊娃是好人，她值得有第二次機會」，讓她懷疑當時是不是根本不可能有第二次機會。莉茲的話飄回她腦中。資訊就是力量。莉茲戳破了她為自己建構的圍牆，她不確定這麼做是會把圍牆重新樹立起來，還是將它徹底推倒。

伊娃試著讓自己作好心理準備，迎接最令人心痛的結果——她母親已戒毒成功，現在與家人和朋友過著快樂生活——並在搜尋欄輸入她母親的全名，室內唯一的光源是發光的螢幕，照亮她的臉。外頭有輛車滑過，安靜的車輪軋過路面發出嗡嗡聲，接著寂靜就被持續不斷的蟋蟀唧唧聲給填滿。

她按下輸入鍵。

一長串符合搜尋結果的名單跳出來。臉書上的瑞秋．安．詹姆斯。圖片。推特。內布拉斯加一間大學有個瑞秋．安．詹姆斯。她往下滑，點進一個免費尋人網站，找到十八個可能符合的結果。可是沒有一個的年齡吻合。她母親應該五十出頭，而這些人不是太小就是太老。

她全身因焦慮而振動，比她進行壓力最大的毒品交易時還嚴重，她很想停止。關上電腦，回去工作，忘了這一切。但她移回搜尋欄，重新輸入「瑞秋．安．詹姆斯＋訃聞＋加州」。

這次，它就出現在第一筆結果。那是柏克萊市以北幾公里的里奇蒙市一份地方性報紙上的短短一段文章。沒有關於死因的細節，只有年份和年齡，二十七歲。瑞秋留下的家人包括住在加州里奇蒙市的父母南西及厄文・詹姆斯，以及兄長麥斯威爾（三十五歲）。沒有提到她，他們不想要的外孫女。

伊娃盯著螢幕，聽著耳中血流的搏擊聲。那是伊娃八歲時候的事。她試著把記憶中的童年與這項新資訊搭在一起。她與卡門和馬克在一起的時候。返回女修道院，修女再次聯絡她的家人。在那之間某個時間點，她母親死了。然而她的外公外婆，厄文和南西，終於從有個毒蟲女兒的噩夢中獲得自由，依然拒絕接受她。

她考慮把訃聞印出來，拿到樓下去敲莉茲的門。問她這哪裡能給她力量了。就她所知，她感覺皮膚上有一千個小傷口，那種疼痛沒有中心，只是一團吞噬她的放射狀火焰。

但她只是清除搜尋紀錄，把電腦關上，在黑暗中安頓下來，開始把這新的拒斥、這新的心碎與其他的整齊排放在一起。

克萊兒

二月二十六日，星期六

羅里對他跟瑪姬共度的最後一個週末撒了謊，這件事雖然耐人尋味，但就法律面上並沒有辦法證明什麼。他對我這個新女友敘述故事時當然會把自己講得值得同情，瑪姬為什麼改變心意，仍然出城度過週末，我是不可能猜到的。但瑪姬提到一場嚇人的爭執，卻讓我感到一陣寒意，因為我知道羅里的脾氣有多大，知道她多麼輕易就會落得死在樓梯底端的下場。

但那張便箋只能證明他們吵了一架，而當時他們吵架的事早就廣為報導了。讓我在意的是查理·法納甘跟一九九二年那個週末有什麼關聯，那才是解開一切謎底的關鍵。也許是他負責安排瑪麗姑姑提過的那些封口費，用非法手段從基金會帳戶裡撥出那些錢。

快速看了看時間，我發現離跟凱莉約好的時間只剩半小時了，所以我到廚房從冰箱拿出一罐健怡可樂喝了一口，同時往後窗望出去。我等著咖啡因進入血流，並想像查理把他手上有的資料洩露給媒體。在《紐約客》、《浮華世界》、《紐約時報》的大揭密報導，奪去羅里所有的權力。我知道自己想得有點太美了，不過這種幻想還是讓我精神百倍。

我把可樂罐放在流理檯上，上樓去找黑長褲和白上衣。

❖

我抵達咖啡店時，凱莉已經到了，在車上等，我打開車門坐進去。

「準備好了嗎？」凱莉問。

「出發吧。」

我們開到街區盡頭時，凱莉的手機響了。「哈莘塔，」她對著手機說，「我正要去工作。」她聽了一會兒，然後罵了聲髒話。「好吧，我五分鐘後到。」

她掛掉電話，然後迴轉。「抱歉，」她說，「我女兒哈莘塔在做藝術史課的一個報告，結果她把做海報的用品忘在我後車廂了。」

「我不介意。」我告訴她。

「通常我會不管她，讓她急得像熱鍋上的螞蟻等我回家，但她跟一個同學搭檔，我不想因為哈莘塔的粗心而害她連帶受罰。」她嘆氣。「這個報告從一開始就讓人一個頭兩個大。」

「什麼報告？」

「比較兩位二十世紀藝術家的異同。口頭報告還要搭配圖片。」她翻白眼。「柏克萊真是非常重視藝術教育呢。」

「妳女兒多大啊？」凱莉頂多快三十歲。

「十二歲。」

她瞥了我一眼，看到我訝異的表情。「我十七歲就生她了。」

「一定很辛苦吧。」

凱莉聳肩。「我媽發現我懷孕時差點沒把我宰了。但後來就是努力面對。」我們停下來等紅燈，她瞥了我一眼。「我媽是我的磐石，要是沒有她，我根本不能去工作或上課。而且她和哈莘塔很親。我得到的是頂嘴和翻白眼，我媽得到的卻是咯咯笑和小祕密。」

「妳一定忙翻了，兼兩份工作還要去上課。」我說。

變綠燈了，凱莉微笑。「應該吧。不過我一向都有工作，所以早就習慣了。我在咖啡店輪最早的班，白天上課，晚上和週末去湯姆承辦的宴席活動打工。我在存錢，好讓哈莘塔和我能有個自己的小屋。目前我們跟我媽住，擠得要命。」

我咬住嘴唇，真希望我能勸她別急著搬走。

❖

凱莉家所在的社區滿是單層的小房子，跟我母親在賓州的房屋很相似，我簡直瞇起眼睛就能相信我回到老家了。我們開進車道時，她轉向我說：「進來跟我的家人見個面吧。」

我猶豫著，知道我應該待在車上。身為宴會上許多穿著白衣黑褲的服務生之一，以及挪步到凱莉的家人面前報上名字握手致意，這兩者是有差別的。但我拒絕的話很奇怪。

而且我很想進去，連我自己都克制不住。落單了這麼多天，我想坐在某人家的廚房裡聊藝術。「我對藝術史略有涉獵，」我終於說，「也許我能幫忙。」

「任何協助我們都來者不拒。」凱莉說。

它跟我想像中完全一樣。客廳很貧乏，只有一張沙發、一張躺椅和一部電視。從敞開的門可以看見小廚房和用餐區，兩個女孩坐在那裡，俯向桌面。客廳對面有條短短的走廊，大概是通往兩間小臥室和一間浴室。我母親的房子有同樣的氛圍，邊緣磨損刮傷，但表面擦得光滑晶亮。我能想像傍晚時分她們三人在這裡，各自待在最喜歡的位置。凱莉的母親在單人沙發上，凱莉和哈莘塔各在沙發一端，兩人的腿纏在一起，就像以前薇樂和我看電視時一樣。

有個上了年紀的女人站在流理檯前切蔬菜，爐上的鍋子在燉東西，空氣中瀰漫著迷迭香和鼠尾草的氣味。

我們進屋時，其中一個女孩抬頭看。「媽，抱歉。」她說。

凱莉帶我進廚房，說：「要有禮貌一點，哈莘塔。這位是伊娃。」

「很高興認識妳。」我說。

哈莘塔微笑，我在她棕眼的形狀和銳利的顴骨中看出凱莉的影子。「我也很高興認識妳。」

「還有她朋友小梅。」

另外那女孩舉起手算是揮了揮，然後對著凱莉說：「謝謝妳回來，凱莉。」

凱莉握住她的肩膀捏了一下，說：「完全是為了妳，小梅。」

流理檯邊的年長女人也插話。「抱歉，我沒在妳出門前再跟她確認一下。」她瞪了哈莘塔一眼。「她跟我說她需要的東西都有了。」

凱莉對我說：「伊娃，這是我媽媽梅若琳。」

我繃緊神經，等著她眼中閃過某種情緒，一絲疑問，我知道當我認識新的人時，永遠都會面臨這種局面。但她露出微笑，用毛巾擦擦手，然後跟我握手。「很高興認識妳。」

我震懾於信念的力量，它是多麼輕易地把一個人變成另一個人。凱莉相信我是伊娃，於是現在她母親也毫無疑問地這麼相信了。我看著她們兩人，母女情誼就像一件心愛的舊外套那麼熟悉。它裹住我，讓我想坐到桌邊永遠賴著不走。「告訴我妳們選了什麼當報告主題。」我對女孩們說。

哈莘塔把她的筆電滑過來，讓我能看到螢幕上並列的兩張畫作。賈斯培．瓊斯的《錯誤的開始》以及尚米榭．巴斯奇亞的《在消防栓旁嬉水的男孩和狗》。

「很棒的選擇。」我說，「巴斯奇亞是以塗鴉藝術家的身分在紐約街頭起家的，他藉著塗鴉來評論他看見和體驗到的社會不公平。多虧了他，塗鴉才會如我們現今所知被視為正統的藝術形式。」

「我們好像有讀到類似的事，但所有資訊都混在一起了。」哈莘塔說，「這簡直是見鬼報告。」

「哈莘塔。」梅若琳警告。

「抱歉，外婆。只是……看看他們差別有多大。要比較他們的相異處很簡單，可是他們哪裡相似了？他們一、點、都、不、像。」

我坐到她們旁邊的椅子上，用手肘撐著桌面，那桌子跟我母親家的桌子一樣會微微晃動。「我給妳們個小提示：不要被畫面給局限住了。藝術的重點完全在於情感。老師想知道妳們從作品獲得什麼，又如何將它應用在妳們的生活中。這全然是主觀的，所以就玩個開心吧。」隨著光線透過窗戶灑進來，煮食的香味盈滿房間，身後梅若琳製造出令人安心的聲響：開冰箱、在水槽和爐子之間走動，我感覺好像回到過去。我的輪廓完全嵌合進周圍的空間。

我又花了五分鐘填補她們研究中的漏洞。兩位藝術家的背景、童年和早期影響，然後凱莉說我們得走了。

「我喜歡妳的家人。」我們開出車道時我說。

凱莉微笑。「謝謝。在我媽的控制下試著把孩子養大並不是隨時都很輕鬆的事。由於我那麼年輕就生了哈莘塔，我媽有時候會忘了我才是哈莘塔的媽，不是她。我很感謝她幫忙，但那棟房子住我們三個人真的嫌太小了。」

我想告訴她，她們那種擁擠又纏成一團的生活應該是種安慰，而不是負擔。過去的我急於重新定義自己，不知道我將剜去我的一塊心。我以為我的家人永遠都會在那裡等著我。有時候我能騙自己相信，我母親和薇樂還在我們家，還在對方身邊生活，等著我終於返家的那一天。

「妳怎麼懂那麼多？」我們彎到高速公路的匝道上時，凱莉問道。

路途中我多半時候都沉默不語，心思還停留在凱莉家，坐在那張桌子邊，感覺我們開得離它愈遠，我也就離自己愈遠。離我應該成為的人更遠。

「我大學主修藝術史。」我覺得告訴她這件事並不算冒太大的險，而且說一句實話感覺很好。

凱莉佩服地看著我。「妳應該去博物館或拍賣行找工作才對。」

「狀況有點複雜。」我說，突然擔心如果再說下去，我會一股腦全告訴她。

凱莉笑了。「有誰的人生不複雜，妳帶他來見我。」看我不搭腔，她說：「不用有壓力，我懂。」

「我要離開一段糟糕的婚姻，」我終於承認，然後添加謊言，「趁童年好友出去旅行時躲在她家。這是暫時的，我還要想想下一步該怎麼辦。但我丈夫會找我，所以我不能再留在原本的領域工作。」

車子感覺像一層保護膜，安全又溫暖，帶著我們沿著高速公路馳騁向奧克蘭。我從窗戶望出去，看著周圍車裡的人。他們的腦中上演著那麼多祕密，沒人會太仔細看我的祕密。就凱莉看來，我的故事早就被演到爛了。

「要重頭來過需要很大的勇氣。」她說。

我沒回答。我所做的一切感覺都不勇敢或大膽。凱莉伸手越過中央的控制台，捏了捏我的手。「我很慶幸妳在這裡。」

❖

凱莉說今晚的派對很盛大可不是在開玩笑。我們總共有十二個人被雇來擺設和跑腿，活動場地在奧克蘭市中心一間巨大的倉庫。將近四十張桌子占據整個廣大的空間，每張桌子可坐八人。凱莉介紹我給她的老闆湯姆認識時，他只分給我半秒注意力，然後廚房就有人喊他。「謝謝你給我工作。」他轉身離開時我說。

「謝謝妳幫忙救火。」他喊道，然後馬上消失在廚房裡。「凱莉會帶妳。」

不久後我們便忙著鋪桌巾、擺餐具、放鮮花。「這場活動我已經期待好幾個月了。」凱莉說。

「為什麼？」

她眼裡有愛心。「這是為奧克蘭運動家隊辦的宴會。」她環顧周圍。「再過兩三個小時，這地方將滿地都是職業運動員。我希望至少能要到一份簽名，」然後她朝我眨眨眼，「也許還有電話號碼。」

她飄走了，留下我繼續摺餐巾，不過我的手指突然不聽使喚。我的目光跳向出口，又回到我面前堆積如山的餐巾上。我主辦過這樣的活動，有名人出席，在重要地點。而我最先邀請的總是媒體。愈多攝影師愈好。

我用顫抖的手把餐巾摺完，開始擺餐具，試著提醒自己我現在看起來不一樣了。而且穿著黑褲白衣，我只會是在人群間遊走的諸多面貌模糊的工作者之一，我們領錢就是要保持隱形。

❖

派對開始一小時後，我感覺放鬆多了。攝影師都集中在入口附近，好在名人抵達時拍照。場內只有兩個攝影師，要避開他們很容易。我感覺胸口又鬆開了，於是我在寬敞的空間中穿行，供應開胃菜和餐巾。有些人向我微笑道謝，其他人接受我奉上的東西時連正眼都不瞧我，或是完全沒有中斷原本的對話。

我很訝異這份工作完全是體力活。

「妳簡直是天生好手。」凱莉經過我身邊時說道，她用托盤端著髒杯子朝廚房走。

我按摩著肩膀上某個僵硬的位置。「感覺滿單純的，讓餐點源源不斷，待在背景保持低調。」

我想到瑪希，我在紐約固定用的宴會承辦師。她是個嬌小的女人，優雅可比賈桂琳．甘迺迪，但長相活像鬥牛犬。她讓所有為她工作的人都不得不尊敬她，而且她有種讓任何活動現場都閃閃發光的天分。她的員工總是無可挑剔，不過直到今晚之前，我都不知道他們的工作有多辛苦。不知道瑪希對我的逝去有什麼想法，不知道她會不會承辦我的喪禮。

我在賓客間巡迴，供應裹著培根的干貝時，經過一名穿著藍色緊身禮服的美麗女子，她正壓低音量在和一個體格健壯的男人爭執，後者想必是球員之一。

「別再說了，唐尼。」女人用氣音說。

「少他媽的對我下命令。」

我反射性地繃緊神經，雖然我知道他不是在跟我說話。但是他像那樣對她啐出那句話，他的嗓音含著惡意，令我垂著目光快步經過他們，恐懼刺激我所有神經末梢，使我的皮膚發麻。我知道身為那種憤怒的接收者是什麼感覺，而我希望我能回過頭，用某種方式幫助那女人。我懷疑這裡有多少人知道他是這樣對待她的。其他球員，他們的妻子和女友。他們是刻意裝作沒看見，就像許多人對我一樣嗎？他們是否竊竊私語，卻不伸出援手？我覺得氣到無力，因為大家就這樣滿不在乎地把別人的問題丟開，而我也沒好到哪裡去。我也是袖手旁觀。

我的目光追著他們，他們遠離我，漸漸被人群吞沒，他的手一直放在她的後腰，那關懷的舉動很容易就翻臉變成粗暴的一推。

❖　❖

晚餐進行到一半，有個男人走到架在房間前方的麥克風前，眾人鼓掌。我拿著托盤站在後側牆邊聽他說話。他的嗓音像廣播主持人，聊起自己在體育場轉播間工作多年的經歷。但我的注意力很快又被拉回同一對男女身上，現在他們就在我正前方。一開始男方想用像是老套的說法和諾言來讓她安靜，不過她聽不進去。她的憤怒不斷攀升，我繃緊神經，等著男方作出反應。*不要把他惹毛了*，我默默哀求女生。*妳還有時間扭轉局面*。我的掌心出了很多汗，呼吸變得短促，我試著放慢呼吸，提醒自己哪對情侶不吵架。我丈夫會打我不表示這個男人就會打她。然而我的身體有了反應，緊繃起來，在作準備。

麥克風前的男人引發另一陣笑聲，暫時掩蓋了他們的爭吵聲，不過當笑聲沉寂，他們的話語滑入寂靜。

好幾顆頭轉朝他們。女人開始走開，但唐尼抓住她的手臂，將她朝自己拉，最靠近的幾個人不禁倒抽一口氣。

我距離近到能看見女人眼中閃過懼色。那只是一瞬間的事，卻足以讓我知道這種事不是第一次發生。她知道接下來會怎麼樣。

我想都沒想，就把空的托盤往地上一丟，推牆站直身體，跨了兩大步直到介入他們之間，做了從來沒人為我做的事。我用手按在男人肩膀上說：「你得放開她。」

他訝異地鬆開手，女人扯出她的手臂。她揉著手臂，越過我的肩膀怒瞪著他，說：「唐尼，你是個他媽的大騙子。」

聽到她的聲音，有更多人不聽致詞，而是轉頭盯著我們三人。

「克麗希達，」他說，「對不起，我不是故意的。」

「不要跟著我，不要打給我。我受夠了。」她從我身邊擠過去走向大門，我終於退後。

這時候我看到它們。三支手機，對準我們，在錄影。

伊娃

柏克萊市，加州

十二月

墜機前兩個月

伊娃把錄音檔倒回去，再聽一遍戴克斯的聲音。他不肯聽從命令，我不希望妳發生一樣的事。

這還是不夠，所以她開始記錄，寫下她做了幾顆藥、在哪些日期把藥交給戴克斯。她不能每次都冒險錄音，而且她甚至不知道卡斯楚能不能用這些錄音檔。感覺就像蒙著眼睛開車，她得憑直覺和猜測朝著她需要的方向前進。

在這同時，她努力不去想萬一自己被抓包了會怎麼樣。雖然她很認真要保持專注，許多畫面還是像電影一樣在她閉上的眼皮後頭閃過，讓她在夜裡驚醒，汗涔涔又驚慌失措，確信這件事行不通。確信他們已經知道了。但她利用這股恐懼，讓自己完成更多工作，她等著看卡斯楚是否會回來的同時，也愈來愈頻繁地失眠。她能感覺他在外面，挾著沉重的存在感潛伏在陰暗的角落，等待時機，而她只希望等他再現身時，自己已經準備好了。

樓下有人敲門。她和莉茲約好要去莉茲在網路上查到的一個特殊樹木農場買聖誕樹。原本伊娃拒絕——不止一次，她拒絕了兩次——但莉茲都駁回了她的理由。莉茲糾纏到伊娃屈服才罷休，振振有詞地說配合她一下比一直躲著她還要簡單多了。莉茲只會再待一個月，然後就走了，春天開學時就回普林斯頓任教了。伊娃努力不去管那種強烈疼痛的悲傷，她每次想像莉茲的公寓安靜又空蕩蕩，就悲從中來。但如果一切順利，在那不久之後伊娃也會離開，所以也沒差了。

她快步走下樓梯，邊拿外套邊開門。但門口不是莉茲，是戴克斯。

「你來幹嘛？」她問。

他沒浪費時間打招呼，而是直接闖進屋裡，把門用腳關上，表情嚴厲。「妳在玩什麼把戲？」

她一陣慌亂，心想有人不知怎的摸透她在做什麼了。「我不懂。」她小聲說。

「上星期的貨少了一百顆藥。」

「什麼？不，這是個失誤。」

「還用妳說。」戴克斯說，「他媽的搞什麼，伊娃？妳想害死自己嗎？」

她搖頭，迫切地想讓戴克斯明白，迫切地想在莉茲過來之前把他弄出她家。「我太累了，」她說，「我都沒睡，我一定數錯了。」她無法解釋因為她試著同時扮演兩個完全不同的角色，才會累到骨子裡。

「妳得補做。」

「我會的。」

「今天就做。」他堅持道。

她聽到隔壁傳來莉茲下樓梯的聲音，伊娃閉了一下眼睛。「今天不行。」

戴克斯露出難以置信的表情。「妳還有更重要的事要做嗎？」

她低頭看著仍抓在手裡的外套。「我鄰居和我約好要去買聖誕樹。」

戴克斯仰望天花板，像是無法相信她說了什麼，然後他一抹下巴。「老天爺。」他說。接著他望著她，灰眼睛穿透她。「妳知道我費了多大的功夫，才說服小魚讓我來處理這件事嗎？他只差一點就派別人來了，別人才不會問問題，也不鳥他媽的什麼聖誕樹。」他的嗓門愈來愈大，伊娃擔心會傳到牆外。或是傳到前門廊，莉茲隨時都會出現在那裡。

彷彿受到提示一般，她聽到莉茲關上前門並鎖門。

「你得走了，戴克斯。我會處理的，我保證。」

他看著她，像是想看到表面底下，想確認是否有更重大的事在進行。「明天要做好。」他說。

「明天。」她同意。

他打開門，與莉茲面對面，莉茲嚇了一跳，手舉在半空正準備敲門。

「哈囉。」她說，目光在戴克斯和伊娃之間游移，很好奇。

戴克斯換上親切的笑容。「聽說妳們兩人要去買樹，玩得開心點。」他對她們眨眨眼，他始終是個稱職的演員，然後他走下台階大步離開。

「他是誰啊？」莉茲問，「很帥耶。」

伊娃試著急中生智，把表情放輕鬆來配合戴克斯友善的語氣。她現在最不想做的事就是去買樹，但如果她臨時爽約，莉茲肯定有問不完的問題。「他叫戴克斯。」她說。

「你們兩人是不是……？」她試探地說。

伊娃把門帶上並上鎖。「有點複雜。」她說，「我們走吧。」

她們開往北邊的聖羅莎，伊娃讓馬路在她和剛才發生的事之間隔出距離，把它隔成一顆小球，它像顆小石頭一樣卡在她的鞋子裡。她很氣自己粗心大意，讓自己顧此失彼，而犯下那種失誤。她承受不起任何緊迫盯人的注意，結果她卻主動邀請對方注意她。

她們抵達樹木農場的時候，她已經想出一個計畫。等她們回到柏克萊，她會徹夜工作。又一次。她加倍努力把注意力集中在莉茲身上，莉茲正在形容她們要買什麼樣的樹，她們要把這棵特別的樹種在屋前，而不是立在水裡放兩三星期而已。

「到時候它有多漂亮，說出來妳都不相信。」莉茲告訴她，她們走在一排排高大堂皇的松樹間。莉茲仔細審視每棵樹，看它是不是整圈都很飽滿，然後再移到下一棵樹。她講話輕聲細語，彷彿被記憶帶到別的地方。「我小時候會跟爸爸做這件事。我們住過的每個地方——我們住過的地方可多了——我們兩個都會找一棵新樹來加入我們家。」她們走路時莉茲伸出手，用指尖拂過松針。「他把聖誕節變得好魔幻。」

伊娃小時候還存有一線希望，認為血親可能來接她時，會想像若是她在他們家長大，聖誕節是什麼樣子。如果她母親不是毒蟲，而是那種堅持聖誕老人是真的的父母，會熬夜準備玩具和裝滿聖誕襪。等伊娃醒來，她會奔到樹下撕開包裝紙，禮物一個比一個更大、更棒，正是她想要的東西。也許外公外婆和親戚能過來團聚。也許會有表兄弟姊妹，其他孩子來讓她完美家庭的形象更加圓滿。可是現在那幅畫面變了，它承載著一項知識：那些聖誕節會因為她母親缺席而氣氛沉重。

「妳女兒會來過節嗎？」伊娃問，不確定自己對於跟艾莉見面有什麼感覺，她將被莉茲的寶貝女兒取代。

「她在工作。」她說。她的語氣有種到此為止的意味，表明她不想再討論這話題。

莉茲從兩棵樹之間溜進另一排。「這一棵。」她喊道，環繞她們以及腳下的厚密松針使她的聲音模糊不清。

伊娃循著她的聲音過去，看到她站在一棵樹前，那棵樹將近一百八十公分高，形狀非常完美。「我們要怎麼把它弄回家？」伊娃想像她們兩人開在高速公路上，這棵大樹綁在車頂，樹根拖在後頭。

「他們會送。」莉茲說，繞著樹慢慢走，從各個角度看它。「我們要在它身上掛上會閃爍的燈串。我們可以裹著毛毯，泡杯熱可可，坐在門廊上欣賞它。最棒的部分是這棵樹一年到頭都會在。不要再有元旦就丟在路邊的死樹了。」她說。

說得好像伊娃曾經拖著死掉的聖誕樹棄置在路邊似的。「萬一下雨怎麼辦？」

莉茲聳肩。「那就用戶外燈具啊，玻璃和陶瓷裝飾品。我在紐澤西有好幾箱這些東西，但我受不了沒有樹的聖誕節，所以我把最喜歡的一些裝飾品打包一起帶過來了。」

她們入場時就領到了一張牌子，現在莉茲把牌子掛在樹上，聲明這棵樹是她們的了，並抽起另一張牌子拿去農場入口處結帳。

晝光漸漸融成了暮色，她們駛出停車場，往南返家。伊娃靠向椅背盯著窗外，看著午後溫暖的光芒慢慢消逝，想著接下來的漫漫長夜。

❖

兩天後她們的樹送來了，根部用麻袋包住。送貨的是一輛超大的貨車，車上還載有設備能挖一個夠深的洞來種樹。莉茲從頭到尾都負責監工，在伊娃這一側的門廊前挑了個位置。樹種好了，工人也拿到工資、收了小費，莉茲便打開她家的門，抱出一個寫著「聖誕節」標籤的紙箱。

莉茲的音響大聲播放聖誕頌歌，兩人開始幹活。她們先掛上白色閃爍燈串，然後是裝飾品。幾乎每個裝飾品，莉茲都有個故事可講。同事和以前的研究所學生送的禮物，那些人她都還記得清清楚楚，而且滿懷感情。手工陶瓷裝飾品是她女兒艾莉小時候就有的。「為了六個月的職位就打包一箱聖誕裝飾品的客座教授，我大概是唯一一個吧。」她說，「但我從來沒度過任何一個沒有樹的聖誕節。」她把一個用麵團做的笨重花圈放到旁邊，花圈背面簽著「艾莉」的名字，她臉上有種黯然神傷的表情，伊娃假裝沒注意到。

她們在忙碌時，伊娃發現自己想讓進度慢下來，想把這一晚拖長。她預想明年的這個時候，一切都會有個結果，無論是怎樣的結果。她要不就在很遠的地方，要不就是死了。而莉茲到時候早已離開，她在柏克萊的短暫停留只是遙遠的記憶，伊娃只是逢年過節寄卡片名單上的另一個名字。

最後幾個裝飾品也掛上去後，莉茲消失在屋裡，回來時拿著某個用棉紙包起來的東西。她遞給伊娃，說：「我想成為送妳第一個聖誕裝飾品的人。希望從現在開始，不論妳在哪裡，不論妳去哪裡，妳看到它時都會想到我。」

伊娃剝開好幾層棉紙，露出一隻手工吹製玻璃青鳥。

「青鳥是幸福的預兆，」莉茲說，「這是我給妳的聖誕祝福。」

伊娃撫過光滑的玻璃。它的細節無與倫比，玻璃深處有迴旋的藍色和紫色，有些地方又漸層地淡到幾乎是冰一樣的白色。「莉茲，」她小聲說，「太美了，謝謝妳。」她擁抱莉茲。

莉茲緊摟住她，在伊娃想像中，她母親就會這樣抱她，她幾乎崩潰，她想要被了解的欲望太強烈了。她想被看見，而不是隨時都在保護自己，謹言慎行以免洩露行跡。要獨力扛起那一切感覺太沉重了，而莉茲正是可能解救伊娃的那種人。話已到嘴邊，顫抖著，等著脫口而出，但伊娃把它們硬吞下去。「我沒幫妳準備禮物。」

「妳的友誼就是最好的禮物了。」莉茲說，「我們把這些燈串打開，泡杯熱可可吧。」

她們從莉茲的飯廳搬椅子到門廊上，把腳蹺在欄杆上坐著。樹點亮了黑夜，樹上的光像是由內煥發出來，將其他東西都籠罩在陰影裡。

「我查到我媽已經死了。」伊娃說，嗓音在黑暗中輕如耳語。她無法對莉茲坦承她生活的真相，但她能告訴她這個。「她在我八歲時就死了。」

莉茲在椅子上側過身來望著她。「我很遺憾。」她說。

伊娃聳肩，試著硬起心腸挺受她仍為發現這件事所感到的心痛。「我試著告訴自己這樣比較好，比較簡單。至少她不來找我是有充分理由的。」

「這也是一種角度。」莉茲邊說邊轉回去面向樹。「妳會試著去找妳外祖父母嗎？」

伊娃想到發現母親死亡給她多大的打擊，她不確定自己有能耐再承受一次失望。「我想不會吧，」她說，「不知道比較輕鬆。」

「一開始是比較輕鬆，但不會永遠如此。」莉茲說，「人生就是這樣。當妳覺得準備好的時候，也許妳會再去找他們。」

伊娃分享的每番對話、每段心事，都在把莉茲往自己拉近，拉向真實的她。她既想推開莉茲，又想將她吸入體內。她的內心因此而變得比較安定，一些祕密也能放下。因為她知道，即使她消失了，去過新的人生，也有人會握住舊的她的碎片，記得她曾經是什麼樣子。

遠處「鐘樓」敲響整點鐘聲。鐘聲止歇後，莉茲說：「前兩天那男人，再跟我說些他的事吧。」

伊娃遲疑著，她好厭倦撒謊。「沒什麼啦，」她終於說，「他只是個朋友。」

莉茲坐在那兒思考她的解釋半晌，然後問：「妳安全嗎？」

伊娃快速看她一眼。「當然，為什麼這樣問？」

莉茲聳肩。「我好像聽到叫嚷聲。還有他的表情，有一瞬間……」她沒說完。「我前夫以前就會這樣。前一秒還在生氣，下一秒就像戴上面具，掩蓋真實的他。」她搖頭。「我只是被觸發了一些聯想而已。」

伊娃考慮告訴莉茲改編版的真相。說戴克斯是她同事，說她在工作上犯了錯，害他在他們老闆面前的立場很為難。但半真半假的說詞很危險，它們很快就會導向更大規模的揭露，就像滑下山坡，每說出一件事都在累積動能。

莉茲又在椅子上轉身，面朝伊娃，盯著她瞧，等她解釋。

「我們約好要一起吃午餐，」她終於說，「我忘了，他很生氣。但沒關係，我沒事。」

莉茲盯著她，像是在掂量伊娃的說詞，等待剩下的部分。但伊娃保持沉默，於是她感覺身旁莉茲的好奇與關心轉變為受傷。因為伊娃不夠信任她、不肯對她吐實而失望。「那我就放心了。」莉茲終於說。

伊娃看著樹，她內心有種事物在移動，某個閃亮、脆弱、危險的東西浮升到接近表面處，突破她堅硬的外殼。伊娃毫不懷疑地知道，被莉茲所愛是她做過最可怕的事，因為她知道她不會永遠擁有她。

❖

莉茲早就去睡覺了，伊娃還坐在那兒，看著沿街的房屋一棟接一棟暗下來，她捨不得關掉樹上的燈進到屋裡去。再等等，她腦中有個小聲音輕聲說。她感覺自己隱形了，好像成了舊的她的鬼魂，來探訪這一世的她，並帶她去更好的地方。

伊娃聽到樹的燈光照不到的地方傳來輕微的腳步聲。她坐直身體，感官變得敏銳，立刻想到戴克斯，或小魚，以及如果是小魚的話，她甚至不會知道是他，直到事情已無可挽回。

有個男人出現在屋前的人行道上，樹上明亮的燈光投下的黑影正好掩住他，她瞇眼望向黑夜，看著他朝自己走來。卡斯楚探員踏入樹散發的光圈裡，倚在門廊的欄杆上。

伊娃坐著不動，等待著。準備了好幾個星期，布局，籌劃。現在關鍵時刻終於到了。

她瞥了一眼莉茲暗暗的窗戶，說：「你等了多久？」

「很久，」他說，「好幾年。」

伊娃凝視他的臉，他的顴骨底下被疲憊刻出了陰影，於是她意識到他們其實很像。他們兩人都因為試著維持已經變得笨重龐大的門面而疲倦不堪。

他輕聲說：「有一個男人叫菲立斯．阿塞羅斯，妳能告訴我他的哪些事？」

伊娃眼睛盯著樹。「我從來沒聽過這名字。」這是實話。

「妳知道的名字可能是小魚。」

她沒回答。只要她什麼也不說，她就能待在這中立區域，既沒有背叛小魚，也沒有對聯邦探員撒謊。

他繼續說。「伊娃，妳不是我的目標。如果妳幫我，我能保護妳。」

伊娃短促地冷笑一聲。要是小魚知道卡斯楚現在在這裡，伊娃根本活不到週末。

「妳得作個選擇。」他說。

「我以為特遣隊已經解散了。」就算卡斯楚很訝異她知道這件事，他也沒表現出來。

「不如說我們縮編了吧。妳最近突然成了球迷啊。」

伊娃的目光停在樹上，不過她全副注意力都放在卡斯楚身上，留意他的姿勢，觀察他的肢體語言。她知道他沒抓到她任何把柄，否則他就會逮捕她了，而不是深夜偷偷摸摸來到她的門廊問問題。「我只是個喜歡美式足球和籃球的服務生而已。」她說。

「想知道我的想法嗎？」他問。

「不怎麼想。」

「我覺得妳想出來。」他的嗓音柔和，但他的話還是切穿她，他簡直看透了她。他對她的心思瞭如指掌。

她快速瞥他一眼，他微笑，像是剛剛證實了什麼。「快沒時間了。」他說，一推欄杆站直身體，「我可以把這段對話保密，或是向局裡的某人透露我們聊過了。妳覺得小魚知道了會作何感想？」他微微搖頭，說：「就算妳先告訴他好了，他也會有疑慮。而就我的經驗，疑慮總會帶來問題。」

伊娃瞪著他，她的選項被縮減到只剩下一個。「為什麼是我？」她問。

卡斯楚牢牢盯住她的眼睛，說：「因為我想幫的人是妳。」

他默默把名片放到欄杆上，沿著步道離開，跟他出現時一樣悄無聲息地消失。

克萊兒

二月二十六日，星期六

從奧克蘭運動家隊晚宴開車返家途中，凱莉和我沉默不語，我的思緒忽而往前忽而往後，巴不得覆蓋掉我剛才做的事。我知道那些人會怎麼處理他們拍的影片和照片。它們會先出現在網路上，最後登上電視。問題是速度有多快，還有我會被認出來嗎？

我享受著車內的寂靜，盯著窗外，看著襯在高速公路後方成為背景的陰暗公寓。我們開上匝道時，凱莉說：「剛才那是怎麼回事？」

我沒把臉轉向她，思考要是我把過去幾天發生的所有事都向她一吐為快，她會說什麼。我想像我說話時她眼睛瞪大，我為了救自己而做的事太可怕，排擠掉她眼中原本的友善。「妳指的是？」我問。

「唐尼發脾氣時，妳介入他和他女友之間的樣子。妳逃離什麼樣的過去？」

夜已深，路上幾乎空無一車，我們的車一下子跨越好幾個車道，選定中間那一條。「妳還是不知道的好。」

凱莉視線停留在路面上，對向車道偶爾出現的大燈短暫照亮她的臉，然後她的臉又被黑暗籠罩。「妳丈夫會打妳嗎？」

我讓這問題懸在空中，思考我敢不敢回答。最後我小聲說：「很多次。」

「而現在妳擔心他可能會看到影片而找到妳。」

「我不知道自己怎麼會這麼蠢。」我說。

我們下了高速公路開進柏克萊市中心，幾乎轉眼間就到了伊娃家。凱莉把車停在屋前，然後轉頭看我。「讓我幫忙。」她說。

我比任何人都了解祕密會化膿潰爛，讓你跟全世界都隔絕。除了佩特拉之外，我在紐約從未有過真正的朋友，因為我有太多要隱藏的事了。有太多祕密。現在我逃出來了，一切卻都沒有改變。我得跟凱莉保持同樣的距離，才能保護我的祕密。只是換成不同的祕密而已。

我無力地笑了一下，極度希望凱莉和我能當朋友。

「謝謝，」我說，「但可能為時已晚了。」

❖

我上樓坐在電腦前，輸入八卦新聞網站ＴＭＺ的網址。最上面的連結就是唐尼和克麗希達吵架的事，四十五分鐘前才發布的。標題寫道：「棒球明星唐尼．羅德里奎茲與女友吵架甚至動手」。我點進去，跳出那段影片。沒有聲音，只有影像，但畫質超清晰。影片拍到唐尼和克麗希達在吵架，他抓著她的手臂往自己拉，而我插到中間管閒事。

已經有超過兩百則留言了，往下拉到大約一半的地方，我看到了。

紐約名嘴：嘿，只有我覺得背景那女人長得有點像羅里・庫克死掉的老婆嗎？

「不。」我對著空房間輕聲說，想到這句評語會啟動的Google通知。那通知會寄到丹妮兒的電子信箱，也會寄給羅里本人。

我迅速移到他的收件匣，打開他的通知資料夾。那封電子郵件就壓在長長一串未讀取的通知信最上面，而我的直覺反應是把它刪掉。但那只會延遲無可避免的結果。丹妮兒會看到通知，讀信，點連結。她會看影片，也許看個好幾遍，然後才拿去找布魯斯。他們兩人會一起研究出最好的方式告訴羅里，讓他知道那個原本正要離開他，那個原本應該已經死掉的妻子，分明活得好好的，在奧克蘭替一個宴會承辦師工作。

我把那封通知（以及保險起見連同另外幾封通知）勾選起來，按下刪除，然後點進垃圾桶清空所有信件。反正無論如何我都死定了。

❖

到了星期天早上，已經有超過十萬人看過那段影片，我滑過至少一百則針對昨晚那則留言的回覆。大部分回覆都斥責「紐約名嘴」眼睛瞎了、愚蠢或純粹是個麻木不仁的陰謀論者。

我們國家的問題就是出在你這種人身上。你躲在電腦後面，丟出毫無根據的理論，無非就是想成名。

但「紐約名嘴」不屈不撓。他貼了一張影片截圖截出我的臉，然後在旁邊貼上《我們大明星》用的那張照片。有圖有真相，他說。

她們看起來確實很像，另一個留言者承認。也許把髮型換一下的話。

我知道就算我剪了金色短髮，羅里還是能立刻認出我。我移動的方式，我站到唐尼和克麗希達之間時臉上的表情，都沒有疑義。羅里看到影片只是遲早的事，然後他會查到我的下落——透過湯姆或凱莉——等那件事發生時，我得離柏克萊遠遠的。

但今天早晨目前為止，共用文件還沒出現我預期隨時會冒出來的文字。

你看了影片嗎？你覺得那真的是她嗎？

❖

但是終於出現文字時，卻跟影片無關。

布魯斯．寇克倫：查理寄給我一封新聞稿和宣誓證詞的電子郵件草稿。

羅里．庫克：裡頭寫什麼？

布魯斯．寇克倫：所有事。

這三個字壓在那兒，我感覺到它的重量，不管「它」是什麼。布魯斯繼續打字，我簡直能聽到他用安撫的語氣說話。

布魯斯．寇克倫：

顯然我們不會讓這種事發生。我們有人在負責挖查理的背景，一路追溯回大學時代。我們會找到可以終結這件事的把柄。

羅里·庫克：

那裡有很多東西。隨時向我回報進度。

布魯斯·寇克倫：

了解。

樓下有人敲門，嚇了我一跳。我偷偷摸摸下樓，從窗戶往外瞄，看到凱莉站在門廊上，拿著兩杯咖啡店的咖啡。我考慮不應門，直接回樓上去搞清楚「所有事」是指什麼，還有基金會的資深會計師到底知道什麼瑪姬·莫瑞提與羅里共度最後一個週末的內幕。

但她已經看到我了。「我想說妳今天早上可能需要咖啡因。」她隔著關閉的門喊道，「我想謝謝妳昨天幫了女孩們，她們昨天晚上把報告做完了，做得很不錯。」

我們在沙發上坐下，矮桌隔在我們之間。凱莉啜著咖啡，我握著我的杯子，熱度傳到我掌心。

「TMZ網站上有我的影片。」我告訴她。

「我看到了，」她說，「但只是在網路上而已，電視上沒播。所以除非妳前夫喜歡追名人八卦網站，妳大概沒事。」

就算她看了底下的留言，也不太可能看了夠多筆，看到「紐約名嘴」寫的內容。我在手中轉著杯子，真希望能解釋事情沒這麼簡單，風波沒那麼容易就過去。

「謝謝妳來看我，還有送咖啡來，」我舉起杯子，「但我得去打包了，我今天下午就要走。」我看看四周這個收容我好幾天的空間。我的外套掛在椅背上，沙發旁的地上有一疊報紙，這房子這麼快就感覺像家了。

「他還是有可能沒看到影片。」

我把沒喝半口的咖啡放在兩人之間的桌子上。「狀況比妳想像中還複雜。」

「那就解釋給我聽。」她說，「如果妳需要錢，我可以借妳。如果妳需要換個地方住，我有朋友可以替妳找房子。」

在這一刻，我聯想到我母親，她從不會猶豫向需要的人伸出援手，即使她給不起那樣的援助。我迫切地想讓凱莉幫我，但我不能冒險把她——或她的家人——拖進任何理智的人都不願承擔的重擔下。

「謝謝妳。」我說，「我很感激妳做的所有事，超過妳所能想像的程度。」

「至少讓我幫妳在離開之前，再多賺一點錢吧。湯姆今天下午有一場派對，沒有媒體，我保證。只是一場正經的活動，地點在山上一棟視野絕佳的私人住宅。我可以兩點來接妳，九點前送妳回來。」她朝我悲傷地笑了笑。「時間夠早，嚴格說來妳還是能在今天之內離開。」

客廳牆壁另一側的陰暗車庫裡停著伊娃的車，我感到一股立刻離開的急迫性。別再浪費一分鐘。我該把咖啡丟進垃圾桶，清掉過去幾天的痕跡，把我的物品丟進她的車裡，然後揚長而去。但謹慎阻止了我。我禁不起衝動行事，禁不起再犯錯。我需要有個計畫。想清楚接下來要去哪，從伊娃書房蒐集好可能需要的相關文件，然後打包。即使羅里此刻正在看影片，他最快出現在柏克萊的時間也是明天。我仍然能在今晚離開，口袋裡多裝著兩百美元。我沒有條件拒絕。

「我們兩點見。」

凱莉走了以後，我回到樓上的電腦前，希望看到更多關於查理的討論。但共用文件已經恢復空白，我感覺到那股沉默，像是只有我能聽見的輕聲細語的恫嚇。

❖

我從伊娃的書桌開始，找出日期最近的銀行對帳單，把它放在旁邊。我從牆角的紙箱裡拿出她汽車的所有權狀和登記表、她的社會安全卡和出生證明，然後又一次尋找護照，但仍然沒找到。我看到自己在某個遙遠的地方，像沙加緬度或波特蘭這類大城市。也許是西雅圖。找一間便宜的汽車旅館或青年旅館，然後找份工作，在工資表上填入伊娃的資料，我內心漸漸覺得前方的可能性變多了。

我抓了一張杜普里餐館的薪資單，也就是伊娃工作的那間餐廳，把單子加進我要帶走的文件。也許我能用它作為一種推薦信。我抬起手摸了摸金色短髮。對柏克萊以外的任何人來說，我就是伊娃．詹姆斯。我能用駕照來證明。還有銀行帳戶，還有社會安全卡和報稅表。就像哈哈鏡一樣，我不再確定我和她的分界在哪裡。我想像某個地方的餐廳經理打到杜普里餐館，打聽我的事。*伊娃．詹姆斯？對，她在這裡工作過。*

我回到電腦前。我該去哪裡才好？各種可能性在我體內像氣泡一樣冒上來。往北似乎是最佳選擇，那裡有好多大城市，而且從這裡到加拿大之間距離遙遠。也許我可以繞回去，在芝加哥或印第安納波利斯安頓下來。我開始搜尋，用分類廣告網站Craigslist查詢職缺和平價住處，計算我的錢能撐多久。

一小時後，我點到共用文件，仍是空白的，那白色四方形除了壓力和恐懼沒提供任何東西。它是唯一讓我與舊生活勾在一起的東西，我很想停損，登出，把一切拋在後頭。我得找到屬於自己的前進方式，思考自己的下一步，不是理論上存在的瑪姬．莫瑞提醜聞，那搞不好根本是子虛烏有。瑪姬已死，若是我腦袋不放靈光點，我也可能有同樣的下場。

因為一旦羅里看到影片，我確定他會跑來。他會飛來奧克蘭，找到湯姆，要求答案。湯姆只能告訴他伊娃這個名字，他沒有工資單，甚至沒有員工紀錄來查詢伊娃住在哪裡。

但凱莉知道。

我能看見羅里對她露出那種微笑，那種笑容能打動最鐵石心腸的捐款人，讓他們簽下支票。

我知道他會怎麼說我——說我有心病，精神失衡，易於誇大和扯謊。我很想認為凱莉能抵擋那種攻勢，但事實是，我對她的了解並不足以對任何事有把握。所以我在今晚之前就必須離開。

❖

派對現場在一條彎路頂端，高踞在柏克萊山上。凱莉和我在兩點後不久抵達。跟湯姆快速報到後，他要我們先鋪桌布，那些潔白硬挺的桌布啪地抖開，然後飄落在每張桌子上，大房間有三百六十度的海灣景觀。

「妳想去哪裡？」凱莉壓低音量問。湯姆雇用的酒保是個二十來歲的研究生，他戴著耳塞式耳機，在吧檯後頭蹦蹦跳跳地擺酒瓶、擦玻璃杯。

我雙手撫平桌布，從大玻璃窗向外望，熾烈的午後陽光讓景觀看起來褪色又骯髒。「也許鳳凰城吧，」我撒謊，「或是拉斯維加斯。應該會往東。」

我已決定往北，捨沙加緬度而擇波特蘭。使用伊娃的簽帳金融卡和郵遞區號[14]來加油，盡量節省我的現金，能開多遠就開多遠，直到她的錢用完。我收拾了一個小行囊，東西很簡單，足以讓我撐過一星期的旅途，直到我在某個能久待的地方安頓下來。

凱莉湊過來。「妳可不能去賭場工作，他們會採指紋。」

我退後一步，懷疑她知道什麼，懷疑我想必不經意地洩露了什麼。

她看出我驚慌的表情，說：「嘿，我沒有別的意思，只是說如果妳丈夫跟警方合作一起找妳，妳可能想避免留下指紋。」

湯姆戴著白色廚師帽鑽出廚房，要我們聚過去聽取簡報。凱莉和我放下手邊的事，走上前聽派對開始前的最後指示。他說完的時候，女主人過來找我們。她很年輕——跟我年紀差不多——並不是很注意我們，我們站在一邊，讓湯姆解釋服務的調度。她的目光滑過我們，好像我們是家具，然後她說：「聽起來很完美。請確保開胃菜要隨時補足。」

❖

不久後，凱莉和我就端著沉重的托盤穿梭在人群裡。玻璃窗打開了，讓客人能自由進出室內以及一座鋪著草坪的小院子，那院子俯瞰著柏克萊和更遠處的海灣。太陽已在天空中往西移，先前看來刺眼的景觀現在是滿眼醉人的綠色和金色。空氣中有股寒意，若不是我賣力工作，我可能會冷得發抖。正如凱莉所承諾的，這是個私人派對，看起來沒有任何人想對賓客拍照。

我在院子外圍的一張桌子邊放下托盤，把用過的玻璃杯和空盤收到托盤上，並讓視線稍微逗留在地平線。太陽開始下沉了，舊金山被蒙上深藍和紫色的陰影，海灣大橋上的燈襯著漸暗的天

⓮ 美國使用信用卡加油時會要求顧客提供該張卡片帳單地址的郵遞區號，這是一種防範卡片盜用的安全措施。

空顯得更加活力充沛，一串車流駛向城內，紅色的車尾燈有如明亮的項鍊。我身後的派對繼續進行，說話聲融合笑聲、玻璃杯和餐具相碰的清脆聲，在那底下還隱隱有古典樂在撫平所有焦慮。

我把托盤扛回肩上，小心翼翼地走回屋內。就在我跨過門檻時，有個嗓音高八度地壓過其他聲音。是個女人，語氣開朗中帶有詫異和喜悅。「我的天啊，克萊兒！真的是妳嗎？」

一股熱流沿著我脊椎往上竄，朝外擴散，演變成白熱化的慌亂，整個派對在我周圍旋轉。我的目光掃向出口——前門和後門——目測哪一個比較近，但人群擠向我，沒有明確可見的逃生之路。

我真該趁有機會時就走的。現在一切都太遲了。

伊娃

柏克萊市，加州

一月

墜機前七週

一月的冷風以及一股決心——無論就哪種意義而言，她都不玩了。要嘛卡斯楚探員幫她脫逃，要嘛她就自己來。他們約在舊金山以南一小時半車程外的聖塔克魯茲空無一人的沙灘停車場見面，伊娃希望小魚的眼線範圍沒有那麼廣。她去程開得很慢，用後照鏡觀察有沒有人跟蹤。她開在分隔一〇一公路和海岸的矮山上，彎來繞去的山路只有兩線道。她數度停靠在路邊，讓後方車輛先過。似乎沒人注意到她，沒有車折返。等她停到卡斯楚探員的車旁時，她已有把握四周只有他們兩人。

他們默不作聲地走下樓梯到沙灘上。風把她的頭髮颳到臉上，轟轟的浪濤聲似乎在她體內振動。她好奇外人眼中的他們是什麼關係，在嚴冬時節走在沙灘上。別人會以為他們是情侶，想解決某種爭執嗎？或者是手足，來這裡撒親人的骨灰？她幾乎確定他們絕對猜不到是毒販與緝毒局探員。

「妳作了正確的決定。」他說。

伊娃望向大海，鹹鹹的海霧蒙上她的臉。她憎恨「決定」這個詞，彷彿她是在挑要沙發還是要椅子，考慮不同的選項，權衡利弊。

她感覺時間慢下來，迫使她注意到劃分出「之前」與「之後」的那一瞬間。上一回她的人生被某件事如此俐落地一分為二時，那件事的後果深遠地影響了未來，汙染了所有事。「我還沒有決定任何事，但我願意聽聽你的說法。」她終於說。

卡斯楚探員把雙手插進口袋，眼睛被風吹得瞇起來。「我們已經追蹤菲立斯．阿塞羅斯很久了，我相信妳也知道，他在灣區的人脈既廣且深。而且他很危險。我們手頭至少有三件正在進行的凶案調查，都疑似與他有關。」

伊娃銳利地看他一眼。「你想嚇唬我是浪費時間，我知道他能對我做什麼，所以除非你能提供我保護，否則我什麼也不會答應。」

卡斯楚探員用棕眼端詳她的臉，她迎視他，深深望進他眼裡，向他顯示她鐵了心要照自己的方式做。她握有他要的東西，而如果他夠想要，他就會答應她的條件。

「我們當然會提供妳保護，我們會二十四小時陪著妳，直到妳出庭作證，上頭也授權我提供妳完全的豁免權。」

伊娃笑了，沿著沙灘望過去，遠處有一個女人丟了根樹枝到海裡讓黃金獵犬去撿。「『豁免權』是個無意義的詞。我說的是證人保護計畫。給我新的身分，在新的地點為我安排生活。」

卡斯楚探員用力吁出一口氣，思考著。「我可以去問問看，」他終於說，「但我不能保證什麼。這種做法不像妳以為的那麼常見，我們通常也不會為小魚這一類的人這麼做。」

伊娃知道他非這麼說不可，好為他的上司著想，試著引導她接受比較簡單和便宜的方案。但她可不會知難而退。「我知道要讓小魚這樣的人被定罪有多難，我知道他很可能會藉著技術上的細節問題而脫罪。要是被他溜了，你認為我會怎麼樣？到時候你的豁免權可幫不了我。」

「我懂。」卡斯楚探員說，「我只能向妳保證我們知道自己在做什麼。」

「譬如說你把布蘭妮扯進這件事的時候？」

「布蘭妮是個錯誤。」他承認，「但不是徹底的災難，畢竟她帶我們找到了妳。」他背向海洋面對伊娃，大衣像降落傘一樣鼓起來。「妳必須信任我們。」

伊娃差點大笑。信任別人從來沒有好結果，這是她的切身之痛，這次也不會是例外。「如果你不能提供我證人保護，我就幫不了你了。」

卡斯楚的目光變得柔和，她注意到他眼周的笑紋。某個地方的某個人一定知道他開心時是什麼模樣，她發現自己好奇那個人是誰，愛上一個整日追逐影子的男人是什麼感覺。

「聽著，」他說，「我幹這一行已經很久了，見過的事也不少。我所知道幹這勾當的人之中，就只有妳格格不入。」

伊娃望向他身後，越過翻騰的浪濤和白色浪尖直望到海平面，知道它只是幻象，知道不管你航行多遠、多麼拚命，它永遠都難以企及。「你對我一無所知。」她說。

「我知道妳在兒童之家長大。我知道妳在柏克萊大學出了什麼事，也知道受懲罰的不該只有妳一個人。」

她忍住沒有回應，氣他知道她的祕密。多年前她是需要有人說這些話，因為那對她確實有幫助。但是現在？只是空話而已。

他繼續說。「我認為妳是個好人，只是被迫做了個不得不的決定。幫我，我才能幫妳。」

伊娃盯著他，試著讓他相信她還在考慮，讓沉默在他們之間延長。她對人生的了解足以讓她知道，你一旦答應了某件事——不論是為足球選手或毒販做藥，或是向聯邦探員交出證據——只要你一說「好」，他們就不再試著照顧你了。

卡斯楚探員繼續說。「如果妳不合作，我們會起訴妳。豁免權沒了，到了那時候，我沒辦法為妳做任何事。妳會坐牢，很久很久。」

伊娃覺得她已擁有足夠給卡斯楚的證據了，但她一交出去，他就不必向她作出任何承諾。

「如果你能給我我要求的東西，我們或許能達成協議。」她說。

「我盡力而為。」

伊娃用雙臂緊抱住自己，說：「我猜想你會繼續跟蹤我吧。我要請你別讓我太難做人。你似乎認為小魚只是個中級毒販，但要是他發現我們交談過，他會殺了我，而你什麼都得不到。」

❖

她幾乎不知道自己是怎麼開回柏克萊的，她沉浸在自己的思緒中，過濾各種選項和下一步。不管卡斯楚可能為她爭取到什麼，她都需要準備好拋開一切——柏克萊、她的房子、她的工作，還有莉茲。

伊娃天黑後才到家，莉茲公寓裡的燈光溫暖而誘人。她暫停腳步摸了摸她們的樹柔軟的樹枝，現在樹上已沒有裝飾品，只是等待著下一個永遠不會來的聖誕節。莉茲會想像伊娃在這裡一個人裝飾聖誕樹嗎？她會打給伊娃，並納悶她為什麼始終不接電話嗎？回來探望朋友，發現伊娃已人去樓空？伊娃知道那種感覺，未解答的疑問像參差不齊的線頭，搔著你的腦海深處，用「為什麼」來折磨你靜下心的每一刻。

彷彿被召喚而出，莉茲打開門望著伊娃，伊娃仍站在樹旁。「妳在外面做什麼呀？」

伊娃看著她，莉茲被明亮的方形光芒框住，她沒有回答。

莉茲朝門廊跨出一步，看到伊娃的表情時，臉上笑容淡去。「妳還好嗎？」她問，「妳看起來很沮喪。」

「沒有，只是累了。」

莉茲欲言又止。最後她說：「妳什麼時候才要告訴我妳到底怎麼了？我每次問，妳都打迷糊仗。或是推說妳累了。但才不是這樣。妳為什麼不肯跟我談？」

「我有跟妳談啊，隨時都在談。」

莉茲搖頭。「不，妳只告訴我已經發生的事，已經結束的事。但我對妳的生活幾乎一無所知，不知道妳的心事，妳在煩惱什麼，妳為什麼睡不著。有個男人憑空冒出來跟妳吵架，然後我又再也沒聽說他或看到他了。」她深吸一口氣。「不，伊娃，妳並沒有跟我談。妳根本不信任我。」

「妳放大解讀一些事了。」伊娃說，痛恨自己的語氣。高高在上，敷衍了事。而事實上她極度渴望撲在莉茲腳邊，懇求她修正這一切，幫她一把。

莉茲朝門廊走出來，兩臂扠在胸前，嗓音低沉。「我還以為我們是朋友，但妳對我撒謊，一直都在撒謊。妳去哪裡，妳在做什麼，妳跟誰在一起，全是謊言。我並不笨，我有在注意。我聽到妳有時候晚上講電話，在爭執。跟那男的嗎？」莉茲細聲笑了一下，說：「不必回答，我已經知道妳不會說實話。」

伊娃很想把真相砸在她臉上，把實話像子彈一樣朝她射出去，戳破莉茲的信念，亦即她自認為扛得住伊娃隱瞞的事。她想像她推開廚房裡的置物架，帶莉茲到她的地下實驗室。這就是我做藥的地方，她會告訴她。我用那裡的登山爐煮藥，然後把一半的完成品交給一個非常可怕的男人，如果我停手的話，他可能會殺了我。

伊娃想起卡斯楚稍早的話。我所知道幹這勾當的人之中，就只有妳格格不入。「我活在一個不適合我的世界裡。」她終於說。

莉茲朝她走來，但伊娃退後，需要在兩人間保持距離。「妳為什麼這麼說？」莉茲問，「看看妳做了什麼。儘管妳處於各種不利條件下，卻仍成就許多事。」

「果然還是出現了。」伊娃壓低音量說。這是她這輩子一直想逃離的事物。到頭來，所有人——就連莉茲也是——都是透過「對她抱持的憐憫」這層濾鏡來看待她的成功與失敗。

伊娃體內開始蓄積一股壓力，源自所有她想說但不能說的話。她用手指按壓太陽穴，朝她的家門走去，需要脫離莉茲的目光，需要躲到屋裡，好清楚地思考，她在屋裡才不用隱瞞和混淆事實。「我沒辦法談了，抱歉。」

莉茲伸出手，消滅了兩人間的距離，按在伊娃手臂上。「妳不能逃避傷害妳的東西，妳不能把它埋起來，希望它就此消失。妳得面對它，直視它，談論它。」

伊娃把手臂拽回來。「請妳停止。妳沒辦法用鼓吹誠實和自省他媽的心靈雞湯就搞定這件事。」

莉茲畏縮，但目光如炬，不甘示弱地也提高音量。「那就告訴我啊，不管是什麼事，說出來吧。」

伊娃再次陷入沉默，那些話實在嚴重到她說不出口。她透過莉茲的窗戶看進她的客廳，想起自己第一次坐在那兒時，很害怕因為卡斯楚的關係，她的整個世界都快要崩解了。當時她還不明白，把她的世界擊碎的人會是莉茲。莉茲會稍微拆開伊娃的牆，讓光線照進她最黑暗的角落。讓她再次渴望更多。迫使她想成為更好的人。

看伊娃顯然不會再說什麼了，莉茲退開來，讓伊娃打開門鎖跨進屋內。但就在她關門上鎖的時候，莉茲的嗓音從門廊飄進來。「妳準備好要談的時候，我就在這裡。」

伊娃走到沙發旁，蜷成一團，希望已經只剩她一個人了。希望這部分已經過去了。

克萊兒

二月二十七日，星期天

我僵在那裡，等著嗓音的主人找上我，抓住我的手臂，直視我的臉。戳破我的謊言，奪走我僅存的自由。

凱莉在房間另一頭望著我，用嘴形說「妳還好嗎？」。我點點頭，強迫自己繼續走。我從賓客之間穿過，直到離開房間中央，我一直把托盤舉在下巴附近，高到能遮住我一部分的臉，或在必要時往前砸在某人身上。

我們的女主人走進現場，與一個我不認得的女人挽著手臂。她們兩人頭靠向對方在交談，然後房間另一頭又有人喊道：「克萊兒，來這裡。寶拉想跟妳說我們去貝里斯旅行的事。」

我這才意識到我們女主人的名字也叫克萊兒。我的手開始輕顫——其實應該說發抖——我的手臂和腿彷彿變成果凍，支撐不住我的重量。我勉強走到凱莉面前，把托盤交給她。「我得去一下洗手間。」我小聲說。

「妳看起來糟透了，」她說，「出了什麼事？」

我搖頭，抹消她的憂慮。「我沒事。我上工前吃得不夠飽，頭有點暈。我只需要休息一下。」

「快去快回。」她說，不過我看得出來她不相信我。

在樓下的小洗手間裡，我往臉上潑冷水，盯著鏡中的自己。我能改變我的外觀，使用別人的名字，去別的城市，但真相永遠會跟著我。不管我多麼小心，防備得多好，我都只要犯一個錯就會被揭穿。

我把手擦乾，溜回派對中，順手拿了個新的托盤。我對凱莉點點頭，硬擠出笑容。各種對話在我周圍迴繞，我回到隱形狀態。但整個晚上我聽到好幾次「克萊兒」，雖然知道他們說的不是我，仍然忍不住心驚肉跳。等派對結束時，我已疲憊又緊繃，準備好跳上伊娃的車溜之大吉。

❖

開車返回伊娃家途中，我累癱了，暴衝的腎上腺素仍在分泌。湯姆給我的那捲鈔票在我的口袋戳出一個銳角。兩百元，這讓我的存款增加到將近有八百元。再加上伊娃的車和她的簽帳金融卡的幫助，我應該可以離這裡很遠。

「妳準備好上路了嗎？」凱莉打破沉默說道。我們離伊娃家只剩幾個路口遠，再等一次紅燈、再遇到兩次「停車再開」的標誌，我們就要道別了。

「嗯。」我說。

她遞給我一張紙條。「這是我的電話，如果妳需要幫忙就打給我。如果妳覺得ＯＫ的話，讓我知道妳在哪落腳。」

「我會的。」我說，這時她開到屋前停下來。

她對我悲傷地一笑。「妳不會的，不過沒關係。」

我猶豫了一下，然後俯向前緊緊擁抱她。「謝謝妳當我的朋友，還幫我忙。」

她直視我的眼睛，盯住我，棕色眼睛定定地望著我。「不客氣。」

❖

進門後，我上樓去，需要沖個澡來清醒一下，準備迎接漫長的車程。我讓蒸氣盈滿身心，想起上一回自己準備好離開某個地方的情景，那是截然不同的一種啟程。我走出浴室快速著裝，盡可能清理浴室，確保伊娃在躲避的事或人終於出現時，不會發現我的蹤跡。我在伊娃的五斗櫃前猶豫了一下，我發現的卡片仍夾在鏡框裡。妳所想要的一切都在恐懼的另一邊。我無從得知這句話對伊娃來說代表什麼，或她為什麼把它丟掉。但我覺得需要把她的某樣東西帶在身邊。不是那些法律文件，它們只標記出她在世上填補的空間的輪廓；也不是她穿過的衣服，而是發自她內心的東西。我從鏡框抽出卡片，塞進口袋。

我走進她的書房，拿起我整理出的那疊文件，塞進我的手提包。我察看共用文件，頂端的時間戳記顯示從今早的對話以來就沒有任何活動。這真是浪費時間，沒用又讓人分神。羅里和布魯斯幾乎形影不離，他們必須告訴對方的事大可以在密室裡小聲交流。不管查理．法納甘對瑪姬死去那個週末知道什麼……都與我無關。

我想放手，切斷連結。但我腦中有個小聲音警告我這事還沒結束。網路上有那支影片在流傳，搜救行動也仍在進行，我需要動用任何可得資源，直到確定危險已過去。

「那是何年何月呢？」我對著空蕩蕩的房間說。我等著，彷彿可能會有答案。我嘆口氣，闔上筆電放入包包，然後關燈，室內陷入漆黑，我試著不去想我的計畫感覺多麼不牢靠。它像紙一樣單薄，而且邊緣已經撕裂了。

下樓後，我把包包放在沙發旁，進到廚房收拾今天下午洗乾淨的幾個盤子。冰箱內最上層有一罐健怡可樂孤伶伶地擺在那兒，我拿出來，拉開拉環，急於盡可能多攝取一些咖啡因。

水槽上方的窗戶是一個黑色方塊，映出房間倒影，因此我拉上窗簾，喝了一大口可樂，氣泡重新燃起我的能量。伊娃的手機在我身後嗡嗡振動，有人來電。

我拿起來，螢幕上閃現「私人號碼」的字樣。又是那個女人，仍然很擔心，仍然希望伊娃能打給她。我好奇她還會再試幾次才放棄，並認定伊娃不想跟她交談，她們之間的友情勢必不如她的認知。我替她感到遺憾，不論她是誰。她的擔憂拋向了虛空，始終不知道關心送到了錯的地方。

幾秒後，螢幕收到新的語音留言而亮起來。我很想忽略它，聽都不聽就刪掉，但好奇心驅使我動作。有一部分的我想再聽到她的聲音，假裝她關心的對象是我。假裝世界上有個人希望我安全、快樂。我按下「播放」。

但留言者不是那個在找伊娃的女人。這個嗓音我認得，我聽過它幾百次了，而它就對著我耳朵說話。

庫克太太，我是丹妮兒，我知道妳沒上那班飛機。妳必須打給我。

隆隆的血流聲充斥我的腦袋，我的心重重撞向胸膛，那種節奏像在說：他們知道了。他們知道了。他們知道了。健怡可樂從我手指間滑落，砸在地板上。

我盯著手機，無法呼吸。我聽過多少封語音留言，開頭就跟這封一模一樣？它把我直接送回過去，緊張和恐懼將我扭成一個硬邦邦的結。

我是丹妮兒。

她想針對我沒做好或忘了做的事提出問題。

我是丹妮兒。

永遠都在督促我，監視我。

我是丹妮兒。

而她找到我了。而這表示要不了多久，羅里也會上路。可樂罐在我腳下側躺在地，深褐色液體向外漫開，成為愈來愈大一灘像血的汙漬。

伊娃

柏克萊市，加州

一月

墜機前五週

莉茲搬走的那一天，伊娃一直躲在自己家，從樓上的書房看著莉茲租來的家具搬上公司派來的貨車。她們上次爭執後過了兩三天，莉茲往她的投信口放了一張字條，只是一張紙，她工整的筆跡是斜斜的草書，彷彿來自另一個時代。妳所想要的一切都在恐懼的另一邊。伊娃把它揉成一團，丟進書桌旁的垃圾桶。

她知道當莉茲的公寓清空，貨車準備好離開時，莉茲會想說再見。伊娃試著想像，在兩星期近乎沉默狀態後到門廊上面對莉茲，尋找道歉的話，告訴莉茲她們的友誼對她很重要，儘管她表現得不像這麼一回事。

她藉著打理自己的事來讓自己分心。她察看了位於新加坡的銀行帳戶。她整理了她目前蒐集到的關於小魚的證據。為了以防萬一，她把這些證據都拿去公證了。那個厭世的公證人當時吹著泡泡糖——在這裡蓋拇指印，在那裡簽名——連看都沒看伊娃打了什麼字。

但現在有某種感覺在拉扯她的潛意識，有一件未完成的事不肯罷休，非要她再看它最後一眼不可。她很快就要離開了，會有個新名字和新生活。到時候，她絕對不能回頭。見到她的血親，甚至和他們說話的機會，將永遠關閉。

她在Google搜尋欄輸入外祖父母的姓名，然後點進一個尋人網站，快速輸入信用卡資訊來取得升級資格，這樣她就能查到電話和住址。

這並不難。長久以來，這些資訊就在那裡，等著她去查。南西和厄文・詹姆斯，還有一個近在幾公里外的里奇蒙住址。

趁莉茲去幫搬家工人買三明治的時候，伊娃溜走了。她不適合十八相送。而且她有太多沒說出來的話，無法再裝作若無其事。

❖

她往北開，驚嘆於原來他們一直都離得這麼近，並好奇他們會不會想到她。是否曾找過她。也許他們不像伊娃這樣付費取得她的住址，不過也在網路上搜尋過。伊娃・詹姆斯。而她會在那兒，在一串與她同名的清單上。三十二歲，柏克萊市，加州。

她開下高速公路，繞行最後幾個街區，終於開上一條光禿禿的寬街，沿街都是破房子。院子裡堆滿破銅爛鐵，枯草和雜草彷彿漂去了環境中的所有色彩。這和她想像中完全不同，她很想過門而不停，繼續抓著她多年來為自己營造的假象不放。

她停在一棟褪色的綠房子外頭，這戶人家的車庫門窗戶破了。有人用膠帶黏了一塊硬紙板來補破洞，不過膠帶看起來很舊而變脆了，硬紙板泡過水而變形，邊緣發霉。對街的院子裡拴了隻狗，牠的吠叫聲撕裂寂靜。

伊娃沿著龜裂的水泥步道走進去，目光掃視棕色草坪和破爛的灌木叢，試著想像自己在那裡玩耍的畫面，但卻跟她多年來幻想的情境天差地遠。她想像外婆悉心照料的花圃在哪裡？車道上保養得宜的老爺車呢？窗口怎麼沒有熨得平整的窗簾，她外公不是應該每年會用高壓水柱洗一次車道嗎？她所看見的情景太過出人意料，像是未調音的鋼琴，每個音彈下去都是錯的，又響又刺耳。

伊娃站在有遮蔭的門廊上，試著用嘴巴呼吸，香菸的臭味從關閉的門後滲出來。她敲門，屋內傳來逐漸接近的腳步聲，使她想轉身走開。她不再想看見門後有什麼了。

但她還沒來得及動，門就被拉開。有個熟齡男子站在那兒，身穿稍大的牛仔褲和舊T恤，精實的手臂布滿刺青。「貴幹？」他問，越過她望向她停在路邊的車。她立刻震懾於他的眼睛。那跟她的眼睛一樣，同樣的形狀、同樣的顏色，一時之間，她喘不過氣，感到認出了親人，像是拼圖中央的拼片啪地按下去，將拼圖完成。

「是誰啊？」有個嗓音從屋內喊道。

伊娃越過男人肩膀，依稀看出椅子上有個龐大臃腫的身形。菸味令人受不了，在那底下還有別的氣味——久未清洗的體味和煮過頭的食物味。

「抱歉，」伊娃邊說邊退下台階，「我找錯地址了。」

男人盯著她，她屏住呼吸，等著他眼中閃現認出她的光，看到某種東西鬆動——也許他會看見她母親的鬼魂，也就是他死去的妹妹，站在他面前。但他只是聳聳肩，說了聲「隨便妳」，然後關上門。

她轉身沿著步道離開，腿和手臂都不協調又時不時抽搐一下，讓她歪歪倒倒地從步道移動到人行道再坐到車上。她發動引擎時，怨自己曾經以為他們不止是這種情況，氣自己什麼都相信，就是不認為他們會是品味低俗的大眾。

然而當她穿梭在街道間，回到高速公路上往南開向柏克萊，她才意識到自己一輩子都在期盼始終不會擁有的生活。這麼多年來，她都深信只要他們夠愛她，願意撫養她，她就能避免在柏克萊大學發生的事。她就能好好拿到學位，為自己建立正正當當的生活。可是現在她知道，要是她在那個家裡長大，她連進入柏克萊大學的機會都沒有。

資訊就是力量。

伊娃可以不帶遺憾地離開了，她確定過去對她而言沒有任何價值。有時候一個夢想的死亡，可以終於讓你自由。

❖

她到家時，搬家貨車已經走了，莉茲的公寓空了。窗戶沒有窗簾，露出光禿禿的房間，紅色調的牆壁幾乎在發光，冰冷而沉重的悲傷籠罩她。

她走到門廊上，打開門鎖，刻意直視前方，試著不去注意莉茲把悉心照料的花盆都留下了。她瞥向右方，看著她們一起種的樹，那是她們友情剩下的唯一東西，它會繼續站在那裡，像個安靜的哨兵，保護著她的祕密。

伊娃

柏克萊市，加州

二月

墜機前一週

伊娃跟戴克斯約好在籃球賽賽場見面，出門前十五分鐘，收到傑瑞米的簡訊。

我有好幾科都快被當掉了。我星期二要交一篇報告，需要東西幫我拿A。拜託。

在所有客戶中，傑瑞米是最鍥而不捨的，他已經連續好幾個星期纏著她要她賣藥給他。她設法拖延，提出要介紹他認識別的藥頭，但他都拒絕。他只要她，他信任她。換作是以前，他的死忠會令她翻白眼，不過現在她知道他這麼小心其實很聰明。

她回傳簡訊。

正要去哈斯體育館看男籃賽，中場休息時在第十區的入口處跟我碰面。

她要在俱樂部會所交貨給戴克斯，再去找傑瑞米。她從淘汰的藥——形狀不漂亮或不完整的藥——裡取出四顆，放進一個空白信封。這些藥其貌不揚，不過效果一樣好。

兩天前，卡斯楚在超市的冷凍食品走道悄悄出現在她身邊。他只待了一秒，只久到說完時間地點，還有說她很快就會得到答覆。伊娃感覺時間每個鐘頭、每分鐘地流逝，將她帶往未知的結果。她環顧她的房子，好奇自己會不會懷念它。她的目光滑過客廳熟悉的牆壁——她最喜歡的椅子，她坐在上頭幾百萬次，看電視或閱讀。牆上掛著印刷圖片，她挑了它們，因為想讓陰暗孤寂的生活中添加點繽紛的色彩。她的舊教科書，唯一能提醒她自己原本希望成為什麼人的東西。然而，這些零零碎碎的物品加起來並不等於生活。伊娃站在那兒時感到一股清明，彷彿她已經離開，她醒悟到這些都不重要。她不會懷念任何東西。她唯一在乎過的人已經不在這裡了。

她抓起外套，把包好的藥塞進內側口袋——給傑瑞米的信封放進另一個口袋——錄音筆放進手提包，雖然可能又是錄到一晚無用的閒聊，然後她輕巧地出門，試著忽略莉茲空空的窗戶，她踩在門廊上的腳步聲變大了，製造出空寂的回音。

她步行幾個街區到校園，穿過寬敞的草皮走向圖書館，再沿著昏暗的曲徑走出薩瑟門。一串學生和球迷正朝著哈斯體育館而去，她從人群中擠過去，進入場館後直接到自己的座位。

她對坐在周圍的人露出緊繃的笑容，現在每場主場賽她都來看，那些臉孔也變得熟悉。但她沒跟任何人交談。她只是盯著下方的球場，球員正在那裡暖身，她讓場館內的聲響漫過她，並意識到自己已漂離航道好遠，像是被潮水拉走的小船。她離自己的出發點已隔了一整個世界。迷失在海上，毫無希望找到方向回到熟悉的陸地。

❖

上半場打到一半時戴克斯才來。「抱歉我遲到了。」他邊說邊滑進座位，「我有錯過什麼好戲嗎？」

伊娃不理會他的玩笑話，低頭看向學生座位區，那裡已座無虛席，所有人整齊畫一地移動和跳起，嘲弄敵隊。「我大學時連一場籃球比賽都沒看過，」她說，「整天就是念書和上課。除了最後那段日子，和韋德在一起。」

戴克斯點點頭，但什麼也沒說。

「我一直以為我會留在柏克萊，也許教書，或在某個實驗室工作。這裡是我唯一覺得像家的地方。」他們下方有個球員抓到籃板球，快速切回另一端的籃框，周圍的觀眾為之瘋狂。但伊娃繼續說：「我現在過的生活，是我原本想過的生活上下前後顛倒的版本。我是在柏克萊這裡沒錯，我有錢也有房子，我擁有我以為我想要的一切，可是一切都錯了。」

戴克斯在椅子上換了個姿勢，好看著她的臉。「妳覺得別人就一定比較好嗎？」戴克斯朝他們這一排盡頭的一個上了年紀的男人比畫一下，他的運動衫看起來袖口磨損，眼袋很明顯。「看看那個人，我敢說他是在市區工作的會計之類的。天一亮就搭舊金山灣區捷運上班，把自己塞進車廂上最小的空間。在辦公桌前吃早餐。拍上司馬屁，夏天休假兩週，賺的錢只能勉強買得起籃球季票。妳想要那種人生嗎？我們的人生比較好。」

她想掐死他。比較好？躲躲藏藏，工於心計，隨時都要提防小心？坐在周圍的人之中，有幾個一直處於犯了錯就會被逮捕或被殺掉的恐懼中？

她緊張不安，虛飄飄地活在一個漸漸變空的生活裡。但這事拖得愈久，她愈無法肯定卡斯楚能夠把她弄出去。她想要有個備案，在必要時能夠靠自己消失的方法。

場館內的噪音愈來愈響，伊娃湊向戴克斯並壓低音量，以免被錄音筆錄到。「我有個大學生客戶想買假證件，」她說，希望戴克斯聽不出她嗓音中的顫抖，「她十九歲，想進入舊金山的一些夜店。你知道有誰能幫她做嗎？」

就算戴克斯認為她在撒謊，也並沒有表現出來。他手肘撐在膝蓋上，轉過臉來看著她。「我以前認識一個人在奧克蘭，專門做這個。但那已經是很多年前的事了，那個年代還可以把原本的照片抽掉，換一張新的上去。」他搖頭。「現在？她最大的希望就是找到某個長得像她的人，而且對方自願把證件給她用。付錢買他們真正的駕照，讓他們申報遺失補發。這種事多得很。」

她望向球場，假裝對比賽感興趣，以免他看到她挫敗的眼神。「我也是這麼告訴她的。」她說，「但你也了解大學生，對十九歲的小孩來說，兩年就像永遠那麼久。」

哨音響起，表示暫停，音響播送響亮的音樂。

她再次提高音量。「結果你那個朋友，就是介紹布蘭妮那個人，他怎麼樣了？」

戴克斯盯著下方球場上舞動的啦啦隊員，說：「他已經被處理掉了。不是我的決定，不過我也不難過就是了。」

「你們確定他有參與調查嗎？」

戴克斯搖頭。「那不重要。」

「感覺有點危險，」她說，「除掉布蘭妮原本的聯絡人。那不會又引起警方的注意嗎？」

戴克斯露出緊繃的笑容，但眼裡沒有笑意。「他們絕對不會找到他的。」

伊娃感覺肋骨正下方空空的，等著他說下去。

「小魚在奧克蘭有座倉庫，某種進出口的障眼法。倉庫地下室有個焚化爐。」

她用力吞口水，拚命逼自己穩穩地直視他的眼睛，然後點點頭，希望她的錄音筆有錄到這個，而不只是錄到電音團體「傻瓜龐克」的狂妄音樂。啦啦隊在他們下方扭身、旋轉，髮絲飛揚，手臂和腿隨著音樂加速也動得愈來愈快。

她開始感到巨大的幽閉恐懼症，場館內的高溫，人群擠在狹窄的座位上，座位一排排堆向屋頂，讓她感覺他們都朝她壓迫而來。伊娃看了一下計分板上的時間。「我們先走吧，」她說，「趕在中場的人潮之前。我開始頭痛了，我想回家。」

「正合我意。」戴克斯站起身，側身通過同排觀眾，伊娃跟著他。

❖

他們排在洗手間的隊伍最前端，只花了不到三十秒就完成交貨手續。「我們下週見？」戴克斯問，一邊把大衣前襟拉攏。

伊娃從俱樂部會所的窗戶往外看，俯視著棒球場內野，想到兩三個月後的春天，球員們會在那裡跑壘、往草地上吐葵花子殼。希望到時候她已經不在了，不論是以何種方式。

她看著他，凝視著那已經變得如同她本身一樣熟悉的側臉。這種生活不容易，他已盡他所能傾囊相授。而她也是個好學生。有很長一段時間，她過得心滿意足。但那些日子感覺已是遙遠的過去，就像她以前認識的某人留下的褪色快照。「沒問題。」她說，「注意安全。」

「那是一定的。」他說，對她眨眨眼。

伊娃回到人山人海的大廳，瞥了一眼時間。她還剩五分鐘可以穿過體育館去跟傑瑞米碰面。她說頭痛並不是騙人的，疼痛從她太陽穴朝外蔓延，她知道午夜之前它就會惡化成劇烈的偏頭痛。她從口袋拿出手機，再傳了封簡訊給傑瑞米。

跟你改約在第二區入口。

她穿過俱樂部會所的門，彎彎繞繞地回到人群裡。

觀眾從她身旁擠過，要回到座位上，她物色哪裡有個小角落可以等人。她望向球場對面的第十區，試著看看傑瑞米有沒有在那裡等她，結果某人吸引了她的目光。

一開始，她只看到他的背影——棕色短髮。大到能掩飾槍套的運動外套。彷彿慢動作播放，她看著他瞥一眼手機，讀到什麼，然後推開牆站直身體，朝她的方向走來。

她看著自己的手機，像是第一次看到它，恍然大悟的感覺爬過她全身，使她視線邊緣變得模糊。她回想過去兩三週以來自己傳過的每封簡訊。傳給戴克斯。還有傳給傑瑞米，告訴他到哪裡跟她見面，約在什麼時候。結果本來應該是傑瑞米出現的地方，來的人卻是卡斯楚。

在瞬間的畫面一閃之間，她又看見了。一張白紙透過打開的車窗遞出去。布蘭妮。布蘭妮有她的電話號碼，能夠把它透露出去。如果有人跟她同時閱讀她的簡訊，Whispr這款APP也防堵不了對方。

她從人群間推擠而過，在回座位的人潮中是唯一逆流的人，她始終低著頭。不敢看任何人的眼睛，確信卡斯楚的手隨時會抓住她，把她往後拽，要求她掏出口袋裡的東西。要她解釋她為什麼仍在賣毒品，跟她說他們的交易取消了。

她從一個側門衝出去，進到寒冷的夜風裡，快步跑下樓梯，手裡仍抓著已被侵入的手機。她經過一個已經滿出來的垃圾桶時，拚命忍住把手機埋到舊食物包裝袋和空杯子底下的衝動。她好想盡快丟掉它。但她留著它，知道她得繼續使用它，卡斯楚需要相信一切都沒有改變。

她快步走向斯普勞爾廣場，點開她傳給傑瑞米的上一封簡訊，按下「回覆」。

對了，我今天巧遇你媽耶，她氣色真好！

這是她跟所有客戶約定好的暗號，他們看到這樣的訊息就知道見面不安全。希望傑瑞米會回到他在學生區的座位，別再想找她了。

伊娃沿著班考夫特街走，把裝著傑瑞米藥丸的白信封丟在學生會外頭的垃圾桶，然後轉身回家。

克萊兒

二月二十七日，星期天

庫克太太，我是丹妮兒，我知道妳沒上那班飛機。妳必須打給我。

深沉的恐懼擂鼓般傳過我心，我放下手機退離它，彷彿丹妮兒能夠透過它伸手抓住我，把我拖回紐約，拖回羅里在等待的地方。

我腦中天旋地轉，恐慌像一片濃霧籠罩一切。她怎麼這麼快就找到我？影片上傳才不到二十四小時。然後我有了可怕的領悟。這一切該不會都是圈套？否則丹妮兒怎麼知道如何聯絡上我——打到國土另一端的這支屬於陌生人的拋棄式手機？我的呼吸變得又急又喘，我努力克制想吐的感覺。

如果羅里和伊娃是一夥的……我試著理解這個概念的後半段。包括他們可能是怎麼認識的，他們如何想出計畫送我去波多黎各，在最後一刻跟我交換機票，引導我到一個沒有朋友的地方。沒有資源，孤立又孤單。完美的獵物。因為要是我在這裡出了什麼事，沒有人會知道。

但我還是兜不起來。那班飛機不應該失事，我本來也根本就不打算跑來伊娃家。我原本要打給佩特拉，只借用伊娃的人生幾小時。羅里不可能知道我會在這裡待著，這絕對不是他一手策劃的。

我讓屋內的寂靜漫過我，逼自己冷靜下來，觀察真正發生了什麼事，而不是透過家暴受害者的濾鏡去看，那會使我疑神疑鬼，看到不存在的威脅。我開始回想。某個地方，以某種方式，勢必有關聯存在。我再度拿起手機，用手指描著外框，盯著漆黑的螢幕，我淡淡的倒影面向著我。

是我。布魯斯跟羅里說過他在查我在空難當天撥過的電話號碼。我回想起那天晚上，我把伊娃的手機解鎖，又撥了一次佩特拉的號碼，希望能打通。要是他們能取得佩特拉的通話紀錄，也許也能看到有誰曾試著打給她。

是我自己把丹妮兒引到這裡的。既然他們知道這號碼，還知道什麼？他們能用這號碼追蹤到我的位置嗎？我望向廚房窗戶、後門，很想打開門把手機丟進樹叢。

「思考，克萊兒。」我的嗓音在空蕩蕩的房間裡聽來很嘶啞。這不是在拍電視劇或二流電影。羅里富可敵國，而布魯斯的人脈或許能查到一些資訊，但我不認為他們有能耐追蹤這支手機。像執法單位一樣跟蹤我。

我深吸一口氣，慢慢吐出來。我再做一次，然後再一次，讓最重要的問題浮上來。

打給我的人為什麼是丹妮兒，不是羅里？這不符合羅里的行事作風。而且如果他們知道我在哪裡，他們根本不會打電話。羅里會直接冒出來，在我最沒有防備的時候悄悄出現在我身邊。哈囉，克萊兒。

我用顫抖的手指再聽了一次留言，雖然我已有心理準備，丹妮兒的嗓音仍讓我不由自主地感到恐懼。我知道妳沒上那班飛機。妳必須打給我。這次我注意到她的語氣，低沉而緊急，好像傳達的是警示而不是威脅。

有一件事是確定的——我得離開。爐子上的時鐘顯示剛過十點，晚到我能不受注意地溜出城，但早到我不會是路上唯一的車輛。我把行李放到門邊，拿了伊娃的鑰匙串，朝車庫走去。該是看看伊娃的車還能不能發動的時候了。

❖

車庫用一個掛鎖鎖住。我在黑暗中努力想看清楚，在整串鑰匙中逐一找出正確的一支，然後打開掛鎖，祈禱車子能夠發動。祈禱汽油還夠。祈禱車子的功能夠正常，能帶我離開這裡。

車庫門的彈簧上了潤滑油，很順暢地打開了，我走進比外頭更暗的內部，讓眼睛適應，看出沾了灰塵的置物架輪廓，架上擺著油漆罐，牆邊有一把結了蜘蛛網的人字梯。可是沒有車。只有模糊的胎痕，顯示它應該停在哪裡，中央有個大淺盤，上頭濺了乾掉的機油。失落感像一記重拳打在我身上，擊碎了我僅有的微小希望。不論我朝哪個方向走，機會和開口都再度砰然關閉，把我逼進愈來愈小的死角。

我走到最裡面，目光在光禿禿的牆壁上逡巡，彷彿看得夠仔細就能找到線索。我轉身面向車庫外黑暗的街道，思緒掙扎著要把我的計畫重新安排成新的結構。在伊娃家再待一晚。清早搭舊金山灣區捷運去舊金山。撥出珍貴的一筆錢買客運車票往北。在太陽出來前閃人。

我把車庫鎖好，準備回到屋裡。可是我繞過聖誕樹、進入門廊的視線範圍內時，我急煞住腳步，差點鬆手弄掉伊娃的鑰匙。上次跟我撞個滿懷的男人，正從隔壁公寓沒有窗簾的窗戶朝內張望。就是似乎隔著咖啡店櫥窗看著我的男人。

我縮回陰影中，回頭朝街上望去，思考要不要偷偷溜走。但我沒鎖伊娃家的門，我的行李袋、筆電和手提包就擱在門邊。

我深吸一口氣，走上前去。「請問有什麼事嗎？」

他轉過身，對我露出親切笑容，好像我們是老朋友。「哈囉，又見面了。」我客廳透出的燈光照亮他的臉，足以讓我看清他的眼睛——是驚人的灰色，像是有暴風雨的海洋。「妳能告訴我要打給誰詢問租這間公寓的事嗎？」

我朝門廊多走了幾步，插在他和伊娃未上鎖的前門之間，說：「現在出來看房子好像有點晚吧。」

他雙手一攤。「我只是剛好路過，對這空房子有點好奇。」

「這個我不太清楚，我只是趁朋友去旅行時借住在這裡。」

「原來如此，那她什麼時候回來？」他動也不動，表情像一張面具，沒透露任何資訊。但他等我回答時，我感覺到有種變化，好像我跟他說的話是天底下最重要的事。

她什麼時候回來。

「她出國了。」我終於說，想盡可能讓伊娃和這男人之間拉開距離。

他點點頭，好像這能說明什麼，一抹冷笑彎起他的嘴角。他朝我跨近一步，伸手從我肩上撿起什麼。「蜘蛛網。」他說。但他繼續待在近距離，我感覺到他的體溫，菸味和古龍水味包圍我，我朝伊娃的門縮去，突然懷疑他會不會跟著我進屋。

他朝伊娃的前門比了一下，說：「我知道這個社區看起來治安很好，但不管時間多短，妳都不該不鎖門，尤其是這麼晚了。柏克萊不像表面上那麼安全。」

我感覺像被他揍了一拳，胸腔緊縮成一團，使我呼吸困難。我沒搭腔，握住門把扭開，溜進屋，然後把門鎖上。

我聽到他說：「感謝妳幫忙。」然後走下台階。我巡視室內，搜尋他進來過的蛛絲馬跡。

但一切都和我離開前一樣。我的包包放在牆邊，沒被翻過，沒有任何不對勁。我嗅聞空氣，沒有他的古龍水味。他不可能進來過。我在車庫待了不到五分鐘。我用手指按壓眼睛，試著冷靜下來，試著在肆虐的慌亂情緒中理性思考。

我走進廚房，差點一腳踩進健怡可樂，它從打翻的可樂罐漫開來，一路流到置物架底下。我的目光順著液體看過去，注意到置物架底下有輪子。我把身體彎得更低，留心不要跪到棕色液體上，然後朝底下張望，看到可樂蓄積在一道門框的底部。

我繞到置物架另一端，把它往前推，直到看著一扇門，上頭有個掛鎖扣在不鏽鋼鉸鍊上。

「搞什麼鬼，伊娃。」我喃喃道。

我再次拿起她的鑰匙串，找到能打開掛鎖的鑰匙，門打開時，我在牆上摸找電燈開關，然後打開。底下有個風扇開始呼呼運轉，我躡手躡腳地走下一小段樓梯，它通往小小的地下室，以前這空間可能是洗衣房。

但它已經不是洗衣房了。牆邊擺放著檯面和置物架，角落裡有小水槽和免安裝洗碗機。置物架上放著許多原料——用大型容器裝的氯化鈣，還有至少三十瓶各式各樣的感冒藥和咳嗽藥。角落裡有個登山爐，水槽邊倒扣著幾個矽膠藥模，像是在陰乾。我上方的牆面高處有個封住的窗戶，風扇裝在窗戶中央，正在運轉。

樓梯左側有個檯子，上頭散落著紙張，旁邊還有支錄音筆。我俯在上方，不想觸碰任何東西，開始閱讀內容，那似乎是一封經過公證的信，收信者是卡斯楚探員。

我名叫伊娃．詹姆斯，這是一份宣誓聲明，內容關於從十二年前開始一直到現在，亦即今年一月十五日所發生的事件。我讀得很快，頁面愈翻愈快，這是一個只想融入的大學生的故事。她採行了當時她相信唯一可行的選項，跟某個名叫戴克斯的男人糾纏在一起，對方承諾她一些他根本不打算給她的東西。正常的生活。幸福。自由。故事中的女人厭倦了被迫待的小角落，這女人已準備好在逃出來的過程中燒毀一切。

伊娃不是詐騙高手或身分竊賊。她是跟我一樣的女人，這世界從不為她改變，而她試著要走上正途。

我拿起錄音筆按下「播放」，體育館的聲響填滿這小空間，唱誦和歡呼聲，播音員的聲音，某種軍樂隊。

「感覺有點危險，除掉布蘭妮原本的聯絡人。」伊娃的嗓音，跟我記憶中一樣。「那不會又引起警方的注意嗎？」

另一個熟悉的嗓音回應她的問題，不到十分鐘前我才在門廊上聽到這嗓音，警告我別忘了鎖門。「他們絕對不會找到他的。小魚在奧克蘭有座倉庫，某種進出口的障眼法。倉庫地下室有個焚化爐。」

我聽不下去了，把錄音檔關掉。有如換場景一般，一幅幅畫面在我腦中愈來愈快地出現。她用現金買房子；在機場走投無路的樣子；她把手提包塞進我懷裡，甚至不看一下有沒有想保留的東西；她帶在身上的手機，以及留在家裡的黑色手機。難怪伊娃沒有告訴我實話。這就是她不能回到柏克萊的原因。

以及我需要離開這裡的原因。馬上。

我沒有動實驗室的東西，但我拿走文件和錄音筆，把它們按在胸前奔上樓梯。

伊娃

柏克萊市，加州
二月
墜機前兩天

伊娃跟卡斯楚探員約好在圓屋見面，圓屋是一間熟食店，位於金門大橋舊金山這一側的上橋處。她把車停在下方的克立西公園旁，然後走上去，邊沿著有樹蔭的舊金山要塞步道走，邊頻頻回頭察看。她繞遠路開來市區，穿過聖拉斐爾和米爾谷，而不是直接跨越海灣大橋，希望自己沒被跟蹤。

前一天她收到了莉茲的信。伊娃觸摸信紙的摺邊，好像它是護身符，然後又把它從口袋拿出來讀。

伊娃：

我很遺憾我們沒有機會說再見，我原本真的希望在我走之前，我們還能再聊一回。我覺得我欠妳一句道歉。我作了些不該作的假設，所以我現在要把話說清楚，以免我們有什麼誤會。我的友情是無條件的，我並不期望妳是另一個妳。不論妳的過去如何，我都接受。不論妳想成為什麼人，我都依然會愛妳。

將煩惱與他人分享時，自己的擔子會變輕。因此，不管妳什麼時候想分享妳的煩惱，我都在這裡。我只是不住在妳隔壁了，不表示妳需要的時候我不會陪在妳身邊。妳隨時都可以打給我。

然後她在底下寫了個電話號碼。伊娃把信放回口袋，從收到信以來她就一直隨身攜帶，她多麼希望多年前她遇見的人是莉茲而不是戴克斯，她好奇要是她必須坦白的事只是在化學實驗室犯了個錯，她的人生會有多大的不同。她能夠想像那是莉茲能夠原諒的事。伊娃當時年輕又愚蠢，她絕對不是第一個為男生做傻事的人。

但現在已經太遲了。莉茲已經走了，伊娃也馬上就會離開。也許這樣比較好。

❖

她看到卡斯楚坐在店的後側，靠近廚房，遠離俯瞰大橋的大窗戶。「我幫妳點了漢堡和薯條。」他用這句話來跟她打招呼。

她把包包放在座位上，坐到他對面。紅色塑膠皮雅座坐滿在用手機自拍的觀光客。外頭的停車場有輛遊覽車讓乘客下車，一大群人走向金門大橋行人走的那一側。

她的神經緊張起來，像是一條條長緞帶扭轉纏結，她想像從那裡離開。走出這間餐廳，坐上一輛無名的轎車，然後消失。她的手指輕敲桌面，一腿動來動去。「謝謝，」她說，「但我實在沒興趣吃東西和聊天，如果你不介意的話。」

卡斯楚探員點點頭。「我的上司否決了證人保護計畫的要求。」他說。

伊娃感覺體內的空氣一下子都被抽光了，周圍的聲響變得更尖銳。盤子和餐具的碰撞聲，對話的穩定嗡嗡聲。她所有計畫都瓦解、消失了，好像從未存在。「為什麼？」她勉強開口問道，「你自己跟我說過你們已經追查小魚很多年了。」

卡斯楚探員從桌邊的小杯子裡拿出一包糖，用指尖描著它的邊緣，無法直視她的眼睛。「我也贊同妳的說法，但就像我說過的，證人保護計畫很貴，我們不常這麼做。」

「那你們到底什麼時候才會這麼做？」

他抬頭看她，她在他眼中看到真心的遺憾。「我們主要是用在大型目標上。組織犯罪，大型犯罪集團。我知道在妳看來小魚像個大型目標，而對我來說他也確實是。我差一點逮到他的次數，多到我都不想承認的地步，而他每次都溜掉了。我的聯絡人突然失聯，我又回到原點。」

「所以才更需要促成這件事啊。」她說，努力壓低音量。別透露出內心那股迫切的情緒。

「我可以提供妳在一個不公開地點接受全天候保護，一直持續到開庭日。我保證妳會很安全。如果妳有律師，現在就是打給他們的時候了。」

伊娃坐在那兒思考他的話，讓它們拼成一幅圖像。她一個人待在旅館房間裡，門口有兩個守衛。武裝保全護送她往返法庭作證，而審判結果絕對是無罪釋放。或是無效審判。然後呢？她就可以自由地回家了？打開她家門鎖，然後做什麼？不論她去哪裡，小魚的手下都會找到她。戴克斯很可能會親自執行任務。經過這樣的背叛，他不找到她是不會罷休的。

她小時候，兒童之家的女孩遇到問題會去找伯納黛特修女尋求建議——友情破裂、老師不公平、寄養家庭不適合。伊娃從未找過她，但她都聽在耳裡，悄悄站在對話者附近，吸收伯納黛特修女提供的智慧。她經常告訴大家「唯一的出路就是穿過去」，說不管狀況如何，踏出一步才有下一步，一步接一步。於是伊娃將就這個新發展，試著接受它，並努力設想下一步。她發現還真是諷刺，伯納黛特修女和戴克斯都給過她很類似的建議。順水推舟。

「那我想我們只能繼續進行，希望得到最好的結果了。」她說，「你需要什麼？」

卡斯楚把糖包塞回杯子裡，服務生送來餐點，漢堡和薯條的氣味讓伊娃反胃。「理想情況是，我們給妳裝竊聽器，然後讓妳和小魚見面。」

「那不可能。」她說，「我從來沒見過他。如果我現在要求跟他見面，會馬上引起他們的警覺心。」

卡斯楚瞇起眼睛。「如果妳開始對我撒謊，這整件交易都甭談了。」他帶有歉意的語氣沒了，他原本遺憾不能為她做更多事的情緒也消失了。

「我沒騙你，」她說，「事情不是這樣運作的。我一直試著查出更多——毒品如何移動，還有小魚本身。但除了我負責的這一小塊，我知道的實在有限。」

卡斯楚靠向椅背，兩手平放在桌上。他終於說：「我們有證據，伊娃。你們兩人在一起的照片。」

伊娃困惑地搖頭。「怎麼可能，」她說，「我發誓我從沒見過他。」

卡斯楚從外套裡拿出手機，滑過一張張照片，直到找到目標。然後他舉起來讓她看螢幕。

那是在哈斯體育館照的，就是她原本要跟傑瑞米見面的那一晚。她認出周圍的人，包括同排座位盡頭那個運動服磨損的悲傷會計。而在鏡頭中央就是伊娃和戴克斯，兩人頭靠向對方，正密切交談。照片品質無懈可擊——一定是用高倍數鏡頭拍的。

她再次搖頭，無法理解自己眼前所見。「那不是小魚，他是戴克斯。」

卡斯楚收回手機，瞇眼盯著她，好像不太相信她。「我不知道戴克斯是誰。但這個人是菲立斯．阿塞羅斯，也就是小魚。」

克萊兒

二月二十七日，星期天

我奔上樓梯穿過廚房，鞋底把健怡可樂踩進客廳，我將伊娃的宣誓證詞和錄音筆塞進包包。我不知道是什麼原因驅使我拿走它們，是什麼直覺警告我把它們留下是個錯誤。我腦中閃過門廊上的男人，他站得離我多近，菸味仍讓我喉嚨發癢，我毫不懷疑地知道，他的目標正是這些文件和這支錄音筆。接著我想起伊娃的手機，它放在廚房桌子上，裡頭仍有丹妮兒的留言。我趕回去抓起它，關機之後塞進口袋。

外頭有輛車開過，經過時收音機發出微弱的節奏聲，我隔著窗簾偷看，想著誰可能在外頭，在陰影處監視。我硬逼自己打開門走到門廊上，我的直覺亂成一團，不確定是離開或留下更危險。但是我在腦中看到地下室的毒品實驗室，一封寫給聯邦調查員的公證信，還有一個絕對不是緝毒局探員的男人，湊得太近，無聲地保證他還會回來。

我迅速穿過草皮，低著頭走向校園，繃緊神經等著有個嗓音或一隻手按在我肩上攔住我。遠處有隻貓在嗚嗚叫，聲音綿長而低沉，然後又拔高成尖叫聲，聽起來幾乎像人類。

❖

我在熱鬧的街上找到一間小汽車旅館，離校園大概一兩公里遠。我的肩膀很痠，腳很痛，而且冷得要命。小辦公室裡亮著燈，可以看到一個上了年紀的女人邊抽菸，邊盯著掛在牆上的電視。我走進去時，她轉頭面向我，在煙霧中瞇著眼看。

「請給我一個房間。」

「一晚八十五元，不含稅。」她告訴我。

「好。」我說，雖然我心算之後有點腿軟。

她上下打量我一眼，說：「我需要妳的姓名、駕照和信用卡。」

「我想付現。」

「那沒差，我們還是得在系統裡輸入信用卡資料。我們要等到妳退房時才會刷卡，如果到時候妳想付現，我們就根本不會刷卡。」

我考慮跟她爭，但我不想在她腦中留下深刻印象。我遞出伊娃的駕照和信用卡，焦慮地看著她在電腦裡輸入資料，等待最細微的遲疑——也許只是她的眼睛微微睜大，然後快速瞟向我的臉。但她一臉厭倦地輸入號碼，然後就把東西都還我了。

「要住幾晚？」她問。

我只能思考當下的事，未來的日子一片空白，我不知道接下來我要做什麼。「我不知道耶，一晚？兩晚？」一晚要價八十五元，我的錢很快就會耗盡。

「我幫妳登記兩晚。」女人邊說邊交給我一把鑰匙。「五號房，出門以後左轉就到了。退房時間是十一點，如果超過十一點妳還沒走，我們就會再收妳一晚的房錢。」

房間很小，鋪著廉價地毯，雙人床上套著聚酯纖維床罩，床前有個擺在小五斗櫃上的電視。浴室旁邊的牆角有張小桌子和檯燈。我坐在床上，試著讓過去這幾小時帶來的情緒從我體內洩去。

床邊桌上的時鐘顯示現在是十一點半，我累得腦袋發暈。柏克萊山的派對感覺是一個月前的事，而不是幾小時前才結束。我傾向前，手捂著臉，吞下一聲嗚咽。我沒有名字，沒有計畫，錢也完全不夠用。

我的眼睛因疲憊而乾澀。我已經兩天沒有好好睡一覺了，我衣著整齊地向後倒在床上，希望明天會想到解決辦法。

❖

我很早就醒了，我睡得很沉，連夢都沒做。我在清晨的光線中看看房間，讓腦袋適應新的現實。我的整個人生都存在於這四面牆之內。到了外面，我要嘛是個死去的女人，要嘛是個逃亡的毒販。

我坐起來，因為連續做了兩晚粗重的宴會工作，我的肌肉彷彿在哀號，我想到凱莉，她已經在咖啡店輪班了，還以為我正開車前往炎熱的沙漠。我真希望和她在一起，坐在一張深椅裡，她在櫃檯後有一搭沒一搭地與我閒聊。那種單純讓我嚮往到心痛，好想在世上有一個我能隸屬的地方。

我的胃低吼起來，因此我抓起紐約大學棒球帽和一些現金，帶著我花不起的十元衝到街角的市場，然後捧著一大杯咖啡和一袋不新鮮的肉桂捲回來。我唯一的選擇——儘管它很無力——是在隨身碟上找到某個能用來對付羅里的東西，藉此換取我的自由。一個他不惜放棄懲罰我也要守住的祕密。

我打開電視讓它陪我，然後慢慢擺好電腦，插進隨身碟，在桌子裡尋找連無線網路的指示。登入以後，我迅速察看羅里的電子郵件，沒什麼新郵件，不過我點開共用文件時，我像被閃電擊中。

他們正在討論我。

羅里．庫克：

她是他媽的怎麼辦到的？

布魯斯．寇克倫：

我也不知道。航空公司說她掃描上了飛機，沒人提出異議。

羅里．庫克：

他們說她的座位是空的。你想他們知道嗎？

布魯斯．寇克倫：

我覺得他們要是認為她有可能不在飛機上，應該會馬上聯絡你。你要我告訴他們嗎？

羅里的文字來得很快，他的憤怒幾乎要從螢幕裡跳出來。

羅里．庫克：

當然不要，我要低調處理這件事。就讓國家運輸安全委員會繼續認為她死了吧。我安排了今晚的飛機去奧克蘭。

那些文字就像出現時一樣快地消失了，一行接一行，直到我看著一份空白文件檔，頂端寫著「上次編輯（布魯斯．寇克倫）」。布魯斯的頭像消失了，只留下羅里的。我知道羅里說「我要低調處理這件事」是什麼意思，意思是他要讓麻煩消失，不會出現在公眾眼前。而我給了羅里完美的掩護讓他能對我為所欲為，因為全世界本來就認為我死了。

我感覺牆壁在收縮，丹妮兒、羅里和布魯斯追蹤著我的一舉一動，逼我進入愈來愈小的箱子，直到我被困在只有一個出口的狀態中。

中庭對面有人用力敲門，把我嚇了一跳，害我手肘往前滑，將咖啡撞向鍵盤。我跳起來，試著在咖啡翻倒前抓住杯子，有一點咖啡潑到了桌面上。但我急著搶救咖啡時，不小心壓到幾個字母鍵。「該死。」我說，匆匆刪掉我剛才打的字，目光跳到右上角，希望布魯斯登出時羅里也跟著登出了。

我盯著螢幕瞧，感覺像有一小時之久，但想必只有幾分鐘。沒有出現新的文字。不過頁面頂端現在寫的是「上次編輯：兩分鐘前（羅里・庫克）」，我祈禱他們兩人都不記得是誰把共用文件清乾淨的。

我到浴室往臉上潑冷水，廉價的日光燈讓我的皮膚看起來憔悴又蒼白。我把手臂撐在檯面上，試著振作起來。深深吸氣，深深吐氣，五次、八次、十次。我把注意力集中在水龍頭的水如何滴在邊緣生鏽的排水口周圍，還有人造花崗岩上重複的渦紋圖案，然後逼自己回去工作。

我再次坐在電腦前，徒勞的重量壓在我肩上。我不確定該找什麼，或從何找起。我該再搜尋查理的事嗎？或者我能找到某種財務或稅務上的詐欺行為。問題是，我對金融的了解不足以看出任何可能有用的東西。我正準備點開隨身碟時，目光又被共用文件頂端的通知吸引。上次編輯：兩分鐘前（羅里・庫克）。我看了一下時間，至少又過了十分鐘了。

我重新整理網頁，預期看到更新後的時間，然而我卻被引導回到Gmail的登入頁面。「不。」我對著房間小聲說。

我從伊娃的皮夾拿出寫有羅里密碼的便利貼，它已經皺巴巴的，我再輸入密碼，但沒有成功。我再試一次，這次輸入得更慢，但它還是跟我說密碼不正確。

我想像羅里坐在辦公桌前，剛看完我介入唐尼和克麗希達之間的影片，我自己亂剪亂染的髮型根本算不上什麼偽裝。然後他的螢幕上出現莫名的文字，還掛在他的名下。我能看到他打給布魯斯，質問他怎麼會有人侵入他的帳號。然後我看到他驚恐地意識到，唯一有機會偷到密碼——而且能從監視他取得既得利益——的人，就是我。

我站起身，雙手握拳壓在眼窩，淚水從指縫間滲出來。「我做不到，」我對著空房間小聲說，「我不能，我不能。」我睜開眼睛，抓起皮夾（它是離我最近的東西），用力丟向牆壁。零錢格迸開，硬幣嘩啦啦撒下，滾到五斗櫃後面，皮夾本身則咚的一聲掉在五斗櫃上。

但我體內有某種東西鬆開了，這暴衝的舉動釋放了恰好足量的焦慮，就像壓力閥，將我拉回中央，昏暗的房間重新變得清晰。我沒有崩潰的本錢。羅里知道我一直在監視他，竊聽他以為私密的對話，看著他為查理所知道的瑪姬．莫瑞提的事慌亂。我勢必能用某種方式利用這一點。

我後方傳來凱特．連恩的嗓音，吸引了我的注意。

「將近一週前，四七七號班機墜入佛羅里達外海。九十六人在空難中罹難，而由於已找到黑盒子，調查人員離查出失事原因又更邁近了一步。」螢幕切換到一段舊畫面，是上週就播過的在海上浮沉的海岸防衛隊船隻，四周漂著同樣的殘骸。「維思達航空官方人員對傳言不予置評；有傳言指出，空服員沒有清點人數，因而無法確定乘客的總人數。但據維思達航空內部的匿名消息來源表示，當班機延誤時，這種做法其實並不罕見。航空公司官方人員表示他們有信心乘客名單是正確的，而乘客人數符合所有航班紀錄。」

我僵在原地，吸收這項資訊，回想我讀到的討論串，留言者斬釘截鐵地說不可能掃描登機證後，人又不真正上飛機，因為會清點人數。

可是現在，我看出伊娃可能做到了。不可思議的笑意在我體內癢癢地滾動著，我坐回椅子上，試著想像她在某間無名旅館的房間裡，看著同樣的新聞，巧妙地溜下那班飛機並消失無蹤。

我想著伊娃冒了多大的險去蒐集那些資料和錄音——這些東西指出她和她門廊上那個男人同樣有罪。我納悶出了什麼錯，她為什麼沒把東西交出去。不論出了什麼錯，都逼得她逃跑，無法回家來。

我在想她會想要我怎麼處理它們。

我盯著牆壁，不過我看的是超越眼前的東西，我看的是伊娃的影像，笑著從我面前跑開，背著光，跑愈遠身影也就愈小。我看著她，直到她只剩一個小點。只是無足輕重的小東西。幾乎已不見了。

我用手指描著隨身碟邊緣，確信裡頭有羅里想藏住的祕密。我只是不知道是什麼祕密。

但羅里不需要知道我不知道。

彷彿伊娃在我耳邊低語，有個想法開始成形，這想法誇張又大膽。但這需要我從藏身處出來，與他正面對決。要拿起電話撥他的號碼，告訴他我握有什麼，遇到空缺處就用美化和杜撰的方式混過去，編織出恰好夠用的說法，讓他相信我還知道更多。不光是關於查理，還有硬碟的內容，已經包裝好準備送去媒體和有關當局。除非他答應我的要求。

然而，一想到要打給他，想到要在電話裡聽到他的聲音，像個勾子把他拉向我，就讓我打冷顫。因為要是我想錯了，這一招行不通，一切都會變得更糟。

我拿起伊娃的手機，慶幸把它帶在身邊，這樣我能不曝露確切位置而聯絡他。但我開機前猶豫再三，我的本能仍在糾結丹妮兒是怎麼查到這號碼的，以及他們可能已經知道什麼其他事。她會不會正等著我犯另一個錯。我深吸一口氣，慢慢吐出來，然後開機。

螢幕上立刻跳出另一封語音留言，還有一封簡訊。我的手指猶豫著，不確定要先點哪一個，最後決定先聽語音留言。

庫克太太，我是丹妮兒。我不怪妳不信任我，但妳一定要相信我是想幫妳。庫克先生已經出發去加州了，我相當確定那是因為他知道妳在那裡。我用簡訊傳給妳昨天的一段錄音檔，好好利用它，我會支持妳的。

我盯著手機，思緒朝二十個方向亂飆，在她的話中翻揀，試著看出圈套。她究竟要我做什麼。因為這麼久以來她都視而不見，在她能發聲時保持沉默，我很難相信她現在會想幫我。

我打開簡訊，那是一個手機語音備忘錄的錄音檔，檔名是「錄音一」。我抓起遙控器把電視轉成靜音，然後按下「播放」。

模糊的人聲填滿我的旅館房間——爭執聲——我發現那是羅里和布魯斯的聲音，不過聽不清楚在講什麼。然後有人敲門，羅里提高音量說：「請進。」

丹妮兒的嗓音從比較近的距離說：「抱歉打擾了，但我需要你簽一下這些表格。」

「沒問題，」羅里說，「丹妮兒，謝謝妳處理國家運輸安全委員會的所有繁瑣事務。我知道妳很敬愛庫克太太。」

「有很多事我都希望當初能用不同的方式處理。」丹妮兒說。

我聽到紙張摩擦的沙沙聲，然後又是羅里的嗓音。「簽好了。出去時請把門帶上。」

丹妮兒從比較遠的距離說：「沒問題，庫克先生。謝謝。」然後是開門和關門的聲音。

我預期錄音到此就結束了，但沒有。羅里的聲音又開口了，這次冷淡了一些。「你查到什麼？」

布魯斯終於說話了。「一九九六年，」他說，聽起來像在唸檔案內容，「夏莉．普萊斯——或者應該說是夏綠蒂，她現在希望人家這樣叫她——因意圖販賣而持有毒品罪遭到逮捕。因為罪證不足，罪名不成立。」我聽到翻頁聲。「她搬到芝加哥，擔任服務生。看起來沒再惹麻煩。她目前仍住在那裡。」

夏綠蒂？她？查理[15]是女的？

「還有什麼嗎？」羅里問。

「沒什麼了。沒有丈夫、男友或女友。沒有小孩。家人似乎都去世或不相來往了。沒有我們能拿來當動機的。」布魯斯的聲音變輕了。「我們目前說的一切都動搖不了她。威逼利誘都無效，她堅持要說出真相。」

羅里的嗓音低沉而危險，讓我身體掠過一陣寒意。「那她聲稱的真相是什麼呢？」

「說你和夏莉背著瑪姬偷情。說瑪姬死時你在場，你刻意設定時間，讓火在你離開後燒起來。說你跑到夏莉的住處，情緒慌亂，身體抖得像風中的葉子。」停頓。布魯斯繼續說時，我幾乎聽不到他的聲音。「她不在乎她簽過的保密協議，她不在乎我們提供的任何條件。」

「我不能接受！」羅里大叫，我不禁畏縮，好像他就在房間而且是對我咆哮。「這會搞砸一切。給你兩天時間讓這問題消失。」

我聽到布魯斯在收東西，把紙張攏在一起，公事包扣環啪嗒扣緊。「了解。」他說。

腳步聲，門打開又關上的聲音。然後是寂靜。我正準備關掉錄音，又聽到敲門聲。

「進來。」羅里說。

又是丹妮兒。「抱歉打擾了，我好像把手機掉在這裡了，我可以進來找一下嗎？」

羅里發出一聲悶哼。

「找到了，一定是掉在——」

⑮原文Charlie一般為男性名字查理，但在此其實是夏綠蒂（Charlotte）的暱稱夏莉，為作者刻意誤導而玩的文字遊戲。

錄音結束。

我呆坐在床上。有很多事我都希望當初能用不同的方式處理，丹妮兒剛才說，現在我知道她是說給我聽的，那些話產生了不同意義。那是一種承認，或許也是道歉。

丹妮兒願意冒這麼大的險為我錄下這個，實在太令人驚奇了。多年來她都跟在我身後，有條不紊地確保我按表操課。我以為她只是羅里的另一條手臂，在控制我。也許要是我肯轉過身仔細看看她，我會看到別的東西。不是一心要扳倒我的人，而是迫切地想支撐我站起來的人。

我再聽一遍丹妮兒的留言，聽她緊急的語氣，她嗓音嘶啞，帶有耳語般的恐懼。好好利用它，我會支持妳的。

在靜默的電視螢幕上，有兩個政治評論家在講話，他們的嘴唇無聲地動著。坐在他們對面的凱特．連恩對著鏡頭說了什麼，然後微笑。我調高音量，恰好聽到《今日政局》熟悉的音樂聲漸弱，進廣告。

好沒有真實感：僅僅一週前，我才在為底特律之行作最後準備，幻想成為亞曼達．伯恩斯的生活，平靜地住在加拿大。事情怎會如此急轉直下，讓我來到這個地方，被夾在伊娃保有的祕密之間，被迫踮著腳尖在我根本看不見的地雷之間跳舞。

我不打給羅里了。威脅對他絕對沒用。要是有用，我老早就用了。丹妮兒寄給我的東西好太多了。羅里的嗓音，羅里的憤怒，壓縮成完美的金句片段。

我用Google搜尋凱特．連恩的電子郵件信箱，然後到Gmail首頁申請一個新帳號，寫了封信件草稿，靈感如泉湧。寫好之後，我遲疑了。我一把信寄出去，一切都啟動了。我再也不能回頭。但這是我錦囊裡剩下唯一的妙計。

我重讀信件最後一遍。

親愛的連恩女士，我叫克萊兒．庫克，我是羅里．庫克的妻子。我沒有如先前的報導中所言，於四七七號班機上罹難。我人在加州，而我最近收到證據，顯示我丈夫涉及瑪姬．莫瑞提的死亡並加以掩蓋。我希望能在妳方便的時間盡快與妳談論此事。

然後我按下「傳送」。

伊娃

柏克萊市，加州

二月

墜機前兩天

戴克斯就是小魚。

小魚就是戴克斯。

伊娃感覺她的現實移位了，碎片以不同順序重組，構成不同畫面，慌亂與困惑在她體內重重敲擊。她漏掉了什麼？

「難道妳都不奇怪為什麼妳從沒見過小魚，為什麼戴克斯是妳唯一的聯絡人？」卡斯楚問。

「他說事情就是這樣運作的，我並沒有質疑。」伊娃搖頭。「可是戴克斯為什麼要騙我？」她小聲說。

「這樣替他工作的人就會相信他只是聽命行事，讓他可以某程度撇清責任。要是妳知道他就是組織首領，妳就不會這麼信任他了。」

「這種做法常見嗎？」她問，「那個位置不也是很辛苦才掙來的嗎？他們不會希望大家都知道他們握有多大的權力嗎？」

卡斯楚探員聳肩。「有時候是吧，」他說，「不過老實說，那種毒販很容易被逮到，他們是為了滿足自尊心才幹這一行的，他們想讓所有人都知道他們有多重要，都對他們畏懼三分。可是小魚——」卡斯楚朝她點點頭，「或者說戴克斯，是我們所謂的長期操盤手。他們這類人把永續經營看得比什麼都重要，勝過權力、勝過恐懼。他們比較聰明，也更難追蹤。」卡斯楚啜一口咖啡，繼續說下去。「這種事我只見過一次。艾塞利托那裡有個女人，假裝自己有個老公負責掌權。很多事她都有一份，主要是因為別人相信她能保障他們的安全，免受一個根本不存在的男人威脅。」

伊娃想到戴克斯如何擋在她和小魚之間，如何保護她和警告她。誘使她相信他是站在她這一邊的，他們是合作關係。她回想起去年秋天在足球賽場，他表現得如何不安。一副深怕惹怒小魚的模樣。全都是在演戲。

然後她驀然想起那天清晨，他帶她去看屍體，事情的來龍去脈在她想像中重組，她看到戴克斯處死那男人，再冷靜地走到伊娃家門口，敲門，帶她回到現場，讓她看自己的傑作。

她為自己的天真感到反胃。

「那現在怎麼辦？」她問。

「該是妳找律師，談認罪協議的時候了。我們會在妳身上裝竊聽器，看看能聽到什麼。」

伊娃想著自己蒐集的證據，將這項資訊緊緊收好，這是她最後一張王牌。她絕對不要戴什麼竊聽器。「那我能得到什麼好處？」她問，「既然證人保護計畫已經不列入考慮了。」

「妳得到的好處是事情結束後不必坐牢。」

伊娃擱在桌上的手機收到簡訊而振動，她迅速瞟向卡斯楚的手機，懷疑它會不會也亮起來。但它仍是暗的。

「妳最好看一下。」他說。

是戴克斯傳的。

我們是約六點嗎？妳想約在哪裡？

她把簡訊拿給卡斯楚探員看。「待在公共場所，我的人才能混進人群。」他建議，「從現在開始，我不要妳跟他獨處，或去任何我們無法迅速趕到的地方。別再去體育館，也別去沒人的公園。我的團隊會跟著妳，直到我們能準備好竊聽裝置。頂多只要一兩天。」

伊娃拿回手機，用顫抖的手指打字：歐布萊恩餐館？我好餓。

她想像開回柏克萊，坐在戴克斯對面，逼自己表現得若無其事，同時等著卡斯楚調度他那些該死的技術人員。

卡斯楚一定感覺到她愈來愈慌亂，因為他說：「妳不會有事的。只要照你們原本的習慣，做正常該做的事就好。做藥，跟戴克斯見面。不要讓他有理由產生警覺。」

伊娃隔著窗戶能看到有霧飄過來，大橋明亮的橘色在她眼前變淡，她擔心自己的命運。她已變得如此晦暗，她將從頁面上消失，沒有人會知道她曾經存在過。

餐館內充斥著嗡嗡的談話聲，餐具敲擊盤子的聲響盈滿她的耳道，全世界都在她周圍運轉，只有她站著不動。「我沒有選擇的餘地，對不對？」

卡斯楚眼神轉為柔和，流露同情。「其實確實沒有。」

❖

伊娃開車跨越海灣大橋，正過到一半時，開始換氣過度，四面八方的車輛吋吋進逼，將她推往無可避免的結果。她絕對他媽的不能這麼做。

她想像自己往北開——經過往柏克萊的交流道，經過沙加緬度、波特蘭和西雅圖。她往後照鏡看，審視後方車輛裡的人。哪幾輛車是卡斯楚的人馬？不管誰在盯著她，都絕不會讓她跑那麼遠。

❖

回到家，她迅速打包，只帶最重要的東西，讓房子保持原狀。要是有人來找她，她希望屋內看起來像她才剛出門似的，像是她隨時會回來。她想到樓下的實驗室，那些工具和原料，還有她為卡斯楚蒐集的證據，決定把它們都留下。他最終會來找她的，她很歡迎他自行取用它們。她不會再遵守任何人的遊戲規則了。

伊娃的計畫是把車停在歐布萊恩餐館附近，裝作要去跟戴克斯見面，然後溜進舊金山灣區捷運站，搭上第一班進站的列車。她要回到舊金山，付現金買客運車票去沙加緬度，然後想辦法繼續跑。往北，再往北，直到抵達邊界。

但她看到放在五斗櫃上莉茲送的玻璃青鳥裝飾品，讓她驀然頓住。她拿起它，撫摸迴旋的藍色，精緻的鳥喙，翅膀邊緣。這是唯一出於愛而給她的東西，來自唯一真正關心過她的人。

伊娃想到韋德，他承諾會擔下罪名。戴克斯，他假裝自己是另一個人，以便更有效地操控她。還有卡斯楚，他期望她完成不可能的任務，卻不回饋她需要的東西。這些男人都空口作出承諾，但根本無心兌現。伊娃這樣的人永遠都會遭到池魚之殃。

另一方面是莉茲，她看到伊娃最好的一面。伊娃觸摸莉茲那封信的邊緣，它仍在她口袋裡。將煩惱與他人分享時，自己的擔子會變輕。伊娃像是迷宮裡的老鼠，能走的路愈來愈窄，被引導著去找她唯一能夠信任的人。

伊娃抓起她的緊急備用金——五千美元——然後裝起筆電，將她已被侵入的手機放在流理檯上。然後她悄悄離開房子，拳頭裡仍緊握著玻璃青鳥。

❖

第一班進站的列車很擠，伊娃等到車門要關上時才跳進車廂，並望向月台看有沒有人在跟蹤她。她想像卡斯楚的探員在她上方的馬路上，以她停在夏塔克街計時收費器旁的車為中心向外繞著圓圈，範圍愈拉愈大，納悶她去了哪裡，發生了什麼事。

伊娃掃視周圍的臉孔，默默排除角落裡沉睡的男人以及捧著一台iPad在討論事情的情侶。但她正對面有個女人，伊娃發現列車駛向南方的奧克蘭時，那女人在偷看她。那女人打開一本雜誌，但伊娃裝作研究女人頭頂的車廂廣告，並等著她翻頁，她卻始終動也不動。

到了下一站，伊娃一直等到最後一刻才溜下車，然後看著那個仍在看雜誌的女人從她身旁滑進黑暗的隧道。她窩在車站角落，包包掛在肩上，看著通勤者上車下車，然後她挑了另一班列車，這次是往舊金山的。接下來一小時，她不斷轉車、折返，直到確定自己沒被跟蹤。

到了機場，她付現金買紅眼班機的機票去紐華克。

「單程票還是來回票？」售票人員問道。

伊娃猶豫著。卡斯楚有把她列在某種名單上嗎？她腦中再次閃現他的話——中級目標。「單程票。」她回答。大局已定的感覺讓她打了個冷顫。要是她錯了，單程票將觸發警報。

❖

一直等到起飛好一會兒後，她才終於放鬆。周圍的乘客都在睡覺或閱讀，伊娃盯著窗外，想到剛過完萬聖節的一個傍晚，她發現莉茲坐在後門的台階上，望著漸濃暮色中她們的後院。「妳在這裡做什麼？」伊娃問。

莉茲抬頭看，露出微笑。「我喜歡傍晚的氣味，這時候太陽已經下山了，一切都開始冷卻。不管人生有多大的變化，這件事都不會變。」她閉上眼睛。「我前夫和我剛結婚時，常常這麼做：坐在屋外看著天空從白天變成夜晚。」

伊娃坐在她自己那一側的台階上，隔著欄杆的鐵條看著莉茲。「他現在在哪裡？」

莉茲聳聳肩，用指尖拂過混凝土台階的邊緣。「我上一次聽到的消息是，他搬去納許維爾了。但那已經是二十年前的事了。我不知道他還在不在那裡。」

伊娃納悶講到那個拋下她和幼女、頭也不回離開的男人，她怎麼能如此心平氣和。「他有聯絡過艾莉嗎？」

「我不知道——我們其實不會談到他。但我覺得沒有。他寄了幾年的生日卡給她，不過在她還小時就已不再寄了。」莉茲望向院子對面，看著圍籬和外頭的樹木。她輕聲說道：「有一段時間，艾莉把錯怪在我頭上。好像我能使那男人關心她似的。可是現在她長大了，她能認清他的本質，明白她的童年少了他可能更好。」

伊娃對她平靜的語氣佩服不已。「妳怎麼能做到不恨他？」

莉茲輕聲呵呵笑。「恨會由內吞噬你。我可以每天花好幾小時來唾棄他，但那沒有用，他在外頭某處過著他的逍遙日子，就算他想起我們，大概也是因為什麼事順便想到。我很久以前就決定原諒他了，那比恨他要簡單多了。」

伊娃想著她該有多堅強，才能一邊獨力養大女兒，一邊仍不放棄自己的理想。將背叛擱在一旁，選擇快樂過日子。

「妳一直都是這樣嗎？能夠越過人們最不堪的一面去看更深層的東西？」

莉茲笑了。「人要花很長的時間才能學會，不要把世界看成是一個別人在『對』你做某些事的地方。我丈夫不是刻意要讓我或艾莉心碎，他只是順著自己的心意行事，活在他自己的故事裡。我希望自己不要因為別人只是試著把日子混下去就火冒三丈。我希望自己能先尋求寬恕之道。」

伊娃盯著院子對面、後側柵門旁的樹叢，在漸漸消逝的天光中，它們的影子也快速不見了。

「我不是很擅長寬恕別人。」

莉茲點點頭。「擅長的人不多。但我在人生中學到，真正的寬恕要發生，必須先有東西死亡。你的期待，或你的處境。也許是你的心。那可能令人痛苦萬分，但也能帶來不可思議的解脫感。」

「妳是拐著彎在告訴我，我該原諒我的血親嗎？」

莉茲詫異地看著她。「我覺得妳該弄清楚怎麼原諒妳自己，關於仍然在追逐妳的那件事。」

伊娃朝東飛的時候，她旁邊的窗戶是個黑色矩形，她思考這是否就是莉茲所說的死亡。她的整個人生都棄置在柏克萊了，只是個空殼，不再適合她將成為的人。連她自己都不明白，為什麼她需要再見莉茲一面。但她莫名地知道，她要用這種方式才能原諒自己。

克萊兒

二月二十八日，星期一

我在等凱特．連恩回信時，翻著從伊娃實驗室拿來的信，再次沉浸在一個化學天才、邊緣人兼毒販的故事中。看完以後，我盯著窗簾緊閉的窗戶，門外傳來遠處的車聲，我想像她就在外頭，默默地走在大批學生之間，弓著肩膀，兩手插在她的綠色外套口袋裡，頭縮向胸口。像個隱形人。她獨來獨往的生活始終讓她無法融入。始終不安全，始終無人認識。

我知道她為什麼決定那麼做了。

我把剩下的冷咖啡喝了，吃掉最後一個肉桂捲，真希望能看看共用文件。我想像羅里收拾出一個行囊，召集一小批人馬。跟布魯斯協調。去加州小旅行辦理個人事務，丹妮兒默默觀察，暗記重點。等待另一個機會告訴我她知道什麼。

就在此時，我的電子信箱發出通知音，我收到了凱特．連恩的製作助理寄的回信。

連恩女士對這件報導很感興趣，我們需要先驗證您的說法才能繼續進行。請告知能夠聯絡到您的電話號碼，讓我們確認您確實是您自稱的身分。

我點開伊娃的手機設定，找到她的號碼，然後打在信件中回覆對方。十分鐘後，手機響了，我撲過去接聽。「喂？」

「庫克太太，我是凱特．連恩。」

我自己的名字聽起來好奇怪，讓我覺得被曝露出來。「謝謝妳跟我談。」我說。

「嗯，妳的故事耐人尋味。不過首先我需要請妳解釋妳為什麼沒死，國家運輸安全委員會分明說妳在飛機上。」

多年來的沉默堆積在我心裡，我守護了許久的祕密，我深信沒人會想知道真相。我慢吞吞地開始說，敘述羅里對我施暴，我迫切地想離開他，我原本從底特律消失的計畫胎死腹中，羅里又是怎麼發現我的預謀。「然後我在甘迺迪機場遇到一個女人，她名叫伊娃．詹姆斯，她答應跟我交換機票。」我說，「我降落之後才發現飛往波多黎各的班機墜毀了。我被困在這裡，沒有錢也沒有方法可以消失，所以我替一家宴會承辦公司工作。」我告訴她ＴＭＺ網站上的影片，以及羅里因為看了影片，現在正趕往加州。

「所以說伊娃．詹姆斯陰錯陽差地在空難中身亡？」

我閉上眼睛，知道我得小心。我能保護伊娃的最佳方式，就是讓想找她的人相信她死了。

「對。」

「天啊。」凱特吁了一口氣。然後她似乎振作了一下。「我想我們最好繼續談談瑪姬．莫瑞提的事。」

「我有一段錄音，是我丈夫和他的助理布魯斯．寇克倫的對話。在錄音裡，他們討論到一個叫夏綠蒂．普萊斯的女人，她對我丈夫如何涉入瑪姬．莫瑞提的死亡有第一手資訊。」

凱特．連恩停頓了一下，消化這段訊息。「這段錄音是什麼時候錄的？」

「我不確定，」我承認，「兩三天之內吧。是我的助理錄的，昨天晚上傳給我。她願意證實錄音檔沒有問題。」

凱特似乎在考慮這件事。「我們做任何事之前，我得先聽聽看。妳可以傳給我的製作人嗎？」

她劈哩啪啦唸出一串手機號碼，我傳出去。

不久後，我在電話中聽到錄音檔播放的聲音。敲門，丹妮兒的聲音，然後是羅里和布魯斯的聲音。播完以後，凱特嘆了一口氣，語氣很溫柔。「庫克太太，很抱歉，我想我們不能公開播放那段錄音。」

「什麼意思？」這是我最後的希望，我已經把所有牌都亮出來了——透露我在哪裡、我做了什麼——結果還是一樣。「他幾乎承認就是他幹的。」

「這還不夠，」凱特說，「他的助理描述了對方的指控，而儘管妳丈夫沒有否認，也不能等同於承認。」

「他正在來加州的路上，」我告訴她，「他知道我做了什麼。這是唯一有可能阻止他的手段了。」

「我想要幫妳，」她說，「妳剛才告訴我的事本身就情節重大。受到家暴的妻子，即將參選參議員的男人，在機場萍水相逢的兩個女人交換機票。我讓妳上節目，把故事說出來。」

我用手抹了一下眼睛，說：「然後就跟出來對抗有力男人的其他女人一樣，被放逐的人會是我，而他能一帆風順地前進國會。」

「妳的顧慮不無道理，」她說，「但這方法能幫妳爭取時間。妳在說故事的時候，其他人可以追查妳丈夫與瑪姬・莫瑞提的關係。請妳的助理把錄音檔寄到紐約地方檢察官辦公室，我們會去找夏綠蒂・普萊斯，看她想不想公開發表聲明。如果其中真有什麼蹊蹺，我們會找出來的。」我聽到背景傳來她在整理紙張的聲音，還有某人模糊的說話聲。「我們這邊打電話的同時，先把妳接到我們位於舊金山的攝影棚好了。告訴我妳在哪裡，我派一輛車過去。」

我告訴她汽車旅館的名字，感覺焦躁不安。出來向大眾談論羅里對我做了什麼，正是我想避免的情況。

「如果有什麼狀況，我會隨時聯絡妳。」凱特說，「車子應該一小時左右會到，要作好準備喔。」

「我會的，謝謝妳。」

我開始收拾東西，隨意地往袋子裡塞。明天的這個時候，我又會是克萊兒・庫克了，扛起隨著這名字而來的所有包袱，面對我的指控將製造的軒然大波。我想到在外頭某處的伊娃，希望這麼做至少能讓她自由。

我被敲門聲嚇了一跳，擔心羅里的小旅行升級了，趁丹妮兒不注意時溜出紐約，並設法查到我在這裡。等CNN派的車抵達時，這裡只剩空房間。

我從窗簾間偷看，看到一個男人手臂扠在胸前，外套底下槍套短暫地露出來。

我隔著門喊道：「請問有什麼事嗎？」

他微笑，亮出警徽。「我是卡斯楚探員，」他說，「我想跟妳談談伊娃．詹姆斯。」

伊娃

紐澤西州

二月

墜機前一天

飛了一整晚，並且在芝加哥進行漫長的轉機後，飛機終於在下午兩點降落於紐華克。飛機滑行到登機門，伊娃快步走過空橋，只在一個售貨亭停了一下，買了一支預付卡手機，將包裝丟進垃圾桶，然後撥了莉茲寫在信上的號碼。「我是伊娃，」她說，聽到莉茲在家鬆了一大口氣，「其實我人在紐澤西。我方便來妳家嗎？」

「妳在這裡？怎麼會？為什麼？」莉茲詫異的嗓音從電話中飄出來。

「說來話長。」伊娃說，她經過行李領取處，走到機場外冷冽的二月空氣中。「我可以當面告訴妳嗎？」

❖

莉茲家所在的紐澤西街道離曼哈頓八十多公里遠，看起來像中西部的街道，有照顧得很好的小房子，建材混合了磚塊和粉刷過的灰泥。莉茲開門後，立刻將伊娃緊緊擁入懷中。「真是個驚喜，」她說，「進來吧。」

她跟著莉茲穿過屋子來到與廚房相連的大房間，窗外可見白雪皚皚的後院。屋角的電視正播著午後談話性節目，莉茲關掉電視，用手勢示意伊娃坐在沙發上。莉茲坐到她身旁，說：「我好想妳。跟我說怎麼回事吧。」

伊娃僵住了。整趟航行過程中，旁邊的人在睡覺，她都在黑暗裡預演。試著找到正確的起點娓娓道出整個故事。但現在她望著莉茲詢問的眼神，等待伊娃說點什麼，她卻完全無法讓自己開口。

她的目光在室內遊移，望向塞滿書的書架、攤放著紙張的凌亂書桌，以及角落裡兩個半空的搬家紙箱。

她深吸一口氣，對莉茲露出無力的笑容。「我不知道該從何說起。」她說。

莉茲牽起伊娃的手，相較於伊娃汗濕的手，莉茲的手溫暖而乾爽，伊娃感覺冷靜了一些，莉茲的能量傳遞給她，使她心跳緩下來。「就挑一個地方開始說吧。」

「我有麻煩了。」伊娃用低沉的嗓音試探地說。然後她正式開始。她告訴莉茲韋德是誰，他如何讓她覺得自己很特別。伊娃望著自己的大腿聳聳肩。「那是第一次有人讓我產生那種感覺。覺得我很有趣，有吸引力，像是過著正常生活的正常人。」

她敘述在教務長辦公室開會，沒有人為她挺身而出，她覺得自己只能接受他們的條件。「他們握有所有權力，所有優勢。我只是個小鬼頭，他們輕輕鬆鬆就能把我踢出去，假裝一切都沒發生過。」

「校方沒有安排律師給妳嗎？」

伊娃連想都沒想過這件事。她搖搖頭，莉茲一副作嘔的表情。「妳應該可以上訴的，有一些程序應該遵守。」但莉茲似乎及時控制住自己的反應，因為她說：「妳當時不可能懂這些，而現在說這些也幫不了妳。繼續說吧。」

伊娃想著接下來發生的事，那個重大決定將她的整個人生切成兩半。她緩緩吐出一口氣，拖延這一刻，知道自己必須跨出去，講出其餘的事情，卻又不想講。深恐莉茲不會理解。擔心她在信裡說會接納伊娃的本色，並不適用於她即將坦承的事情。

伊娃很想讓故事結束在這裡就好。告訴莉茲她要去歐洲，趁轉機的空檔來看看她。但她知道莉茲不會相信的。而且卡斯楚遲早會來到莉茲門前，告訴她真相。伊娃必須親口告訴莉茲，確保莉茲明白她為什麼那麼做。她祈禱莉茲的寬宏大量能用一些在她身上。

「妳上次看到在跟我爭執的男人叫戴克斯，或至少那是我知道的名字，顯然他還有別的名字。」伊娃告訴她戴克斯的提議，說自己當時身無分文，無家可歸，而那看起來是條救命索。

她一邊說，莉茲的眼睛瞪得愈來愈大，表情愈來愈震驚。伊娃知道莉茲預期聽到什麼。典型的麻煩事，例如失業、意外懷孕，也許是財物失竊。但伊娃看得出來莉茲沒料到這種事。她無法承受莉茲目光的重量，於是傾向前，把頭埋在掌心裡，手肘撐在膝蓋上。

她感覺到身旁的莉茲從沙發站起來走開。伊娃屏住呼吸，等著聽到莉茲打開前門，輕聲要求伊娃離開。或是聽到她拿起話筒報警。然而她卻聽到莉茲走進廚房開冰箱，拿冰塊，然後帶著一瓶伏特加和兩個玻璃杯回來。她狠狠倒了兩大杯，喝了一口。「繼續說吧。」她說。

伊娃啜了一口伏特加，把剩下的部分告訴她。布蘭妮、卡斯楚探員。她蒐集的證據，卡斯楚說她不符合證人保護計畫的資格。最後，戴克斯就是小魚的事。「我相信他現在已經知道事情不對勁了。我昨天應該跟他見面的，卻沒赴約。」

「妳必須合作，」伊娃說完所有事之後，莉茲這麼說，「那是妳唯一能做的事。」她把伏特加喝完，又倒了一杯，順便補滿伊娃的杯子。「天啊，伊娃。」

「我不能。」

「妳一定要，」莉茲堅持，「這樣妳才能拿回妳的人生。」

伊娃努力不發脾氣。「這跟電視上演的不一樣。就算戴克斯去坐牢，我還是有危險。不管我去哪，他的手下都會找到我。我想讓卡斯楚探員理解這一點，但他說他也得聽上面的。」伊娃哭出來，哭得又急又喘，莉茲用雙臂摟住她，緊緊抱著她。

「妳不能再逃了，」她嘴巴貼著伊娃的頭頂說，「不能再用無止境的謊言圓謊了。」

「沒那麼簡單。」伊娃說，她退開身體，抹著眼淚。「卡斯楚認為我能出庭作證完，又神奇地回歸正常生活。好像戴克斯會放過我似的。我唯一能做的就是離開，消失，讓卡斯楚自己想辦法解決。」

她等著莉茲跟她爭論，威脅要舉報她。但莉茲只說：「好吧，我們就順著這思路思考。那妳要去哪呢？」

伊娃聳肩。「我會在紐約待一陣子，想辦法弄到假護照。我有錢。」

莉茲點點頭。「假護照。然後妳要出國？」

伊娃知道莉茲在幹嘛。她在柏克萊念書時有個教授就很愛用這種蘇格拉底辯證法，幫助學生釐清議題。但她還是配合。「對。」

莉茲在掌心滾動杯子，冰塊沉到杯底。「妳會成為一個新的人，一個沒有過去的人。妳要怎麼打發時間？妳會工作嗎？買房子？用租的？妳要怎麼向別人自我介紹？」

「我會想出來的，編一套說詞。」

「然後隨時都很害怕，察看身後，等著有人發現真相。」莉茲輕柔的嗓音重重地落在伊娃耳裡。「妳得談認罪協議，而且馬上就得進行。」莉茲放下杯子，用一根手指抬起伊娃的下巴，逼伊娃看著她。「妳遇到的事很糟糕很不公平，但妳得回去承擔起自己那部分責任。要嘛戴克斯得坐很久的牢，要嘛坐牢的人就是妳。所以會是誰呢？」

「萬一戴克斯的手下先找上我呢？他現在一定已經知道了。」慌亂開始在伊娃體內兜轉，她又哭了起來。

莉茲遞給她一張面紙，說：「妳要在卡斯楚發現妳離開過之前飛回去。妳一落地就打給他，在機場等他。在他進去接妳之前都不要離開機場，明白嗎？」

「我為什麼不能直接消失？」伊娃小聲說，「假裝我沒來過？」

莉茲目光轉為柔和。「妳也知道他們遲早會來這裡問我問題的，我不能為了妳撒謊。」

也許這就是伊娃來這裡的原因吧，她想被逼著做正確的事。她希望一個夠愛她的人要她負起責任，不讓她繼續犯錯。她希望莉茲就是她從未擁有的母親。

如釋重負的感覺融化般流經她心，她終於能夠放下一切，讓別人——關心她的人——告訴她該怎麼做。「好吧。」她說。

她們坐在一起，只聽到屋內深處傳來微弱的時鐘滴答聲，兩人之間的沉默很沉重，因為伊娃還有話想說。

她這輩子都渴望連結。親情、友情。然後莉茲出現了，給了她這些，並且沒有要求任何回報。伊娃想問「為什麼是我？」，但她不會問，因為再多的語句也不足以填滿伊娃心裡那個洞，它位於她心底最深處，是她存放最珍貴的感情與最真摯的友情的地方。

她知道明天走出那扇門，需要用上她不確定自己具備的勇氣。轉過身去離開這個充滿銳利邊緣和堅硬扭結的生活，相信另一邊會有東西等著她。

「妳記得我們相識的那一天嗎？」莉茲的嗓音還是同樣低沉的次中音，如同伊娃記憶中她們第一次見面的時候，那嗓音像溫熱的蜂蜜流過她心裡。「我在地上縮成一團，妳走過來把我扶起來。」伊娃想說話，但莉茲抬起手阻止她。「千萬別忘了妳是誰，還有妳對我的意義。在這充斥著噪音與自私的世界上，妳是一道明亮的善良之光。」莉茲把伊娃轉過來，讓她面向自己，並握著她的肩膀。「不論妳去哪裡，不論發生什麼事，妳要知道我都會在這裡愛著妳。」

伊娃讓淚水落下，最後一堵心牆在莉茲的話底下粉碎了。伊娃承受過的所有懊悔、所有失望、所有心痛都洩去，悲傷也慢慢滲出，直到她淨空。

❖

伊娃訂好回奧克蘭的機票後，兩人一起坐在沙發上，伊娃試著盡情感受與莉茲相處的每一刻，知道永遠都嫌不夠。前門傳來鑰匙插入鎖孔的聲音，然後門開了又關。「媽？」有個嗓音喊道，「妳在家嗎？」

「我在這裡，親愛的。」

有個年輕女子穿過廚房走過來，把鑰匙拋在檯面上，然後將沉重的包包往地上一丟。她看到伊娃和莉茲坐在沙發上時，猛然止住腳步。「抱歉，」她說，「我不知道妳有客人。」

「伊娃，這是我女兒艾莉。」

艾莉翻了個白眼，走向前與伊娃握手。「我現在都用丹妮兒這名字了。很高興終於見到妳。」

克萊兒

二月二十八日，星期一

我瞪著卡斯楚探員，感覺將我的祕密兜住的那些細密的縫線被人嘩地扯開了。「我不知道那是誰。」

他將墨鏡往腦門上一推，說：「我想妳知道，妳才剛用她的手機講完電話。」我的目光射向伊娃的手機，它擺在五斗櫃上，我納悶他怎麼會知道。他繼續說。「所以我們換個方式好了。午安，庫克太太，很高興看到妳氣色這麼好。我是卡斯楚探員，我是緝毒局的聯邦執法人員。我有幾個問題想問妳。」他身後的停車場有一輛無特色的轎車，掛著政府公家車車牌。「也許我們應該到屋裡聊一聊。」他建議。他的語氣友善但堅定，我點點頭，把門開大一點讓他進來。

我們坐在窗邊的小桌子邊，兩張椅子面向彼此。他將窗簾拉開，讓光線湧入小房間。「我希望妳告訴我妳是怎麼認識伊娃．詹姆斯的。」

「我其實不算認識她。」

「然而到昨天為止，妳都住在她家。」他朝伊娃的綠色外套比了一下，它掛在椅背上。「還穿她的衣服。」然後他舉起自己的手機。「庫克太太，我們從幾個月前就開始監視詹姆斯小姐，那包括『克隆』她的手機。」

「克隆？」我問，「那是什麼意思？」

他靠向椅背仔細看我，視線的重量讓我很不自在。他終於說道：「意思是用那支手機做任何事，我們都會知道。我們有所有簡訊和電子郵件的複本。電話響的時候，我們也知道。通話者講了什麼，我們都聽得到。」

我的思緒跳回我剛跟凱特・連恩有過的對話，跳到丹妮兒的留言和錄音檔。現在我知道伊娃為什麼把手機留下了。「她知道嗎？」

他搖頭。「她正與我們合作一件正在進行的調查，我們不能冒險讓她改變與她共事者的活動模式。但上星期伊娃沒有去一場約好的會面，我們開始擔心了。然後妳出現了。」

我低頭看著我擱在腿上的手。我想著凱特・連恩派來接我的車，以及卡斯楚探員會不會讓我坐上那輛車，還是我會被困在這裡回答他的問題，直到羅里找上門。

「我們何不從妳怎麼認識伊娃開始說起。」他重複。

「既然你聽了我講電話，你已經知道了啊。」

「也是。那多告訴我一些在機場發生的事，交換地點是誰的主意？」

我不確定該怎麼描述我的角色。我是受害者嗎？共犯？我兩者皆非，只是迫切想找到出路的女人。任何出路。「是伊娃主動接近我的。」我終於說。

卡斯楚點點頭。「妳覺得她看起來如何？」

「這問題我回答根本不準，因為她對我說的沒一句是實話。」我想到她是如何直勾勾地盯著酒杯，好像全世界的重量都壓在她肩上，我知道在她的謊言底下，那股恐懼是真的。「她很害怕。」我終於說道。

「她害怕是應該的。有人來她家找過她嗎？」

我告訴他那個出現在門廊上的男人，關於他說了什麼和暗示什麼。

「形容一下他的樣子。」卡斯楚探員說。

「跟我年紀差不多，也許再老一點。黑髮，橄欖色皮膚，長大衣，還有很扯的灰眼睛，不太算藍色。」

「妳待在伊娃家的時候，有看到任何毒品嗎？」

「沒有。」我想到地下實驗室，想到伊娃勢必花了很長時間在底下工作，而那讓她在上頭的世界付出什麼代價。我想到那封公證過的信和錄音檔，她小心翼翼地蒐集存檔，我衡量著現在把它們交出去的利弊。如果我交出去，卡斯楚就得到他要的了，或至少是伊娃能夠給他的，那或許足以兌現她作出的承諾。

我拿出信封和錄音筆，滑過桌面交給他。「我昨天發現她的地下室，然後找到這些。」

他把錄音筆放在旁邊，翻了翻伊娃的聲明，然後把公證人的資料抄在小筆記本上。

「我原本完全不知道她在躲什麼。她跟我說她丈夫剛因為癌症去世，說她協助他斷氣，而她可能因此惹上麻煩。」我在重述這故事時，它聽起來比當時要瘋狂。「你要了解，那時候我走投無路，幾乎願意相信任何事。我想她也知道這一點。」

「伊娃騙人已有多年經驗，她很擅長自己做的事。能在那一行混這麼久，她一定要很厲害。」他傾向前，手肘撐在桌面上。「我要妳明白，我的職責是調查毒品犯罪，」他說，「不是詐欺，不是身分竊盜。妳現在也不是我調查的對象。」他放軟語氣，因為他的疑問已獲得解答，我稍微瞥見表面下的男人，他真心想要幫助我。「據我所知，妳在躲妳的丈夫？」

「對。」

「我不是來給妳添麻煩的，庫克太太。但伊娃原本在幫我，我需要知道她出了什麼事。她告訴妳什麼。」

「都不是實話，」我說，「她說的都不是真的。」

他看向窗外，一輛黑色禮車滑進他轎車旁的車位。「接妳的車子好像到了。」

我們站起來，我打開門。

「克萊兒．庫克？」司機問道。他身型魁梧，二十五歲左右，穿著一套太小的黑西裝，袖子勉強遮住從右手腕往上盤繞的刺青。他耳朵上嵌著那種大圓圈，把耳垂撐出大洞。

柏克萊。每個人都比你更怪一點。

他把我的行李袋放進後車廂時，我注意到他的目光落在卡斯楚探員外套下的手槍上。他移開目光，用力關上後車廂，走遠讓我們把話說完。

卡斯楚探員看著我。「祝妳好運。」他說，跟我握手。「如果可能的話，在妳離開本地之前我想再跟妳聊聊狀況。假設妳會回紐約啦。」

「好啊。」我說，望向繁忙的街道，車輛和公車呼嘯經過汽車旅館。「不過再來會怎麼樣，取決於接下來幾個小時。不知道我做的事會讓我惹上多大的麻煩，還有不知道大家會不會相信我要說的話。」

「如果妳丈夫涉入瑪姬．莫瑞提的事，他們相不相信妳都不重要。證據會支持妳的。」

我將目光從街道拉回來看著他。「如果你認為他們不會反抗，那你就太不了解庫克家族了。對他們這種人來說有另一套遊戲規則。」

我等著卡斯楚探員說我錯了，但他沒有。連他都知道金錢的力量能擺平各種問題。

最後他說：「給妳點小建議好嗎？盡快上電視吧。如果全世界都知道妳還活著，妳丈夫就不能碰妳一根汗毛了。」

❖

進城的路上塞得要命。我們龜速通過收費站，開上海灣大橋，四面八方都是車輛。我一個人坐在後座，盯著窗外，目光越過水面落在著名的「惡魔島」上，那小島蹲踞在海灣中央，周圍環繞著石板灰的海水。

司機調整了一下後照鏡，以便更清楚地看到我，他的袖口撩得更高些，我又瞥見他有刺青的手臂。「我可以打開收音機嗎？」他問。

「好啊。」我告訴他。

他切換頻道，停在某種爵士輕音樂上。我從手提包拿出伊娃的手機看時間，發現我錯過一封丹妮兒傳的簡訊。

我剛才發現庫克先生已經在柏克萊當地安排了一個人去找妳。是當地人，能夠更融入環境。不過我聽說他塊頭很大，整條右手臂都是刺青。妳要當心。

伊娃

紐澤西州

二月

墜機前一天

艾莉——或該說是丹妮兒——看起來不像伊娃預期中莉茲女兒的樣子。她想像的是個隨興混搭風的女人，穿著飄逸的長裙，替捉襟見肘的非營利機構服務，然而丹妮兒的黑髮向後紮成保守的髮髻，垂在頸部底端。她戴著珍珠項鍊，身穿訂製套裝配低跟鞋。但母女間的相似處一望即知。丹妮兒和母親一樣個子嬌小，五官幾乎是伊娃現在深愛的朋友的翻版。但莉茲平靜又沉穩，丹妮兒則似乎很躁動。

莉茲站起來吻了女兒一下。「妳才剛下班嗎？已經很晚了耶。」

丹妮兒不理會母親的提問，逕自對伊娃說：「我不知道妳要來紐澤西。」

丹妮兒的語氣像在指控什麼，在伊娃體內發出低沉的隆隆聲，警告她要小心。「臨時起意，」她說，「待一下就走。」

「因為？」丹妮兒盯住伊娃的眼睛。

「因為她想。」莉茲打岔，朝女兒投射警告的眼神。

「只是趁空檔看看朋友。」伊娃說，希望能稍微化解緊張氣氛。「我明天就要回去了。」

丹妮兒等了一下，彷彿想看看伊娃還會不會提供更多細節。看她不作聲，丹妮兒便說：「媽，可以跟我到另一個房間一下嗎？」

莉茲帶著歉意看向伊娃。「妳不要拘束，我馬上回來。」

兩個女人到客廳湊在一起，窸窸窣窣的交談聲片段地飄回伊娃這裡。她從沙發站起來，晃進廚房，假裝在看冰箱上的照片。

「妳是怎麼搞的？」莉茲氣急敗壞地說。

「抱歉，我好累，壓力又大，還要打包，明天要去一趟底特律。」丹妮兒說，「我沒想到家裡會有客人。」

「底特律有什麼事啊？」

「明天基金會要在那裡辦活動，我原本應該要陪庫克太太去，但我剛發現庫克先生要改讓她去波多黎各，他想自己去底特律。」丹妮兒嘆氣。「抱歉我對妳很不耐煩，但這樣臨時改變行程讓我有點不安。感覺有點不對勁。」

「怎麼說？」

「庫克太太從好幾個月前就特別關注這趟旅程，這對她來說很不尋常。」

「我覺得妳工作太累了，擔心起不存在的事。」莉茲的語氣充滿安撫意味，伊娃想像她牽起丹妮兒的手用力握一握。

「我不覺得是這樣耶，媽，還有別的怪事。她的司機告訴我，上個月她把車開走——一個人——開去長島。衛星導航的紀錄顯示她一路開到最東邊。她不認識任何住在長島的人。而且我已經幫她掩飾好幾次收支上的出入了：提款、金額對不起來的收據。」伊娃聽得出丹妮兒的語氣很憂慮，那種眼睜睜等著某件事發生的緊張。「我覺得她要離開他了。」

「很好啊，總算。」

「是沒錯，但我不認為去波多黎各是她計畫的一部分。我擔心底特律之行才是。」

「妳覺得庫克先生是不是知道了？」

「他不知道，但如果這一來搞砸了她的計畫……」她沒說完，「我不想讓她單獨旅行，或是跟只效忠於『了不起的羅里．庫克』的人共同行動。而現在我得去底特律，表現得像我是那群人之一，實際上我知道那個男人如何欺壓她，根本連看都不想看他一眼。」

「如果她聰明的話，去了波多黎各就不要回來了。」

伊娃已經不再假裝看照片，現在全神貫注地聽著這故事的進展，並且將一個主意的骨架拼湊起來。

她邁了兩步穿過廚房回到沙發邊，抓起自己的筆電，然後放在廚房檯面上以便繼續偷聽。那兩個女人繼續交談的同時，伊娃用Google搜尋「羅里．庫克＋妻子」，然後研究搜到的圖片。那是個美麗的女人，黑髮攏在臉旁，穿著高級流行服飾，走在紐約人行道上。圖片標題寫著：羅里・庫克之妻克萊兒造訪位於上西城的新餐廳「隨員」。

丹妮兒在隔壁房間說：「我總覺得待在波多黎各對她來說不是辦法。我很難過她得去那裡，也很難過她醒來之後，會是布魯斯告訴她計畫改變，而且會是他帶她去甘迺迪機場。」她煩躁地嘆口氣，繼續說：「總之，很抱歉我對伊娃太不客氣了。我相信她人很好。真實情況是什麼？她究竟為什麼來紐澤西？」

伊娃屏住呼吸，盯著克萊兒・庫克的臉部細節，卻不再看見它們。其實她等著聽莉茲會替她保守祕密還是全盤托出，像宵夜一樣端給女兒享用。

「伊娃遇上一點困難，」莉茲說，「但她不會有事的，她是個生存者。」

伊娃默默鬆了一口氣。

「那個，」丹妮兒說，「我們天一亮就要出發，所以我要趕快打包行李了。妳知道我的黑色羊毛大衣在哪嗎？」

「好像在樓上客房的衣櫥裡，我去找找看。」

「謝了，媽。」

如此簡單的一句話，很可能已講過幾十萬次。然而它的力量卻幾乎使伊娃感動落淚。在你的角落裡永遠有人守候的感覺一定很美好。她原本以為她跟莉茲是這樣的關係，但是看到她和她女兒在一起，看到她們互相信任、依賴，伊娃才知道她和莉茲之間充其量只是親密的友情。她覺得自己曾經以為不止如此實在太愚蠢了。要是莉茲的女兒發現自己陷於伊娃的處境，莉茲會給她什麼建議？她也會鼓勵丹妮兒向有關當局自首嗎？還是會幫助女兒逃亡？

看著面前的螢幕，她想像克萊兒．庫克明天醒來發現丈夫更改了她的行程，會有什麼想法。她將由甘迺迪機場飛往一個熱帶天堂，而不是天寒地凍的底特律。也許她不介意。也許丹妮兒認為這趟旅行很重要的直覺是錯的。但如果她的直覺是對的，如果克萊兒確實計畫逃跑，她將發現自己迫切地需要解決方法。另一條出路。

而伊娃腦中或許正好有解決方法。

「妳在做什麼？」

伊娃迅速扭身，看到丹妮兒站在門口，手裡提著先前丟在那裡的包包。伊娃壓下筆電蓋子，希望丹妮兒沒看到太多，並且朝她露出若無其事的笑容。「沒有啊。」

她望著丹妮兒的眼睛，直到丹妮兒終於轉開身，上樓去收拾行李。

伊娃再次翻開筆電，關掉克萊兒．庫克的照片，點進航空公司的網站。她點選「更改訂票」，在下拉式選單中，她把「紐華克機場」改成「甘迺迪機場」，莉茲的話在她腦中迴蕩。她是個生存者。

伊娃一心要實踐這句話。

克萊兒

二月二十八日，星期一

我用力靠向椅背，目光由丹妮兒的簡訊跳向司機的右手，他的手輕鬆地擱在方向盤上。整條右手臂都是刺青。

我的思緒跳回剛才在汽車旅館的停車場，我意識到他根本沒提到CNN。他說「克萊兒．庫克」，而我就像白痴一樣上車了。

我們被車輛包圍，一路延伸到橋的邊緣。鋼纜在一小段人行道上方聳入天際，六十公尺底下是冰冷的水面。

卡斯楚建議我盡快進到攝影棚，現在他的話彷彿在嘲弄我。這個男人會帶我去別的地方——或許是無人的沙灘，或是往北到更偏僻的地方，把事情結束掉。

一輛綠色捷達滑行到我們旁邊，駕駛是個女人，她的嘴唇在動，在與我看不見的某人交談。我跟她的距離不超過一公尺，近到我能看見她的粉紅色指甲油和耳垂上精緻的銀耳環。我忍著眼淚，努力思考。如果我尖叫，她會聽到嗎？

我們的車往前移動幾公尺又停下來，現在我面前是一輛沒有窗戶的白色麵包車。我用目光巡視車輛之間的小空隙，隨著車子寸步前進，那些空隙也成為不斷變化的迷宮。我得跳車逃跑。

我們隔壁的車道開始動了，我再次看著綠色捷達上的女人。她仰頭大笑，渾然不知我從深色車窗後看著她。

前方三十公尺左右隱然出現一條陰暗的隧道，旁邊立著往人工島金銀島的指示牌。司機再次在後照鏡裡尋找我的視線。「等我們過了隧道就不會塞了。」他說。

如果我要跳車，黑暗的隧道可能是個理想地點。

我把手臂擱在窗台上，濕黏的掌心貼著車門，小心翼翼地扳開門鎖，在鏡子裡盯著他的眼睛，確保他看著馬路。

我只會有一次機會。

爵士樂在後座附近繚繞，節奏快而不規律，正符合我的脈搏，我把手提包抱緊一點，確保它牢牢地掛在肩上。我一手擱在安全帶扣環上，另一手垂至門把，準備拉開門把跳出去。如果我尖叫求救，一定會有人幫忙的。

我調整呼吸，倒數著車子還剩幾公尺就會進入黑暗的隧道。

六公尺。

三。

一點五。

司機又從鏡子裡看我。「妳還好吧？」他問，「妳臉色有點蒼白。如果妳需要的話，我這裡有水。我們下橋以後再開幾個路口就到CNN的攝影棚了，已經快到了。」

我感覺體內空氣洩去，整個人癱在座位上，顫抖的雙手交握著放在腿上。CNN。不是羅里。令人暈眩的安心感湧入我心，我用力閉上眼睛，努力不要崩潰。

這就是被施暴的後遺症，它把我的思路扭曲成亂七八糟的一團，害我無法分辨真假。就邏輯上來說，我能理解他們不可能這麼輕易找到我。然而多年來處於羅里的淫威之下，使我賦予他近乎超出人類的力量。以為他能看到我躲在哪裡，知道我的所有想法與恐懼，並且利用它們。

車子總算加速了，我們開進隧道。黑暗只是短暫的一眨眼工夫，然後我們從另一頭出來。彷彿變魔術一般，整座城市在我們眼前立起來，明亮的白色建築在剛過中午的陽光下閃耀著。

「庫克太太？」他又問道，並舉起一小瓶水。

「我沒事。」我告訴他，同時也是告訴自己。

❖

突發新聞：我們暫時中斷常規節目，為您插播一則來自華府的凱特·連恩的現場報導，報導內容關於剛由加州得知的事件。凱特？

有許多聲音在我耳邊說話，但我一個人坐在置於綠幕前的高腳椅上。幾名製作人與助理聚在那一部攝影機周圍，攝影機對準我拉近焦距，但顯示我已上線的紅燈還是暗的。紅燈旁有個電視螢幕，畫面中是位於華府攝影棚的凱特・連恩，播出的內容直接傳送到我的耳機裡。我仍因腎上腺素的作用而頭暈，但攝影棚內冷得要命，讓我的頭腦稍微清醒了一點。攝影棚遠端的牆面上有個很大的螢光藍底數位時鐘，上頭寫著一點二十二分，我看著秒數倒數，試著讓心跳與它同步。

我無力又顫抖地抵達CNN攝影棚不久後，就有個製作人交給我一台iPad，凱特・連恩用它打視訊電話給我。他們已聯絡上丹妮兒，她答應把錄音檔寄給紐約州檢察長。凱特在檢察官辦公室裡的內線說，他們應該很快就會知道接下來的做法是什麼。夏綠蒂・普萊斯人也找到了，只要她的律師能對她許久之前簽的保密協議提出無效之訴，她願意公開說明。

「所以現在就看妳要不要說出妳的故事了。」凱特先前說，「為我們描繪出妳的婚姻，告訴我們妳丈夫是什麼樣子，妳想逃離什麼。」她的表情變得柔和。「我得讓妳有心理準備，一旦妳出面之後，很可能會發生什麼狀況。大家會挖妳的生活，妳的過去。說些與妳相關以及直接針對妳的仇恨性言論，而且是公開地說。大家支持哪一方——妳或妳丈夫——並不重要，無論如何，妳的生活都會被放大檢視。妳作過的每個選擇，妳交談過的每個對象，妳的家人，妳的朋友。在我們繼續進行之前，我有義務確保妳都明白了。」

聽到凱特清楚確切地說出我長年以來擔心的事情，讓我有所遲疑，我考慮打退堂鼓。就讓丹妮兒和夏莉的證據發揮作用吧，沒人需要聽我被家暴的細節，才能讓羅里為瑪姬・莫瑞提之死負責。

然而，我知道如果我不說，我注定要一再重溫橋上那一刻。如果我慌忙爬去躲在另一塊石頭底下，我永遠不會真正自由。只要我繼續保護羅里，我就是他家暴行為的共犯。世人不需要聽我的故事，但我需要說出來。「我明白。」我告訴她。

「五秒後直播。」有人說。

「大家晚安。」凱特的嗓音填滿我的耳機，好像她就坐在我旁邊。「過去這一小時，庫克家族基金會執行長暨已故參議員瑪喬莉・庫克之子羅里・庫克的律師團，一直在應付與瑪姬・莫瑞提之死的相關提問，瑪姬・莫瑞提於二十七年前死於庫克家族名下的土地上。不過更加離奇的是，有關當局是從庫克先生的妻子那裡接到這項資訊的，而先前咸認庫克先生之妻已在四七七號班機空難中喪生。CNN發現她仍在世，目前住在加州。我們現在透過衛星連線請她到現場，談一談針對她丈夫的指控，以及她為什麼覺得必須躲起來。庫克太太，很高興見到妳。」

我前方的攝影機亮起燈來，導播指著我。我忍著抬手摸頭髮的衝動，知道自己看起來像變了個人。「謝謝妳，凱特，很高興來到這裡。」我的嗓音在這空蕩蕩的地方聽起來很孤單，我試著把注意力集中在電視螢幕上，它在我身後顯示出舊金山天際線的合成背景。

「庫克太太，告訴我們發生了什麼事，妳今天為什麼會來到這裡。」

現在我在這裡，我才明白這是必然的一步。從太久以前開始，我就深信憑我一個人發聲是不夠的，沒人會想聽實話並伸出援手。但是在我最需要幫助時，有三個女人挺身而出。先是伊娃，再來是丹妮兒，最後是夏莉。如果我們不把自己的故事說出來，我們永遠掌握不了敘事權。

我挺起肩膀，直視攝影機，感覺過去這一小時的驚嚇，過去這一週的壓力，過去這十年的恐懼，通通都從我身上滑落，現在只是耳語般的影子。

「如妳所知，我丈夫來自極有權勢的家族，擁有無限的資源。但妳不知道我們的婚姻有多麼艱難。在鏡頭前，他充滿魅力與活力，但是關上門後，他會變得暴力，毫無預警就被觸發開關。外界眼中我們是幸福投合的一對，但在虛飾底下，我身處於危機之中。守著我的祕密。努力做得更好，表現得更好。拚命想滿足我丈夫為我設定的不合理標準，做不到時就心驚膽顫。

「就跟很多同病相憐的女性一樣，我被困在家暴循環中很多年。害怕惹怒他，害怕說出事實，擔心說了也沒有人會相信。那種生活會把人擊垮，一次敲碎一小片，直到你再也看不清任何事或任何人的真相。他把我和可能求助的對象都隔絕開來。我之前試過要離開他，要說出我婚姻的真相。但是位高權重的男人會成為可怕的敵人，沒有人想與羅里・庫克為敵。我能想到不涉及公眾醜聞或曠日持久官司戰的唯一出路，就是直接消失。」

「但是空難會不會太過分了？」

「那是悲慘的巧合。我本來就不應該在那班往波多黎各的飛機上。我計畫逃去加拿大，臨時行程改變破壞了一切。但後來我在機場遇到一個女人，她願意跟我交換機票。」我想到仍在找伊娃的那些人，便說出預想的台詞。「很不幸地，她代替我送命了，我會永遠感激她給我逃走的機會。」

「告訴我們妳在逃避什麼。」

我想像羅里在某個地方，被喚到電視前看他的亡妻死而復生，他滿腔怒火又無能為力地站著，而我把他寶貴的名譽抓起來撕成碎片。「幾乎是從一開始，」我說，「他就會斥責我笑得太大聲、吃得太多或太少、漏接他的電話，在某場活動跟某個人聊得太久，或是跟另一個人聊得不夠久。如果我運氣好，這樣就算了：叫嚷辱罵，接下來是好幾天的沉默和冷眼。但是婚後兩年左右，叫嚷升級成推搡，不久後更是直接毆打。」

一張照片填滿我身後的背景，是羅里和我走在漢普頓海灘上的畫面。它一開始登在《時人》雜誌上，後來迅速成為新聞媒體報導羅里私生活時使用的資料照片之一。「這張照片是去年夏天拍的，你只能看到鏡頭裡的東西——一對夫妻手牽手走在沙灘上。但你看不到底下的一切。我丈夫當時對我有多生氣，他把我的手抓得多緊，用力到我的戒指都割傷旁邊那根手指的內側了。我的長袖遮住了前一天晚上留下的瘀青，那是因為我忘了羅里的一個老朋友叫什麼名字。你看不到我後腦勺撞上牆壁產生的腫塊，或是我那股被敲打般的頭痛。你看不到我感覺多麼茫然，多麼孤單。」

我低頭看著我的手，在拍下照片的那一刻我所感到的恐懼和絕望，再度兜頭淋下。我真不想做這件事，必須重述每一擊、每一次屈辱，用來合理化我的作為。

凱特的嗓音在我耳邊輕輕響起。「為什麼現在要出來呢？妳已經逃掉了，妳在加州落腳了，妳自由了。」

「我從來就沒自由過。首先，我沒有身分，也沒辦法取得身分。我沒有錢，沒有工作。我設法到一間宴會承辦公司底下打工，結果我的影片被發布在TMZ網站上，逼得我不得不出來。」

我望著攝影機，眼神保持穩定，想像我在直接對伊娃說話。在短暫的時間內，我們住在同一個皮囊裡。過著同樣的人生。我知道一些別人不會知道的關於她的事，那將你和一個人緊緊相繫，像一條跨越時空的蛛絲。不論我在哪裡，她也會在。而不論她在哪裡……我希望都離這裡很遠。

「但我也覺得我需要向那位替我死去的女人致敬。」我說，「世上有人愛著她，可能想知道她出了什麼事。他們也值得擁有答案。」我停頓一下，想著我在伊娃家找到的卡片，它還揣在我口袋裡。「我已準備好跨越恐懼，」我對凱特說，「我想拿回我的人生，我的。屬於我的那個人生。我丈夫偷走我很多東西，他偷走我的自信，偷走我的自我價值，我不認為他有權再偷走任何東西了。不論是對任何人。」

攝影棚對面的數位時鐘從一點五十九分變成兩點整。

還剩零小時。

我自由了。

克萊兒

紐約市
墜機後一個月

我從未在第五大道這棟排屋式別墅這麼空的狀態下待在裡頭過。這裡總是有某些人在煮食或打掃、安排行程會議、站在羅里辦公室外守衛。但我接受完CNN訪談，隨後又有針對羅里是否涉及瑪姬之死的大陪審團調查，接著所有人都被遣散了。屋內很安靜，我感覺像個鬼魂，沿著以前深夜漫遊的相同路線走著。也許我確實是鬼魂，回來糾纏我遺留下來的人生，卻發現人事已非。

一開始故事成形得很慢，羅里的律師團還在奮力維護保密協議。但他輸了以後，大量資訊立刻流入媒體，幾乎每天都有新的爆料——瑪姬死的那晚，羅里曾和瑪姬吵架，最後瑪姬昏倒在樓梯底部，而羅里急著為自以為犯下的殺人罪毀屍滅跡。羅里直接開到夏莉的公寓，它離他位於西城的公寓只有幾個路口遠。當時夏莉想要幫他，她相信他的說詞，說他回市區的路上遇到一隻鹿，車子差點開進土溝，這驚險狀況讓他受到嚴重驚嚇。直到瑪姬死亡的消息傳開來。當時夏莉很年輕，深愛著羅里，曾經希望羅里為了她而跟瑪姬分手，後來她才心生警覺。她開始問東問西時，羅里的父親付她一筆封口費，並且把一份保密協議砸在她臉上，金額大到確保她會永遠安靜。

多年來，她試著把這件事拋在腦後，直到傳出羅里想參選參議員的風聲。夏莉已不是當年那個膽小的二十歲女孩。她和許多人一樣，早已厭倦看著有權勢的男人永遠不必負責，「男孩就是這樣」的說法演化成刀槍不入的盔甲，為他們阻擋責難。

媒體簡直樂瘋了。重訪瑪姬．莫瑞提死的那個夏天，重印舊文章並配上新資訊，再次訪問她的朋友，這次加入夏莉與她和羅里的關係，他和夏莉與瑪姬交往的時間重疊了好幾個月。每個人都想知道更多三角戀的內幕，想窺探每個角落、發現新的東西。想成為透過推特把最新可口小點端上桌的那個發布者。

我一直努力避開聚光燈，但凱特．連恩說對了。我回來的第一週就登上《時人》雜誌封面，我的臉朝鏡頭側轉四分之三，恢復原本的髮色，標題是「復活」。

儘管大部分人懷有同情，多年來一直對羅里與瑪姬之死的關聯有疑慮，但其他人猛烈抨擊我，質疑我的人格，酸我為拜金女，還說我是復仇心切的惡妻，一心想摧毀庫克家族建立的一切。怪我害庫克家族基金會現在遭到紐約檢察長調查，理由是濫用慈善財產以及不正當的自我交易。

我的律師團藉由有限責任公司的文件，設法保護我免於被定罪的風險，讓我有離開紐約州的自由。紐約已經不是我的家了，我等不及要回到加州，遠離這場風波。

我走進我的辦公室，牆邊堆著一疊疊紙箱。我持有一張詳列明細的清單，受制於我的律師團好不容易爭取到的有限時間，來此拿走屬於我的東西。我的衣服，我的珠寶，我的個人物品。我的目光落在牆上那張我母親與薇樂的照片上，這次我將它由掛勾取下，和其他要帶走的東西放在一起。我讓目光逗留在妹妹的笑容上，那個酒渦弄皺了她的左臉頰，陽光穿透她被風撩起的頭髮，讓它看起來像金絲。回憶湧來時感覺溫馨甜蜜，而不像多年來我一直逃避的那種椎心之痛。

我拿起一尊小雕像，十五公分高，是羅里去年買的正版羅丹作品，我在想要是賣掉它能換得多少錢。但它不在我的清單上。除了我自己的東西以外，我們所有的共同資產都被凍結了，不過其實我在柏克萊的新生活想要或需要的都很少。

凱莉協助我找到一間公寓。我在CNN接受完訪談，就跟律師團見面，開始細數我做了哪些事的漫長過程，過了兩三天我打給凱莉。

到了那時候，我已經是每個新聞網站和新聞節目的頭條人物了。「夭壽喔，伊娃。」她當時說，然後發現自己說錯了。「抱歉，我好像應該叫妳克萊兒。」

我微笑坐到旅館房間的床上，這房間是我的律師團付錢訂的，我作證好幾小時已經累壞了。我們只會在那裡再待兩三天，然後我就得回紐約善後了。我想像她在校園裡的某個地方，沉重的背包裝滿書，她在校園裡交錯的一條林蔭步道停下腳步接我的電話。「很抱歉我誤導妳了。」

「不，很抱歉我介紹妳的工作造成這團混亂。」

「遲早會變成這樣的，不管是以何種方式。我原本打算過的那種生活根本不是長久之計。」

我清了清喉嚨。「那個，妳上次說妳可以幫忙我找住的地方？等這一切塵埃落定，我真的想待在柏克萊。」

「我先打幾通電話，再回覆妳答案。」她說。

那間公寓位在一條窄街上，街道彎彎曲曲地繞上足球場後頭的山坡，我要租的是木造建築的頂樓，這棟窄木樓夾在草莓峽谷參天的樹木之間。女房東克瑞斯皮太太是凱莉母親的朋友，十分樂於把房子租給我。她警告我們，在比賽日可能很難停車，而且一開始很容易被觸地得分後的砲聲嚇到。這棟樓有大概四十級木頭階梯，等我們爬到頂樓，克瑞斯皮太太打開門，讓到一旁，讓我能先進去。這房子才二十二坪左右，簡直像樹屋。凱莉在我旁邊喘氣，說：「妳可能要考慮採買日用品的問題。我無法想像要把比手提包更重的東西搬上來這裡。」

「我有三個房客，都是像妳這樣的職業婦女。」克瑞斯皮太太說，「我一個月收一千五百元，不過水電費全包。如果妳決定要租，我需要先收第一個月和最後一個月的房租當押金。家具可以留著，因為這地方要搬上搬下都很麻煩。如果妳想的話，我可以找清潔公司來整理。」

我的律師團幫我談到每個月有一筆津貼，不過金額不高。我得變賣所有珠寶還有找工作，但我很期待有機會一個人生活，自力更生。「應該沒問題。」我說，走進客廳和廚房區。

雖然我知道這裡應該很小，然而房間西側幾乎整面都是玻璃，似乎讓公寓看起來比較大。一座鼠尾草綠的沙發面向窗戶，大門旁的架子上擺著小電視。我們身後是一間小廚房，有一塊檯面可以料理食物，有爐子，廚房後方還有個冰箱。再過去是一條短短的走廊，通往浴室和小臥室。

我走到窗前。一片青翠的樹頂像毛毯一樣沿著山坡往下鋪開，中間嵌著大學的校舍，在接近傍晚的天光下有如半掩埋的寶藏閃閃發光。再往遠處一瞧，舊金山灣波光粼粼，陽光將遠處的城市天際線和大橋照成剪影。「我愛死了。」我轉身面向凱莉和克瑞斯皮太太說。

克瑞斯皮太太漾開笑容，布滿皺紋的臉亮了起來。「太好了。」她打開手上的資料夾，遞給我一份租約。「妳準備好了隨時可以搬進來。」

我接過文件，咧嘴一笑。「我現在就準備好了。」我說，轉回身看著窗景。

❖

「妳要我把浴室裡的東西通通包起來，還是妳要自己巡一遍抽屜？」佩特拉站在我的辦公室門口，本來在翻箱子的我轉身面向她。我回到紐約的時候，來機場接我的人是她。她一直等到我們安全地坐進她租來的禮車後座，才終於崩潰。

「這感覺像一場夢，」她哭著說，「我看到那班飛機墜毀的時候……」她沒說完，用手指按著眼睛，深吸一口氣。「然後妳出現在CNN上，把那王八蛋開腸剖肚。」

原來我並沒有抄錯她的電話號碼。「我把手機停話了。」我問佩特拉為什麼電話打不通，她解釋。「妳從機場打給我之後，我擔心羅里可能會用某種反向查號服務，查出妳打給什麼人，所以我換了個新門號。可是後來我看到新聞……」她聳聳肩，說不下去，淚水又滾落臉頰。

我蓋起一個紙箱，把另一個紙箱拉過來。「全都包起來吧，」我告訴她，「那些乳液和化妝品都很貴，丟掉太可惜了。」

「我還是覺得妳該留在這裡。」佩特拉說，「這裡是妳的家，妳有權擁有它。也許不是所有的內容物。」她瞥了一眼那尊羅丹雕像。「但妳應該盡力爭取妳的權益。」

「我不想要它，」我說，轉回身把箱子封起來，「我不需要這麼大的空間。」

「重點不是空間，」佩特拉強調，「而是那東西該是妳的。」

「那我們把房子賣了，我分一半。」

「我想要妳待在紐約。」

我走到她面前擁抱她。「我知道，」我邊說邊退開，「但妳知道我為什麼不能留下。我需要到新的地方重新開始。妳應該來加州嘛。那裡的光線、空氣……都不一樣，妳會愛上它的。」

佩特拉一臉懷疑。「我最好把浴室搞定，我們的時間快用完了。」

她走了，我打開最後一個箱子，快速翻看，丟掉大部分東西。我賣珠寶的錢能讓我有時間在加州探索各種選項。也許我會繼續跟凱莉在宴會上打工，或是我會回學校。我想像自己搭舊金山灣區捷運進到舊金山，也許在那裡的博物館工作，然後跟我希望終於能交到的三五好友上館子。

我結束CNN的訪談後，卡斯楚探員帶我回伊娃家，讓我照時間順序告訴他我在那裡時都做了什麼。我不確定我還能告訴他什麼他不知道的事。他們把伊娃的DNA送到國家運輸安全委員會，正在等待結果，看是否符合他們目前尋獲的任何一具遺體。

「我們可能永遠不知道答案，」他說，「他們告訴我，她可能因為各種原因而不在妳的座位上。也許她跟別人換座位，或是撞擊力道把她拋出殘骸，被洋流帶走。如果是後者，我們可能永遠找不到她的屍體。」他聳聳肩，看向窗外，彷彿伊娃發生什麼事的答案可能就在外面，只有他看得見。

「那個毒販怎麼樣了？」

「戴克斯，」卡斯楚探員說，「又名菲立斯．阿塞羅斯，或是小魚。我們在沙加緬度有他的線索。」

有個探員經過客廳，手裡抱著用透明證物袋裝起的伊娃的登山爐。「她一定被逼到絕境，才會選擇這種生活。」

「我想伊娃會抗議說是這種生活選擇了她。」卡斯楚探員嘆口氣。「她是很難摸透的一個人，我沒把握我真的了解過她。不過即使她逃跑了，她還是試著做正確的事。她留下的東西會是控告小魚的重要物證。」

「她聽起來很複雜。」我說。

「她是很複雜，但我喜歡她。真希望我能為她做更多。」

我沒說出我的想法，亦即伊娃誰也不需要。她靠自己就過得很好了。

❖

我抱起一疊衣服拿到客廳，放在我要帶走的其他東西旁邊。我看了一下時間。我們只剩三十分鐘左右了。我聽到佩特拉在樓上的浴室裡關抽屜，同時還喃喃自語，我不禁微笑。

我的事差不多已完成了，因此我沿著走廊到羅里的辦公室門口，往裡頭偷看。它已徹底清空。他的桌子、布魯斯的桌子，甚至是書架上的書，都沒了，全都被檢察長查收。我走到空空的書架前，抬起手按按鈕，底下的抽屜打開了。如我所料，它是空的。

我聽到有人打開大門門鎖，便站直身子，覺得有點心虛，因為我不該進來這裡。但那只是丹妮兒。她看到我時便停在門口。「在尋找鬼魂嗎？」她問。

我微笑。「可以這麼說吧。」

我第一次回到這屋子時，丹妮兒在這等我。她帶我到廚房，幫我泡了杯茶。我們在中島相對而坐，我終於問出打從她第一次留言，我就一直耿耿於懷的疑問。「妳怎麼知道要怎麼找到我？」

她露出淺淺的悲傷笑容。「伊娃是我母親的朋友。」她猶豫地啜了一口茶，然後告訴我兩個女人間不尋常友誼的故事——其中一人相信自己不配被愛，另一人費盡功夫也要愛她。「雖然我跟她只相處了很短的時間，她卻有種狡猾的氣質。她有一股敏銳，感覺很危險。」丹妮兒把杯子放在中島上，用指尖描著大理石上的渦紋。「可是我母親一心向著她，發誓說伊娃是好人，需要知道有人信任她。」丹妮兒聳聳肩。

「可是那仍然不能說明妳怎麼知道要打她的手機找我。」

「底特律之行前一天晚上，她在我媽位於紐澤西的家裡。她一定是偷聽到我跟我媽的對話，因為後來我發現她用Google搜尋妳的照片。我擔心她會以妳為目標做什麼壞事。」丹妮兒搖頭，好像這想法令她難為情。

「妳母親還好嗎？」

丹妮兒望向客廳，陽光從落地窗流瀉而入，將一塊塊光芒鋪在硬木地板上。「不太好，」她說，「她很難接受伊娃真的不在了。她在糾結要是伊娃按照她們講好的計畫回柏克萊去，她到現在還活著。」

我啜了一口熱騰騰的洋甘菊茶，讓茶香在我口中散開，知道我絕不能告訴丹妮兒或她母親我認為伊娃真正發生了什麼事。我要讓伊娃自己決定要不要聯絡、想要什麼時候聯絡。「伊娃用Google搜尋我應該不足以讓妳知道怎麼找我吧。」

「是那支影片，」她說，「妳在伊娃的家鄉，剪了跟伊娃類似的髮型，而且……」她沒說完。「我賭了一把，用我媽的手機查到伊娃的號碼，希望我打去時妳會接。」丹妮兒低下頭，在手裡慢慢轉著杯子。她再抬頭時，眼中有濕濕的淚水。「沉默了這麼多年，我非做點什麼不可。真的真的很抱歉我一直沒多做什麼來幫妳。」她顫抖地吐出一口氣。「我以為督促妳完成任務、準時赴約，就能夠保護妳。如果我夠努力工作，也許他就沒有理由生氣。」

我伸手越過中島，把手按在她手上。「妳在最關鍵的時刻幫了我，超出我期望的程度。」

她用力握了一下我的手，作為無聲的道歉。來晚了，但不算太晚。

❖

微弱的警笛聲穿透羅里辦公室窗戶的厚玻璃。我環顧室內，試著想像丹妮兒錄音的那個下午，以及她為了錄音可能把手機偷放在什麼地方。「最後問一個問題，」我說，「妳怎麼知道要錄那一段對話？妳事先知道他們要談什麼嗎？」

丹妮兒走進房間，用指尖滑過一張椅子的椅背。「當時我剛看到妳在奧克蘭運動家隊晚宴的影片，而雖然庫克先生沒對我提半個字，他突然要去奧克蘭讓我相信他也看到影片了。我本來希望錄到他們討論怎麼找到妳，讓妳對他們會去哪裡找以及怎麼找有個概念。我壓根兒沒想到會錄到更棒的東西。」

「妳做這件事真是有夠勇敢又愚蠢。」

丹妮兒咧嘴一笑。「我媽說了一模一樣的話。」她看了看錶。「我們最好收尾了，時間差不多到了。」

我輕輕關上抽屜，跟著丹妮兒走進客廳，把最後幾樣東西裝起來。

我正拉上包包拉鍊時，佩特拉走進房間。「好了嗎？」她問我們。

我看了房間最後一眼。厚地毯，昂貴的家具，現在對我全都沒有意義了，我對她們兩人微笑。「好了。」我說。

尾聲

約翰·甘迺迪國際機場，紐約州
二月二十二日，星期二
墜機當天

我蹲在空橋旁的地上，撿拾從克萊兒手提包掉落一地的物品，我只看得到周圍排隊人群的鞋子；我把東西一股腦塞回包包，除了我的預付卡手機之外。我將手機貼在耳邊。

我的計畫很簡單。首先，我要不動聲色地往旁邊移，好像我需要靠在牆上保持平衡。然後我會背向散亂的排隊旅客，他們都乖乖地面朝前方。再來我就能輕易地用篤定的態度往新方向走了。

我正準備對著沉默的手機講話，開啟另一段假對話——也許營造出緊急氛圍，需要一點空間、一點隱私，這時有人說：「女士，妳還好嗎？」

聲音來自我上方，從擋住我視線的那群旅客後頭傳來。另一個登機門服務員冒出來，我緩慢站起來，膝蓋咔嗒響。「我的手提包掉在地上了。」我解釋，將包包掛回肩膀上，感覺一扇門關上而微微顫動。一個錯失的機會。

「由於妳已經掃描登機了，我要請妳待在隊伍中。」登機門服務員說。

我回到在抱怨久候的女人前面，傾斜的空橋將我往前拉。克萊兒已經在某處的天空中，朝加州飛去，我感到一陣強烈的愧疚。不是為了我說的謊，但也許我至少該警告她要小心一點。

隨著登機的隊伍一點一點地前進，我在想要是我和克萊兒是在不同狀況下認識，會不會變成好友。在她消失前，我是最後一個跟她說話的人，我是世上唯一知道她出了什麼事的人，同時也依然對她沒有具體了解，感覺這是不對的。她愛誰，她重視什麼事，她需要抱持信念時，會抱持什麼信念。到底是什麼樣的外在條件，才將她的選項縮減成這唯一的極端做法。

我們有一個共同點：我們都情急到願意承受風險。願意背離世界要求我們扮演的角色。不光是因為那些人對我們做的事——不管是戴克斯或克萊兒的丈夫——而是整個體系，它對女人說我們是不可靠的，因而我們是消耗品。它說跟男人的說詞並陳之下，我們揭發的真相一點都不重要。

我試著讓腦袋清醒一點，專注在自己接下來要面對的狀況上頭。我之後沒有按照約定打電話給莉茲，她一定會擔心，但非這麼做不可。當卡斯楚去敲她的門，莉茲必須信心十足地說我已回去做正確的事。

也許從現在算起兩三個月後，莉茲會收到一個小包裹。一個聖誕裝飾品——沒有卡片，沒有回郵地址——寄自義大利的豐收葡萄園，或是孟買擁擠的街道。而她會知道我很抱歉，我很快樂，我終於原諒自己了。

等我一上飛機，就要要求把靠走道的座位換到靠窗的座位。我想看世界——它寬闊的遠景在我下方拓展成優美的弧形——想像我自己身在其中。我真正的自我，莉茲讓我明白我能成為的人。

我希望飛機起飛時，我們會朝太陽直飛而去，那光芒如此耀眼，會燒去我留下的所有人事物的最後一點遺跡。它將帶我往前，高到前所未有的程度，超越恐懼和謊言，撕去寫滿錯誤的一頁，碎片像紙花一樣在我身後撒落。

而我會用記憶片段打造一個新人生來取代它——有些是真實記憶，有些是從未找到安身之處的小女孩一廂情願的想像——幸運和感激的樑柱會將這段新人生支撐起來。

也許有一天我會夢見我在柏克萊的生活。不是我已度過的那段生活，它充滿陰暗角落和欺詐陰影，而是我多年前設想出來的生活，當時我還躺在舊金山一座灰撲撲教堂樓上的窄床上。我會重訪俯視著舊體育場的那些布滿樹蔭光點的草莓峽谷步道，那裡能眺望彷彿直接由海灣中升起的城市天際線。我會在腦海中沿著校園小徑穿梭在紅杉之間，聞著潮濕的樹皮和我腳下柔軟的苔蘚，聽著小溪滾滾流過岩石並不時躍起。

我前方的隊伍又開始移動了，人與人之間拉開空隙，讓我的呼吸更順暢一點。不論原本出了什麼問題，都已修正了，我能感覺到周圍的人放鬆下來，期待著往南的四小時航程另一邊等著他們的假期。

我沿著空橋走去，感覺像是一片一片地蛻去舊的自我，離飛機愈近就變得愈輕盈。要不了多久，我可能就完全沒有重量了。笑意像氣泡浮上來，輕鬆又爽脆，不夾帶絲毫通常會有的雜質。在這一刻，我已擁有我想要的一切。我第一次，也是唯一一次，覺得這樣就夠了。我把克萊兒的手提包往肩上勾緊一點，跨過門檻時摸了一下飛機外殼，祈求好運，沒再回頭看一眼。

謝詞

首先我要向整個Sourcebooks大家庭致上最深的感謝：出版人暨書籍推廣者Dominique Raccah；我優秀又賢慧的編輯Shana Drehs；行銷團隊（包括Tiffany Schultz和Heather Moore）；才華洋溢的美術及製作部門（Heather Hall、Holli Roach、Ashley Holstrom、Kelly Lawler和Sarah Cardillo）；還有傑出的業務團隊。認識你們大家真的很開心：Cristina Arreola、Liz Kelsch、Kay Birkner、Todd Stocke、Margaret Coffee、Valerie Pierce和Michael Leali。謝謝你們用能幹的雙手捧起《最後的航班》，並且為這本書帶動話題。書本確實可以改變人生，但你們也有同樣的力量。

衷心感謝我鍾愛的經紀人Mollie Glick，我費力地將這本書生出來時，她一直在我背後支持我，對我的書有信心，也對我有信心。也謝謝她的多位助理（Sam、Emily、Julie、Lola……），他們也讀了書稿並提供回饋與支持。

謝謝我的海外版權團隊，他們充滿熱情地將《最後的航班》介紹給世界上更廣大的區域。謝謝我的電影經紀人Jiah Shin和Berni Barta，謝謝你們在好萊塢提倡這個計畫。我也要向我的公關Tandem Literary的Gretchen Koss致上最深的感謝，不只是為了她在行銷方面的優秀表現，也是為了她專業的關懷與提點。最棒的事莫過於收到Gretchen的電子郵件，信中寫著：「什麼都不用擔心，有我在。」

若是沒有我的寫作夥伴Aimee和Liz，《最後的航班》不會是現在的樣貌。妳們兩人都讀過這本書的好幾種版本，從一開始就知道我想達到什麼目標。我崇拜妳們兩人。我還要特別對了不起的自由接案編輯Nancy Rawlinson大喊一聲謝謝，她幫忙把《最後的航班》向前推了最後一哩路直達終點線。

謝謝我的試讀者和朋友：Amy Mason Doan、Helen Hoang、Julie Carrick Dalton、Lara Lillibridge、Robinne Lee、Jennifer Caloyeras。他們全都說：「妳寫到很深刻的事情了，繼續寫吧。」

謝謝我有一輩子交情的好友Todd Kusserow，為我詳細講解聯邦毒品調查和拋棄式手機的事，並解釋你可能怎麼取得偽造得完美無瑕的證件套組。我愛死我們的對話和簡訊交流了，我也好崇拜你。謝謝John Ziegler幫忙我搞清楚所有機場和搭飛機相關的事。這整本書的前提都是建立在兩個人可以在登機門交換機票的可能性上頭，而John幫忙我正確理解及描述這件事。我也要大大感謝西海岸聯盟（West Coast Conference）主席暨我長久以來的歡樂好夥伴Gloria Nevarez，謝謝妳在最後一刻插話，提供關於NCAA籃球聯賽的重要細節。這讓我心痛地察覺我們在柏克萊共度的時光已過去那麼久了，久到我自己都不記得這些細節了。

謝謝才華洋溢又迷人可愛的Instagram書評家凱特・連恩（Kate Lane）讓我在書裡用她的名字，也謝謝她一直支持《最後的航班》。希望我描繪出的角色與她一樣聰明且美麗。請到@katelynreadsbooks_追蹤她，因為她的推書文棒極了。我也要誠心感謝所有網路書籍推廣者——

關注閱讀和支持作者的臉書社團及在Instagram上經營書籍帳號的Bookstagrammer，你們讓我們宣傳作品的工作變得更輕鬆也更有趣。

謝謝我的父母，你們的支持與調整行程給了我時間和空間，讓我寫完並出版第二本書。謝謝我的兒子Alex和Ben，你們兩個都持續給我靈感與驚奇。我愛你們。

最後，謝謝加州大學柏克萊分校，這是我始終放在心裡的地方，也謝謝我在那裡交到的朋友（我在看你們喔，Joan Herriges和Ben Turman）。我好愛重溫在柏克萊大學的生活，並且把我最留戀的部分描摹在書頁上。金熊隊加油！

Storytella 201

最後的航班
The Last Flight

最後的航班/茱莉・克拉克作；聞若婷譯. -- 初版. --
臺北市：春天出版國際文化有限公司，2024.06
面；公分. --（Storyella；201）
譯自：The Last Flight.
ISBN 978-957-741-869-2(平裝)

874.57　　113006212

版權所有・翻印必究
本書如有缺頁破損，敬請寄回更換，謝謝。
ISBN 978-957-741-869-2
Printed in Taiwan

Copyright © 2020 by JULIE CLARK
This edition arranged with INTERCONTINENTAL LITERARY AGENCY LTD
through Big Apple Agency, Inc., Labuan, Malaysia.
Traditional Chinese edition copyright:
2024 SPRING INTERNATIONAL PUBLISHERS, CO., LTD
All rights reserved.

作　者　茱莉・克拉克
譯　者　聞若婷
總編輯　莊宜勳
主　編　鍾靈

出版者　春天出版國際文化有限公司
地　址　台北市大安區忠孝東路四段303號4樓之1
電　話　02-7733-4070
傳　眞　02-7733-4069
E－mail　bookspring@bookspring.com.tw
網　址　http://www.bookspring.com.tw
部落格　http://blog.pixnet.net/bookspring
郵政帳號　19705538
戶　名　春天出版國際文化有限公司
法律顧問　蕭顯忠律師事務所
出版日期　二〇二四年六月初版

定　價　420元

總經銷　楨德圖書事業有限公司
地　址　新北市新店區中興路二段196號8樓
電　話　02-8919-3186
傳　眞　02-8914-5524
香港總代理　一代匯集
地　址　九龍旺角塘尾道64號 龍駒企業大廈10 B&D室
電　話　852-2783-8102
傳　眞　852-2396-0050